SUSIRAJA 2

Uhanalainen

狼之溪 2

危机四伏

［芬兰］艾莉娜·路易安侬/著 劳燕玲/译

Elina Rouhiainen

中国出版集团

现代出版社

该书写作获 tammi 基金会国民教育基金项目资助

献给卡特雅

莱依莎·奥亚

芬兰和希腊的混血儿（根据她弟弟的名字来判断，应该是）

年龄：17，快要18岁了

身高：169 cm

头发：咖啡色

眼睛：咖啡色

喜欢：画画、素食、萨尔萨舞蹈、环保支持者、手工艺品制作

不喜欢：詹妮·涅米

母亲：火红的头发、脾气火辣、镇里的大美人、奶白色的皮肤、狼人

父亲：未知，只知道应该是个深色皮肤的男人

性格：重度女性忧郁症、内心好强、性格独立

能力：尚未发掘出超能力

米卡尔·萨里

狼族首领的独子

年龄：18岁

身高：182 cm

头发：黑色

眼睛：蓝色

喜欢：跆拳道、高山滑雪

不喜欢：未知

母亲：克里斯汀娜·萨里

父亲：丹尼尔·萨里

性格：保育员、执着、善良

能力：狼人、阿尔法

尼克·叶斯卡莱宁

莱依莎的好友

年龄：18 岁

身高：175 cm

头发：金色

眼睛：绿色

喜欢：时尚潮流、爱开玩笑

不喜欢：狼山镇、不喜欢自己是狼人

妍妮·涅米

米卡尔的前女友

年龄：18 岁

身高：163 cm

头发：金色

眼睛：绿色

喜欢：米卡尔·萨里

不喜欢：莱依莎·奥亚（第一部的时候）

亚科（亚斯卡）·奥亚

莱依莎的舅舅

年龄：38 岁

身高：176 cm

头发：淡咖啡色

眼睛：蓝色

喜欢：打猎

不喜欢：说话啰嗦

康斯坦丁·夫罗诺夫

莱依莎的朋友，吸血鬼

年龄：未知

身高：173 cm

头发：深咖啡色

眼睛：灰色

喜欢：俄罗斯文学

不喜欢：芬兰的夏天

丹尼尔·萨里

米卡尔的父亲

年龄：未知

身高：185 cm

头发：黑色

眼睛：淡水蓝色

喜欢：权利

不喜欢：装腔作势

马里塔·卡尔沃宁

莱依莎的老师

年龄：60+

身高：155 cm

头发：灰色

眼睛：咖啡色

喜欢：早期著作

不喜欢：命运

序 幕

恐惧，无法形容我心中的那些感受。

两个身影破裂的在天空下厮打。当他们一次又一次地扑向对方，我能做的只有在一旁看着。一个，眼神中充满了愤怒；另一个，眼神中充满了坚定不移的斗志。我看不清楚，他们哪一个身居优势位置。他们的拳打脚踢将天空中倾泻的雨帘劈成令人透不过气来的圆弧。这样的动作甚至不应该发生的可能，而且他们不是人类。然而这些，我见证的，绝不平凡：就连四周在场的狼族成员也显然不知，是否可以相信眼前的场景。一部分的狼人用嗥叫表示对精湛动作的赞许，而我则是无声。虽然雨水试着想闯入我的双眸，但我眼都不敢眨一下——大雨让大地成为它极为不靠谱的盟友，每时每刻，任意一个，都不能失误。失误，将导致他们其中的一个占上风，另一个将会被杀掉。

而这很有可能将会是我的结束。

目　录

才打算回木屋。

第一章

清晨的太阳正在升起。街上时不时地看到一些人，但是没有人很匆忙——与此相反，没有人特别打算往哪儿去。一对男女坐在有轨电车的车站座椅上，一群幸福无知的海鸥们围着他们咿咿呀呀地喊叫。空气中飘散着一股股烧烤食物的味道。远处的几个街区传来阵阵乐声和笑语。

家。此刻，我热爱赫尔辛基卡里奥区的程度比我认为的更多。

尼克大发牢骚地叫着："这可是第一次也是最后一次，听明白了没有？以后这不会是固定的习惯。"

我低头暗笑。他真的是咎由自取。"那下次请你想清楚一点，你送我什么作为生日礼物吧。"

尼克怒了，大吼了一声。这一次，我忍不住哈哈大笑了起来，并且把缠绕在他脖子上的双手绕得更紧了一点。

几个星期前他宣称，一个女人，整晚不能穿着高跟鞋纵情狂欢的，不是女人。然后他从身后拿出一个长方形的盒子递给了我。

我满十八岁已经是几个月前的事情了，由于那时我们还没有自己的家，所以庆祝生日活动推迟了一些时间。刚回来的前两个月我们住在朋友家的角落里，并且那时我还不太有信心是否能把我的家要回来。

尼克给的盒子里露出了一双亮绿色的高跟鞋。我没有特别地惊讶，因为尼克已经开始在高级鞋店里打工，不过当我发现他在蹩脚地掩盖他的兴奋时，我意识到他或许没有依靠员工折扣价买了这双鞋。

"哇哦，真的好漂亮。和普通商场里卖的的确不一样。"我说道。

尼克接下来的活证实了我的怀疑是正确的："这是我自己亲手设计的。我们的老师认识一位定做鞋子的鞋匠，我必须为你把它做出来。"

换句话说，尼克为这双鞋付出了非常高额的代价。

"毫无疑问是双美鞋。"

昨天晚上我总算接受了尼克的高跟鞋挑战。我们两人一起出的门，然后等到我们已经完全搞不清去过多少个酒吧之后，在一家俱乐部用跳舞结束了我们的庆祝活动。我纠正一下：是我在跳舞，而尼克，他自称是在做"艺术性的即兴创作动作"。最终结局是，当我们回家的时候，我的双脚疼得不行，只能让尼克背着我回家。

六月底了。过去的几个星期看起来，未来毕竟还是能给我们带来一些好运。不仅仅是给我带来了好运，也给尼克带来了好运。他一边打工，一边就读一所私立艺术学院为考生们准备的艺术大学服装设计系的预备班。当他告诉我决定申请明年春天赫尔辛基阿尔托艺术设计大学的服装设计系时，我非常高兴。尼克的确有天赋，虽然他在遇见我之前他的努力曾经无人欣赏，但我能保证他迟早会进入这个学校。我不是什么时尚服装专家，可我一生热爱视觉艺术。艺术从一开始就把我们两个安排在了一起。

从一开始，我就一直不能相信那些事情是真的。

去年秋天之前，我除了住过芬兰首都赫尔辛基的卡里奥区以外，还没住过其他地方。我甚至根本没想过会去其他地方住，这也就是为什么我很气馁，命运会把我安排在奥卢省的凯努区。

一切事情都从我妈妈的过世开始说起。我的妈妈，她是我唯一的亲人。经过最初的震惊之后，事实已明朗，由于其他候选监护人资源缺乏，我必须搬到狼山镇妈妈的哥哥那里去住。在那之前，我甚至不知道我有个舅舅。自打我出生起都一直认为，妈妈和我一样生在赫尔辛基。我被告知，妈妈在青少年的时候和她家里人大吵了一架，所以和她的哥哥断绝了来往。妈妈把狼山镇的一切抛诸脑后，她再也没有回去过。

我同意搬家的安排，最主要原因是我想搞清楚妈妈的过去。我从没想过，她会欺骗我，关于她的人生，也包括我的人生。对于舅舅亚斯卡，就更不用说了，我感到可疑。

然而，渐渐地我意识到，他不是唯一有理由使我感到关系可疑的人。很快，镇上的每一个人都让我感到隐瞒着什么——甚至那些我最关心的人。当最终我得知真相时，我已被迫卷入一场游戏中，它的全部内容在我离开小镇之前的最后几个月才开始弄明白。

除了冬天的一切不幸以外，我的人生在这几个月内过得还是不错的。惊奇的不错。这大部分得归功于我亲爱的故乡。成为了成年人之后，我收回了自家在卡里奥区第五条街道上的房子，我和尼克终于变成了室友。我想念赫尔辛基，并且有些惊讶地发现，它也想念我。我原先的高中同学们都很欢迎我回来，天气对我们在五月中旬也有一定的照顾。我喜欢赫尔辛基，我更喜欢它的夏天。好多的市场、咖啡店的露天阳台、海滩和冰激凌小卖部。好多的游客。好多的音乐会。总是面带微笑五彩缤纷的人群。我很高兴终于能把原先的一切拿回来。

较大的一部分功劳还得归功于尼克。当想忘掉过去的时候，他是那个正确的陪伴者。

"你还醒着吧？"尼克问道。

"是啊。你在想我吗？"

"不是。我是在考虑，是否应该把你给丢在地上。"

"唔，别开玩笑啦。你是狼人呀。你甚至应该吃得消背着我这种柔弱女子在地球上遨游一圈。"

"你柔弱？谁告诉你的？"

"喂！"我抗议。

"别满大街的嚷嚷我是个狼人好吧。"

"别担心。如果有谁听到这话，他一定会认为我喝醉了。"

"你是喝醉了。"

"大概是有点吧，"我承认，"但是我有权喝醉。而且我是你的房东小姐，我有权把你踢出去，如果你不配合的话。"

"我保证你是唯一强迫她的房客从酒吧把她背回家的包租婆。"

"因为你是可以做这个事情的唯一的房客。"我趴在他的身上几乎能看穿他的后脑勺，他怎样向我翻白眼来着。

对我，在赫尔辛基生活当然基本很轻松。我回到了以前的学校，和以前的熟人见面。对尼克，赫尔辛基是完完全全陌生的。他没参加去年的高考，所以没能带上今年的高中毕业帽。因此，他现在无法申请任何大学。他离开了他最亲爱的人，他的奶奶安妮，摆脱了他的酒鬼老爹的纠缠和一切那些从没接受过他的镇民们。

然而实质上他离开那里的原因是因为我。我曾经花了一段时期诱惑他和我一起搬到赫尔辛基，不过最终的离开让我们自己都感到完全出乎预料。曾经发生了一些一瞬间改变了我的人生、也同时改变了尼克人生的事情。我拼了命从小镇逃离。我恳求尼克和我一起离开，即使他对狼山镇或镇民们并没持有特别温暖的感情——女性化的行为和艺术在那个镇上不太会有时髦的趋向——但是这依然是他的牺牲。这是我永远会感激的牺牲。换句话说，他得违背之前一直支配他人生的：狼族。

尼克是个狼人。几乎全部狼山镇的居民是狼人——偶然的机会暴露在了我的面前的事件，导致了我遇见人生中最美好的一部分和噩梦般的一部分。

我得承认，尼克适应新生活的能力比我预期的要强好多。他没感到困扰，他独自生活在人类的中间——一般情况下狼人会感到他们离不开狼族。我通过艰难的方式，学到了一些我人生中从没学到过的狼人社会规则。狼族中没有民主选举，更别提有男女性别平等。我依然想不明白，狼族是如何接受尼克和低一等级的狼人们的。

根据尼克的说法，不是所有的狼人都属于狼族的成员。芬兰只有一个狼族，它位于狼山镇。少数一些狼人居住在狼山镇的其他区域，他们是在某个时间得到了狼族的许可离开了狼山镇。尼克是唯一没有经过批准擅自离开的。

我们总算从波尔坦路转到了第五条街道。街上异常冷清，甚至附近的卡

4

乐乎公园也没传出什么声音，顿时我觉得好玩，畅想起要是尼克说，如果我们继续玩到晚上——或者更久一点——再围着公园绕个两圈。想着想着我扑哧一声笑了起来。

"又怎么啦？"

"别问，如果你不想知道的话。"

在我们离大门的楼梯口还有十米远距离的时候，尼克突然停下了脚步，身躯变得僵直。我已经习惯了他有时会嗅到一些我和其他人类察觉不到的东西。我刚想问他，他嗅到了什么的时候，我已意识到，已经不需要他的帮助。我的眼睛已经足够。我们的前面有个人。

某个，我本当永远再也看不到的人。

某个，我在任何地方都能认出的人。

米卡尔。

只是，越远地看着他，看上去越不像他。他光着膀子只穿了一条裤子坐在大门前的石阶上。虽然这样子司空见惯——卡里奥区引人注目的方式需要花费更大力气——我知道，他没穿上衣是有很好的理由。

然而，最令人担忧的，是他凝视正前方的方式。他的目光看上去……呆滞无神。双眸中完全失去了我一直习惯看到的，那种即使当他没让任何人服从他，不经意之间也存在的深邃感。

我的大脑慢慢地闪起了所有的担忧信号灯：乱七八糟并且变得实在太长的黑棕色头发。依然运动形的身躯，但与以往的差别是：原先明显充满着力量和速度，而现在看起来像是刚跑完马拉松全身的力量已耗尽。他的皮肤很苍白，这点是特别需要注意的，因为前三个星期太阳的照射从早到晚几乎没有停止过。而且米卡尔喜欢花尽可能多的时间在外面。

我从尼克的背上慢慢地滑落下来往米卡尔的方向走了几步。我迟疑了一下。大脑的转动速度明显在加快，接着突然反应到，我现在穿着是啥样子。尼克的高跟鞋，网状的连裤袜，和一条现在才发现趴在尼克背上之后被弄皱的百褶短裙。我慌忙想把它拉直。可恶，谁会穿着短裙趴在其他人的背上？

尼克应该阻止我一下的。

米卡尔抬起了目光转向我。我马上忘记了所有的那些我不应该直视他的双眸的原因——他是阿尔法，狼族中最高地位的狼人，要找挑战目标也别傻得去找他——我让自己沉沦在他的双眸给我内心带来的沸腾之中。这一时刻，他的双眸有了所有的刚才缺少的能量。如果我有能力思考的话，我应该明白为何我轻松地叹息：起码米卡尔还没遇上不可逆转的损伤。他还是米卡尔。然而这时，我没在思考，我只是在感觉。我的心跳不断地在加速，我能听到自己急速呼吸的声音。突然间，我的精神比整晚的时候、跳舞的时候、品酒的时候和回家路上哈哈大笑的时候更加地振奋，更加充满活力。

不过很快，真实的情况把我拉回了现场。如果我花了很多时间锁定他的目光，那他也在用同样的时间观察着我。就像我之前注意到他的状况那样，他现在也一定是看到了我全部细节方面的情况。一条腿上的连裤袜抽了丝。这时候的晚上——或是早上——眼妆毫无疑问已经花掉。打结变成鸡窝的头发。我往常的样子要比现在好看得多。而不是：阳光看到过我更好的版本。最重要的是米卡尔应该闻到我喝过了酒。他对我喝酒从没说过什么，但是始终有某种声音在暗示我，他不喜欢那样。或许那就是我内心的声音吧。

他的表情没有显露出什么，片刻之后他把注意力转向了其他地方。我的心顿时被扭得好疼。我一点都不知道，他对我是什么想法——可恶，我甚至不知道，我对他是什么想法。唯一的，我能确定的是，他曾经是我的什么。

米卡尔，我的初恋情人。他那双迷人的双瞳，就像我第一次看到的那样让我着迷——先是金黄色的狼眼，然后是蓝色，同一时间冰冻和燃烧。命运决定了让我到狼山镇的第一天与他遇见。在我最脆弱的那一刻他找到了我，然后接下来的几个星期和几个月里他帮助我重拾对人生的热爱。他成为了我人生的一部分，他给了我存在的理由。某段时间我曾经很幸福，我从没相信过那会是有可能的。我还是不能相信那是有可能的。

事实上，米卡尔是狼族首领的儿子。首领，拥有着决定狼族全部成员命运的权力以及半个狼山镇的资产。首领，是让我一直做噩梦和把猎枪放在床下面的原因。

不，事情真的没有在我们之间进行得很顺利。

尼克是第一个张开嘴巴说话的那位："你来这里干什么？"

我马上知道，尼克不是太高兴看到米卡尔。尼克从来不是米卡尔的朋友。

米卡尔没有回答。片刻看上去像是他在琢磨如何答复这个问题。不过，要么是他没有找到答案，要么就是他不想把答案说出口。

我决定用简单点的方式试试看。"你是怎么找到我们的啊？"

他扬起了眉毛："我知道你住在卡里奥区。第五条街道。"

是的。这真是个好简单的问题。"然后你就跟着气味来到了正确的大门。"我猜是这样子的。

"或者他也许能用其他方式判断，因为这栋楼的门铃边上写有奥亚和叶斯卡莱宁的字样。"尼克用干巴巴的语气说道。

"毫无疑问，这帮了很大忙。"

"我说吧，我们应该取个假名。伏特加和司木露。"

我咬了下嘴唇。我真希望尼克可以善罢甘休。"你是不是在这里已经等我们很久了？"

米卡尔耸了耸肩。"我不太清楚。前段日子时间变得很奇怪。"

我想不出任何绝妙好词，尼克也是。米卡尔还一直坐在石阶上，当沉默开始蔓延时，我明白过来我们的姿势排列对两个狼人来讲该有多么的不自然：米卡尔的身份是最高等次的，而尼克还依然站在和他同样的高度。低等次身份的狼人，就像是尼克，必须在阿尔法狼人面前低头。尼克仍旧纯粹固执地站直着。虽然米卡尔没有显示出他对这个情况有什么不满，但我知道这是不可能的。

换句话说：会发生某种事情。

这时我的暴脾气立马就上来了。傻瓜式的狼人权利游戏。这不是我第一次当外交协调员的工作了。当某个美丽的日子我厌倦了调解工作，就让他们安安稳稳地自相残杀吧。事实上今天有可能就是这个日子。

"是啊，没错，莱依莎，"内心深处的我在说，"你宁愿斩了自己的一只手也不会让他们发生什么事情。"当然这话一点都没错。

我叹了口气。"大家都上楼吧。"

两个男孩默默地跟在我的身后爬上了第五层楼梯。到达家门的时候，我已经彻底累垮，花了好一阵子我才把钥匙插入锁中。我把家门推开，第一个走了进去。没有准备热情款待他，但是我迫不及待地把脚上的鞋脱掉，然后检查我有没有没把脏衣服乱扔在客厅的中央。

没有。除了几件衣服散乱在沙发上，一些餐具还留在桌子上以及厨房间乱七八糟，除此之外我们家的状态总体上保持良好。我没有不喜欢我们家看上去什么样子：我很爱我们这个样子的家。妈妈那时候一直照料着我们的家，让别人没有丝毫疑问是什么样的职业人士住在这个房子里面。

首先家里充满了各种各样的颜色。一切都合理地搭配，保持协调，虽然有很多东西比较扎眼。客厅的一个角落里放着几卷墙纸，它们的花色是妈妈自己设计的。家具是从旧货市场和废物处理站弄来的。妈妈独自一人或者和她的工匠朋友一起把家具或多或少成功地翻新了一遍。墙上挂的图案和绘画数量同样多——大部分不是我的就是妈妈的作品。有一个墙面上挂满了照片。

我把灯打开，虽然还不太需要。太阳已经升到建筑物的位置。我把手提包扔在沙发上，然后转身看着两个男孩。尼克在脱他的鞋子，米卡尔在四处张望。我希望，我可以知道，他看到了什么。

我把双臂交叉抱在胸前。

"你想要什么吗？比如吃的？"

"不了，谢谢。"

"或者 T 恤衫？"

"他应该是想告诉我们，他来这里干什么。"尼克说道。

我也是这样想的，虽然我没把想法用同样的方式表达出来。我想知道，发生了什么事情。同时我感到恐惧。脉搏在加速，呼吸的气流也没来得及到达肺部那里。

我没有留下任何一句话就离开了米卡尔，没有给他留下任何解释为什么是那个时候我离开了他，而一切应该是才刚刚开始。我曾经答应过等待，等我们能在一起。我曾经答应过和他一起战斗到结束。

　　只是结束比我所能想象的要来得更早。

　　将近四个月是一段很长的时间。舔舐原先的伤口之后我付出了全力，让我忘记狼山镇上发生的一切事情。这是不容易做到的，但是最终我忘记了米卡尔。此时此刻，当我看着他，我感到离上一次看到他的时候仿佛已经过了万年。我爱上他，也许只是花了一眨眼的时间，不过这已经足够了。

　　我知道，我欠米卡尔一个解释。他完全有权讨还。

　　不管怎样，他的出现告诉我，某些事情应该是发生了。

　　尼克走到厨房间的角落，打开了一扇橱柜的门。那是一扇没有油漆过的木门，唯一例外的是它底部的一些粉彩色的野生动物。大象。长颈鹿。斑马。我记得它们的顺序，它们都是我画的，在我八岁的时候。整个厨房间符合某种非洲主题。

　　米卡尔往前移动了一下，他站在我和尼克的中间。一段时间他只是凝视。然后他转身看着尼克，我没看到他的脸。他脸上的表情，让尼克变得一脸苍白。他说的也令我瞠目结舌。

　　"我爸爸失踪了。"

＊＊＊

　　我的本能反应是："什么？"然而米卡尔的表情显示，他说的是真的，我决定把我的话咽下去。米卡尔有他自己的尊严。他不会来，若不是情况变得很差。他不会来，若不是这是他唯一的选择。

　　丹尼尔·萨里，狼山镇的首领。整个狼族最强大的狼人。在这个国家。失踪了。

　　不，我真的不知道，这怎么可能。

　　尼克关上已经打开的橱柜门，抓住了它旁边的一个橱柜门把手。他从里

9

面拿出三个小酒杯放在桌上。然后他拿来了一瓶龙舌兰酒，往前两个酒杯里倒满酒。

"莱依莎？"

"不，谢谢。"我的声音几乎像是耳语。

尼克没有回答什么，只是把另一个酒杯推给了米卡尔。未等米卡尔做出任何动作，尼克已经把自己的那一杯喝干了。

我满腹猜疑地看着米卡尔抓起酒杯。他一口气把酒喝完，然后把空杯放回桌上。尼克同时又给他倒满。

我耐不住了。"到底发生了什么事情？"

米卡尔在还没喝完第二杯之前没有回答。"爸爸接到了挑战书，但是他根本没有露面。"

"他夹着尾巴逃跑了？"尼克狐疑地问。米卡尔的话对他比我意味更多的含意。我只能假设，问题是关于某件狼族的事情。

"于是马尔蒂给了大家个解释。虽然这不可能是真的。"

"马尔蒂向他挑衅？马尔蒂吗！？"

"正是。"

我看到，尼克极为难以相信他所听到的。我瞥了米卡尔一眼，接着不只是仅仅瞥了一眼。一部分是由于他没有穿上衣。米卡尔不穿衣服看起来真的是帅呆了，我甚至不知道，在我们短暂的交往期间我是如何面对这些的。他的外表始终让我着迷。现在恐惧战胜了仰慕。我的眼睛找到了一切以前被蒙蔽的真象，而且是更加壮观地找到了。阿尔法，天生的统治者，他一般都会很好地掩盖他的弱点，但他现在并没有这么做。他一定是累了。非常非常地累了。

"你是怎么过来的？"我问道。

"我跑过来的。"

"整个路程？狼的样子吗？"

他点了点头。

"这到底是什么时候发生的？"尼克把话挤了进来。

米卡尔耸耸肩。"难说。我先去了俄罗斯方向的东面，接着我再走向南方。我失去了时间的概念。有一点我知道的是，我从没这样长时间地持续过狼的样子。"

"当你发现你老爹抛弃了你，你决定从狼山镇溜出来了？"

米卡尔挪动了一下。要不是我在狼人那里住过并且能看懂他们的肢体语言，他的动作不会引起我的注意——现在我能发现，他如何改变姿势，如何抬起头以及如何眼神变得尖锐了起来。这个告诉我，之前的猜测是对的：无论米卡尔遇到了什么，他狼人的部分始终很强壮，和以往一样警惕着。

"不是。他们六个同时向我扑了过来，我除了逃跑别无选择。"

米卡尔应该是下一任的首领，这个大家都是知道的。这不会在近几年马上发生，但是，总而言之，他是被从小培养，镇民都是他的群体，他会付出任何代价来保护他们。某人决定反对丹尼尔是事情的本身。同时这个主谋还想要除掉米卡尔，并且是用见不得人的手段。与丹尼尔相反，大家喜欢米卡尔。我很难想象，米卡尔现在是什么感觉。背叛？愤怒？

尼克像是在思索着什么事情。"你应该把你的痕迹消除了吧？"

我花了一些时间才明白他说的是什么意思。

"尼克。"我阻止他。

"是的，莱依莎。我们必须知道，一群发怒的狼人们会不会来到这里。我们已经够麻烦了的。"

我知道，他想的是什么。我们在狼族中没有任何朋友，新的形势也不能把我们的情况变好。丹尼尔已经决定不再来干扰我们。然而，如果有谁发现，我们在掩护米卡尔，有可能这个和平就会消失。我和尼克两人是抵抗不了整个狼族的攻击。最简单的摆脱威胁方式是让米卡尔离开这里。

米卡尔摇了摇头。"我不相信他们敢来赫尔辛基。这太引人注目了。"不过，他看似连自己都不能完全确定。尼克立刻把握住了这个时机。

"你到底是在想什么？因为我们想脱离狼族，我们不介意你又给我们带来所有的麻烦？"

"我没考虑过，"米卡尔轻声地说，"这是第一个让我想到的地方。狼形体的时候我记不得什么。"

他没有看我，这几乎让我心碎。突然间我竭力抵抗眼中的泪水，甚至不知道这是为什么。

虽然他没有直接说出口，但我知道他的话是什么意思。他只想到我这里来。

我们讲得已经够多的了。我不能只是伫立，大家都已经精疲力竭。我让尼克给米卡尔找些衣服，在他还没来得及抗议之前我走进了自己的房间。我有一条多余的被子和一对枕头。没有床垫，但是沙发能凑合着睡。米卡尔在狼形体的时候能够习惯睡在各种奇妙的地方。

我回到客厅的同时，发现尼克已经按照我的要求做了。在米卡尔去洗澡的时候，我把沙发的折叠床拉好。我累得腿都站不直了，但是我的思绪不能平静下来。我想知道发生了什么事情，一切意味着什么。我的恐惧没有消失，虽然那个我害怕的男人已经失踪了。

米卡尔穿着尼克的内裤从浴室里走了出来。要不是我对这个几个月前抚摸过的半裸身躯感到无比难为情，我会对此发表评论的。现在我甚至向他的方向呼气都有些不敢。

他用着极为僵硬的步伐向我靠近，接着从我手中拿走了被子。

尼克在我身后咳嗽了一声。"晚安。别熬夜哦。"

"晚安。"我说道。

"晚安。"米卡尔也重复了一遍。

虽然我是背对着尼克，但我甚至能发誓，在他关上自己的房门之前他应该是向我们翻了翻白眼。

"我也得去睡了。"我说道。

"这应该是最好的。"

"如果你需要什么，你知道我在哪里。"当我说完这句话的时候，我明白过来这话听上去有多么富有深意。我急匆匆地往自己的房间走去，不让米卡尔看见我通红的脸颊。我只能祷告，尼克没听到刚才的那句话——要不然我又会被他数落了。

"莱依莎。"

我转身站在门缝旁，"什么事？"

"谢谢你。"

我想说些什么，我能告诉他，我明白，但是过了片刻我放弃了："不谢。"

当米卡尔嘴角翘起了今天第一次苦笑时，我关上了门。我很高兴米卡尔能平安，马尔蒂或其他任何人没能成功击败他。事实上，我意识到，同样事情，几个月前曾经让我比以往任何时候更幸福。而现在，某一些方面我需要更加谨慎。

＊＊＊

我不清楚，我睁着眼睛在床上躺多久。我等了很久，确定两个男孩都睡着了。唯一需要注意的是，只有这时，在狼人无意识的状态下，拿出他们不知道的秘密——还好他们像人类一样睡得很沉。也就是说，有一个秘密，在我自己还没搞清楚到底是什么之前，我不想让尼克或米卡尔知道。

我走到衣柜前。最上面的一层冬季衣服后面有一个包裹在等待着我，那是一个自从寄到我家之后就一直藏着没动的盒子。它是一个普普通通样子，中型大小的纸盒，盒子的上方被塑料胶带牢牢地封上了。几个星期之前它寄到了这里。我有相当的把握猜到是谁寄的，并且有足够的理由让我竭力忘掉纸盒的存在。但是我没敢把它扔掉，我也想不确切那会是为什么。现在，当我知道，它的发货人发生了什么事情的时候，疑惑钻进了我的大脑，包裹是被诅咒的也说不定。

我坐在床上，把包裹放在我的腿上。片刻间我能做的只是凝视着它。我聚集了所有勇气并深深地吸了口气。接着我沿着盒子的边缘一把撕开了上面的胶带，然后用手指翻开了纸盒的侧板。

13

我不知道里面是什么。总而言之，盒子里是我从没预料到的东西。

一本书。

我把它捧在怀里。它相当无辜的样子躺着。它的味道闻上去就像旧书的味一样：发霉的纸张和肮脏的污渍。我把它的皮质表面铺平。所有简单的物品都是美好的。它绝无矫饰，是专为阅读制作而成。

我任意地翻开了书。令我惊讶的是，里面的文字是用手写的。字迹比较潦草而且很多词句非常古老，我很难理解它们的意思。

我沮丧地翻阅着书的开始部分。最后我找到了标题页。那里没有提到作者的名字，只是潦草地写着：

狼孩

我把书合上。我的脉搏跳到了紧张的指数。事实上，我又想起了，是从谁的手上得到这本书的。是谁已经在我的梦中和我的思维中纠缠了几个月。

我闭上双眼。我还能看到他站在我的面前。他的狼形体胜过他的人形体，让人感到他的人形体只是他的伪装。我想起了我第一次醒悟到，狼人是什么的那个时刻：野兽。人类不会是那样，在失去一切的时候，他还有人性可以依靠。人类不会是那样，他知道生命的价值。他把我摔倒在地上，百分之一秒的时间内我已经想象过，他的牙齿如何咬住我的颈部动脉。

当然那个没有发生。不过这不能改变他在我的皮肤上留下咬过的疤痕的事实。

丹尼尔·萨里。他寄给了我这本书，我一点都不知道，这是为什么。

接着他消失了。

我的内心某一部分不能不疑惑，是否这些事情哪里有相连之处。如果我在包裹到达之时就把它打开的话，情况是否会是另外一种呢？

我曾经以为，这个包裹只是个玩笑，或是丹尼尔送我迟到的生日礼物以提醒我，我的小命依然捏在他手里。

在狼山镇我被弄清楚，我的体内流动着一股念力，它除了能解释我不是百分之百的人类之外不能解释任何其他的事情。要是我不设法把它控制住，这个念力很有可能会把我和我周边心爱的人弄得丧命。我的朋友康斯坦丁·沃罗诺夫，一位吸血鬼和酒店的工作人员，他去了南美，去他那里的熟人中打听是否有谁听说过类似我这种的特殊人。他已经去了几个月，之后一直没有他的消息。我的期望开始慢慢地下降。

我从没见过我的爸爸，但是最大概率能让我感谢他的是，我是什么。丹尼尔是我唯一知道的，曾经见过我爸爸的人。狼族的首领是可能唯一有机会能搞清楚我是什么和我的家发生了什么，还包括我的胞弟。

当然这得假设，丹尼尔还活着的话。

我凝视着书就像等待它给我一个信号，某种回答。直到过了一会儿之后，我才反应过来看一下盒子的底部。那里贴着一张字条。

我翻开字条。

"请把它保管好。许多生命取决于此。

我浑身的勇气泄了。就像是丹尼尔早已察觉，他很快会遇见麻烦，不再安全。

我只能猜测，整个国家最有实力的狼人是那么地害怕，不相信他能够存活。

第二章

我醒了。过了好一阵子，我才明白过来，哪里？有一种奇怪的声音在我耳边叮叮当当乱响，片刻之后觉得听上去出奇地熟悉。对了，是闹钟。是我设定好的。事实上，我得去打工了。

我瞄了一下时间。十一点十五分。我的班在四十五分钟后开始。如果我现在立马爬起来的话，我还来得及洗澡、吃饭和把自己打理得像样一点。我好不容易挣扎着爬了起来。经过一番考虑之后，我的结论是头痛得还算可以，肚子能接受一杯咖啡的计量。虽然今天不是我精神焕发的一天，不过还能勉强得过去吧。

我飞快地洗了个澡，然后去了厨房间。桌上留下的餐具和一盒黄油意味着，尼克已经按时起床，比我提前去上班了。我醒了醒大脑。我一直和他说，狼人们大概是有让他们显露不出宿醉的样子的能力，但是尼克说这是他独有的能力。

我给自己倒了一杯果汁并把咖啡机打开。我背靠着厨房间的矮柜同时往客厅的方向扫了一圈。我几乎片刻忘记了米卡尔的存在，但是当看到他躺在沙发上酣睡时，我再次想起昨晚发生的一切。丹尼尔的失踪。他寄来的包裹。米卡尔没穿上衣。如果有可能的话，甚至我不清楚，我对事情应该想些什么。

我想等米卡尔睡醒，但是看来是不可能的。快要十二点了，让他把前段日子没睡的觉补回来吧。我给他留了个能找到我的地址。我在离我家只有两百米远的"哈利昆"咖啡馆打暑假工，以防万一我还给他画了一张地图，他能来那里吃些东西。因为我们家的冰箱里面从没放过太多吃的东西。

我快速地往工作地点出发，然后正正好好到达上班的时间。我一边把绿色的围裙套在身上一边听着早班的玛雅对我说，今天早上的客人比较少，午餐时间揣测客人也会很稀疏。她已经把今天大部分的工作做完，当我建议她早点回家时，她毫不犹豫地离开了。因为早上五点半她就开始上班了。

玛雅离开后的时间变得好慢。我正好利用空闲时间把干货物品架子给整理一下。同时我试图把清晨的事情整理出个头绪，但是很快得出结论，在能够对此事负责之前，我得了解更多的情况。了解信息意味着要和米卡尔对话。连想法都能让我的内心安稳不下来。我害怕面对他。我害怕他的问题和责怪。我最害怕的是，他能让我改变主意。我才刚刚安顿下来，把狼山镇抛在脑后，回到了以前的生活中。我已经计划在未来让自己感觉仿佛什么都没有发生过——或是，如果有可能的话，更果断地考虑，我想要什么。我一直热爱艺术，总有一天我能靠它吃饭。

如果有谁能够把这一切搅局，他应该是米卡尔。我不想放弃我已经得到的平衡点。

然而，当我再次看到他的时候我意识到，我有多么想念他。

因此我关注其他方面的事情，这样能抹盖我对米卡尔的思念。我尽力让自己回避这个问题，时时刻刻对自己重复着——我很忙，可事实是，万一康斯坦不能马上回来，我除了自己开始调查没有其他选择。丹尼尔是唯一的线索。现在，当他失踪了，我只要去狼山镇并向他提出一切问题的意见，感觉难以理解的简单。应该是有可能，他会告诉我一切，就像他承诺的那样。再细一步想想，这应该还有可能：我必须先找到丹尼尔。在这之后……之后我将不得不和从他那里得到的信息一起生活，无论是什么样的信息。沉重又没把握，我时常感觉到不放弃它也许不是件太好的主意。实际上可能是，我不需米卡尔扰乱我的计划。可能是，不管怎样我得放弃它。

正当我苦苦思索时，米卡尔走进了咖啡馆。他穿着尼克的衣服，要不是我感到非常的不知所措，我会笑出来的。不管是牛仔裤还是 T 恤衫，对他来讲穿着都太小，而且衣服上的文字也是米卡尔从来不会买的：I don't even thinkstraight（同心难改）。看样子他似乎并没为这个困扰。

我正蹲着擦矮柜。我急速地站起，把抹布放在一旁。

"嗨！"

"嗨，"我回答道。我傻傻地凝视了他片刻，然后才想起应有的礼仪。

"你饿吗？中午餐至少我们还有浓汤可以喝。我请你。"其实我没有得到允许去分配店里的食物，但是作为一名好员工，我有时可以做主。因为不管怎样今天卖不掉的汤都会被倒掉。

"谢谢。"他迟疑了片刻之后又说道："你们有肉吗？"他看上去几乎有些尴尬，虽然我不是太明白为什么。尽管我是素食者，但这不意味着，我不同意狼人的肉类需求啊。

"另外一种汤是肉汤，"我回答，"其他还有火腿三明治和德国香肠面包。"

"谢谢。"

米卡尔坐了下来，我给他端上一个托盘，上面放着一大碗肉汤、一个火腿三明治和两个德国香肠面包，还有一个芬兰鸡蛋黄油米饭馅儿饼。我给他倒了一杯牛奶同时照看了一下其他桌子的情况。今天的咖啡馆除了米卡尔没有别的客人。真的是不错的时间，我一边想着一边收拾了一下角落的桌子，把那里的咖啡杯放在托盘上，然后把它们放进洗碗机。那些，我们需要讲的事情，不适合给任何人听。

我把洗碗机打开之后，给自己倒了一杯咖啡然后坐在米卡尔的对面。我用猜疑的眼光看着他。他开始舀汤，接着立马被我猜中了，若是他单独一个人吃饭，他会放弃所有的餐桌规矩，狼吞虎咽地吃着他的食物。他真的是饿坏了。

我小酌了一口咖啡。我等待着他先开始和我讲话。我希望他先开始，因为我一点都不知道应该说什么。

我更近距离地看着他，发现他刚洗完头，头发未干。他身上有尼克的洗发水味道、尼克的须后水味道和尼克所有的味道——但依然我能辨认出米卡尔他自己的味道。这个好可怕。

"你头发剪了。"他最终说话了。

这完全不是我期待的话，但是总而言之它能让我放轻松一点。我摸了摸自己的刘海儿。"嗯，是的，两个月之前剪的。大概是想换个造型吧！"

米卡尔看着我的方式，让我陷入沉思，他以为我会说些不仅仅关于头发的话题吗。

所以，他接下来讲的，让我很惊讶。"你是不是开始做模特儿的工作了？"

"什么？当然没有。怎么啦？"

"我看到你的照片。"

我顿时愣了一下，然后反应过来，他是在说什么。客厅角落的书桌上真的是放着一堆照片，里面有一部分是我的。我差点想问，他怎么会想到看我们的东西，但是我控制住了。"哦，那些。那些是尼克的。是为了他的服装拍的。他要弄个作品集，而且需要一个模特儿。他的服装大部分是用我的尺寸设计的，因为在家里试穿更方便。那些不是什么专业照片。"

"我觉得它们已经够水准了。"

我咬了一下嘴唇。"你都看了吗？"

"是的。我都看了。"

"你觉得那些没有我的照片如何？那些里面是一个金发女孩的照片？"

"它们看上去也不错啊，"他说，"我没太注意那些。"

"那些是我拍的。"

"哦，这样子。"

"这是我第一次拍时尚照片。那个女孩叫诺拉，有一天在街上她向我们走过来的时候，尼克说服她当他的模特儿。人家才十五岁，不过我觉得她在这行业很有潜力。她让我几乎有想当时尚摄影师的冲动。那是一种可以赚很多钱的职业。"

"你只要决定的都会成功。"

他在还没往嘴里塞满火腿三明治之前，毫无顾虑地说道。我想对他说，这不是那么简单的。生活中充满着各种坎坷，不是一切都能用战斗争取得到的。或者至少不是每一次战斗都能获胜。

就像我和丹尼尔之间的斗争。是他让我离开小镇的，虽然我发过誓，什么都不会阻挡我和米卡尔之间的关系。

"怎么啦？"

我紧紧地闭了闭双眼然后再次把它们睁开。毫无疑问，米卡尔闻到了我回忆导致的惆怅。我与尼克在一起的时候往往不需要去考虑，他会发现我在想什么或者是感觉到什么——在大多数情况下我没在意，他也从来没有过这样的夸张举动。然而，米卡尔完全不一样。我以后得注意这一点。

"我只是在想，人生有多么不可预知。"我说道，"半年前我还在想，妈妈的事故会是我人生意想不到的转折点。尽管如此，那个之后，和丹尼尔发生的事情，我不……"

"发生了什么事情？"

这话堵住了我的嘴，比任何一个康斯坦的魔幻吸血鬼把戏都有效。当然，我应该告诉他，我离开狼山镇的那天晚上发生了什么事情。他应该得到一些解释，为什么我一句不说离开了那里。我说服自己，假设情况会是另外一种，我会毫不犹豫地这样做。现在，米卡尔的爸爸失踪了，我有两种想法。第一种是，我不是百分之百确定米卡尔会相信我。我记得，我有多么困难地接受我妈妈欺骗了我的事实。我一直怀疑，米卡尔出于对他爸爸的尊重，对那些可怕的事情视而不见。米卡尔会指责我在欺骗他的想法或许是我想得太多了一点。现在，如果可能的话，我们必须站在统一战线上。

另外一个想法是，他会相信我。他会用其他方式思考他爸爸的事情，甚至还有整个狼族的事情。他会意识到，他被蒙在了鼓里，并且把所有的愤怒指向他们。米卡尔一直视狼山镇为他的命，我不知道会发生什么，如果他现在就决定放弃所有那些曾经是他最重要的东西。我怀疑，那个结果会是永久性的灾难。

接着，当然是那些，丹尼尔在他还没攻击我之前告诉我的事情。我还是没有完全摆脱他参与了我和米卡尔之间交往的伤痛。我依然不知道，米卡尔在他的计划之中占有多少份额。

因此，我不会告诉他我人生中的一个最可怕的经历，我只需要说："那个已经无关紧要了。一切都过去了。要紧的是，此时此地发生的事情。"我决定直切主题，"告诉我，发生了什么事情"。

米卡尔深深地吸了一口气："我不知道。一切都是那么难以置信。我尽力不去想那些事情，我想，如果我推迟对它的想法，事情或许将会在某段时间变得更讲得通一点。然而，这并没有我想的那样发生。"

"不能推迟，"我说道，"有时候事情会变得好转，是因为你把它们说出来。"

"我不知道。"

"咱们试试吧。"

我们就这么做了。米卡尔告诉我，在我和尼克离开之后，生活表面继续着。丹尼尔常常外出去处理各种事情，米卡尔独自一人整天关在房间里花时间在他的高考预习上。他很少去见他的朋友，其他狼族的成员，所以他丝毫不知外面发生的事情，直到他的妈妈在几个星期之前敲了他的门并告诉他，他爸爸收到了挑战书。他急匆匆地往森林广场跑，那是他的妈妈提到的挑战战场，然后赶那里正好看到，挑战者竟然是马尔蒂，狼族的第二把手。

"挑战是根据所有的规则提交的。我对它束手无策。"

"是一些什么样的规则？"我在狼族住了半年，但是有很多事情是我从没听说过的。对整个挑战事件，我感到非常奇怪。

"挑战者和被挑战者双方必须面对面地出现在战场上。被挑战者可以拒绝挑战，·但是这意味着，他等于输掉了挑战。要让挑战成立，需要狼族成员超过半数的票数。挑战者必须给狼族一个合理的理由，为什么挑战，在这之后所有人投票表决。"

"马尔蒂给了什么样的理由？"这个我很有兴趣知道。理由应该非常完美，能让超过半数的狼族成员同意马尔蒂的背叛做法。

米卡尔的表情变得极为痛苦。"理由是我们。"

我一头雾水："我们？"

"他说，给我们他的祝福，爸爸把个人利益放在了狼族之上。我爸爸对我过于青睐，因此导致了对狼族的另一个成员的伤害。"

"可是，马尔蒂应该是我们这一边的呀！"

"他是我爸爸一边的，"米卡尔轻声地说道，"我们大家都认为，他是我爸爸一边的。"

"然后丹尼尔从没在战场上出现过？"

"是的。当时我妈妈去找他了。我们在那里等了超过两个小时，但是他没有出现。在我到达广场的时候，我想那时我嗅到了某些东西，"他停顿了一下，"或者说，我没嗅到什么：相对于谁是马尔蒂面对的挑战者，马尔蒂的样子简直太过于轻松。"

"他知道，你爸爸不会去，"我猜道。

"感觉是这样子的，"米卡尔说道，"当然我拿不出任何证据。"

"你相信他对你爸爸做了什么吗？"我尽量温柔地问他。

"那正是问题所在。我甚至没有一个好的猜测。大家一直都认为爸爸是百战百胜的，"他凝视着牛奶杯，"狼族是爸爸的所有的一切。他完全不可能放弃这个挑战。受伤有可能会让爸爸拖延一点时间，但是不会是这么久的……"

我几乎能确定，这时米卡尔和我想的是一样的：非常令人怀疑，丹尼尔·萨里是否还活着。

我不知道，是否是由于米卡尔忐忑不安的表情，我的大脑有了另外一个看法："如果马尔蒂肯定你爸爸已经死亡，那岂不正是他最希望告诉大家的吗？狼族的第二把手自动上位。他保持沉默的原因唯一我能想到的是，他知道丹尼尔还活着。他不能欺骗狼族。"

米卡尔看着我。不是那种狼人最高统治者的目光——一点都不是。事实上，这个目光让我感觉到肚子里有蝴蝶在飞舞。

他深叹一口气。"你根本不知道，我有多么想你。"

我张开嘴巴想说——什么？我应该抱歉吗？我真的不知道——这时店的门被推开了。我从椅子上跳了起来急忙跑到柜台后面。这时我才把一些注意力分散到我的客人身上，我认出他是：马诺，几乎每天都来的四十岁建筑工。我勉强地向他微笑着——不是他的错，他正好是在错误的时间来到他常来的地方。

马诺要了老样子的东西，一碗浓汤和一个火腿三明治。我目送他走到咖啡馆的深处然后坐在角落的桌上。直到这时我把注意力转回到了米卡尔身上——米卡尔凝视着马诺的方式，告诉我他身体里的狼觉醒了。

"米卡尔！"声音大得超乎我的本意，不过总之让他把目光转向了我。

"你最近一次是人形体，应该是好久以前的事情了吧。"我说道。

"卡亚尼市包括在内吗？"他问道。

我必须笑一笑。"你很明确地知道我对这事的看法。"

***

今天剩下来的时间米卡尔都在咖啡馆里，然后我们一起回家。我们大部分时间都在沉默，假设米卡尔的想法还和我在同一个次元，这并不奇怪。我无法想象，几个星期前我会整个下午为丹尼尔·萨里和狼山镇的状况感到悲伤，其次我也不相信能再次见到米卡尔。我企图从一切可能的各种角度检查他所说的事情，但是我没变成疯狂的正义者。我不能避免去想，我再次卷入了一个事件中，它的调查需要大量对超自然事件的经验。

对此我也有了一个想法。

尼克比我和米卡尔差不多晚半小时回家。脱了鞋和甩了包倒在了沙发上，并用手臂遮住眼睛。我把这个动作作为迹象，他的宿醉抵抗力的底线终于被攻破了，他也加入了痛苦难受的群体里面。要不是我的脑子想着其他的事情，我会对他有预想不到的幸灾乐祸举动。

"告诉我，你去了商店，给我买了点垃圾食品。"

"抱歉，没有买。"我完全不记得了。我看了看时间。

"你是不是今天有什么地方要去？"米卡尔问道。

我忘了他有多么敏锐的洞察力。"没有。"

我剩下的时间都在希望，我能够肯定式地回答他的问题。时间往黄昏的方向走得像墙角的蜗牛，尼克哎哟哎哟的哀叫声也没把时间变短。为了大家的肚子着想，我买回来了冷冻比萨饼。在它们从烤箱里拿出来前，我打开了笔记本里的电影。这是为了给他们消磨时间用的——我的大脑事实上在想其他事情。

最后，尼克回到他自己的房间。米卡尔说去要洗澡，我知道时机到了。

我把家的大门悄悄地关上。拖着凉鞋踏上石梯，往楼底下走。我推开了往大楼内院的门。

差不多快到半夜了，伸手不见五指的黑夜已经降临。我等了片刻，让眼睛习惯灯的数量，接着我开始往四处看了看。妈妈称大楼的内院为秘密花园。当然这是个夸张的叫法：院子里面除了玫瑰灌木丛之外没有其他植物。不过事实是，很少有人会猜到，有多少种绿色植物躲在老欧式新艺术风格大楼的后面。草坪几乎直接连接楼梯的后门。攀援植物沿着隔壁大楼的墙往上攀升。我小的时候种植的树木和我一样变成了大人，挺拔地往天空方向生长。

院子里没有其他人。我抬头扫了一遍所有附近的阳台和窗户，显然，前几天凉飕飕的天气把潜在的听众统统赶进了室内。很多窗户亮着灯光，但是街道已经变得安静得像是从没这么安静过。附近传来海鸥的尖叫声，夹杂着个别人的声音。

我沿着楼下屋檐的小路走到了儿童游乐区。我坐在秋千上面并拿出手机。我已经很久没听到康斯坦的消息了，我有些紧张。首先我不知道，我推测的他现在的时差时间是否正确。他也许还在休息。其次我不能不猜测，迟迟没有联系是否对我们之间有影响。他还会像以前那样对待我吗？有可能，阿根廷或者智利或者什么他现在的地方，让他忘记了我，忘记了他离开狼山镇的原因。

我的担心是多余的。电话铃响了三声以后一个熟悉的声音接了电话。

"康斯坦,"我迫不及待地发出了我的声音。我又望了一下我家阳台的方向,它是空的。"谢天谢地,你接电话了。"

"听起来你很想我啊。"他用喜悦的语气说道。

"我需要你的建议。有些事情发生了。"

"请讲。"

我花了几秒钟试着决定,从哪里开始讲起。"今天米·卡尔出现在我这里。他告诉我,丹尼尔失踪了。

我试着尽可能前后一致地告诉他一切从米卡尔那里了解到的情况。我越往深处去讲,我越清楚地意识到,我的讲述中有很多漏洞。

康斯坦听上去感觉在沉思。"就是说,现在马尔蒂是狼族的首领了?"最后,他问道。

"是的。"我想到了一件事情。"这也是否意味着,你和狼族的合约失效了?"

"我认为马尔蒂还会想和我谈谈。不过这个现在不重要。告诉我,你对这个新闻是什么看法。"

"我只是不知道应该想什么。我从没看到过米卡尔这个样子。从他的角度上看是一切都变得支离破碎。尽管我对丹尼尔很愤怒,可是他是唯一声称知道我爸爸一些事情的人。以前我曾经想过,我永远不会同意他的勒索,但是现在我几乎希望,那些条件还在有效期。"

康斯坦沉默了许久。"我想我不知道,你在说些什么。"

他听上去有些不悦。

我叹了口气。"在我离开狼山镇之前,丹尼尔曾经向我提示他知道我爸爸的一些事情。事实上,他说我有……一个双胞胎兄弟。"这个想法依然奇怪,令我很难说出口。

"为什么你不早点告诉我这件事情?"

"我……忘记了。"

"哦，你忘记了。"他重复了一遍。

"是的，"我说道。我好久没这么惭愧过。

当我回到赫尔辛基之后，我很快发了一份电子邮件给康斯坦，里面写着我的新情况和与其相关发生的事情。不过，我没告诉他任何我和丹尼尔之间的谈话——唯一的只是，我成功地激怒了他，然后他差点把我杀掉。我现在才意识到，我犯了什么错误。当没听到康斯坦的任何消息时，我是想忘掉，他为何不惜一切地离开。当我得知他为了帮我去国外的那个时候，我是判定他是去那里美丽的海滩游水。现在我才明白过来，可能他真的不是去度假，而是为了寻找我们需要的答案在积极努力着。

而我一直认为他在愚弄我。

康斯坦的生活没有面临着危险，我才是。但他是唯一对此事感兴趣的。

从什么时候开始我变得这么忘恩负义了？

"你现在好吗？"他的声音变得温柔了一些，这让我松了口气。

"我还会头痛，"我承认道，"还会做些奇怪的梦。没有再昏厥，但是时常心不在焉。感觉像有种东西想把我扯到其他地方去，即使我完全不清楚，那个'其他地方'是什么。"

"听着，莱依莎。我没找到太多信息，但是迹象不容乐观。我的很多熟人都肯定我的怀疑，你的问题最大概率是出在遗传上。恐怕，我们接下来得把注意力集中到丹尼尔·萨里身上。"

我一惊。我在过去三个月所做的一切，是把注意力放在丹尼尔·萨里以外的地方。我不希望我有一部分或者任何部分在他的生活当中，我也不希望他的什么部分在我的生活当中。

在我知道之前，从我的嘴里出现了反对意见。"谁都不知道他在哪里。"

"目前他是唯一的线索。"

我自动地摇了摇头。"我不相信我可以做什么。为此，我应该去狼山镇，可是我不可以就这样回去，毕竟发生了那些事情。也许，如果你能在那里。"我又说道。

"现在是夏天。我不能来芬兰，还不能。"

这让我堵住了我的嘴巴。当然康斯坦现在帮不了忙。吸血鬼是受不了阳光的。现在这个时候的赫尔辛基只有两个小时是黑夜。白昼的原因，高纬度的凯努区黑夜的时间会更短。所以康斯坦从来不在芬兰过夏天。

我感到自己好愚蠢。康斯坦一直是在帮助我，而我把它当成理所当然的了。

"对不起，"我说道。"我知道，这个跟你一点关系都没有。你已经为我做得够多的了。"

"相信我，小麻雀，只要我可以的话，我会帮助你的。我继续在这里寻找答案，直到芬兰有足够的黑夜能让我回来。这段时间你得自己决定你想要做什么。我相信你会估量目前的状况。别让自己进入不必要的危险中去。我尽可能地在这里帮助你。重要的是，和我保持信息通畅。"

之后很快，我们向对方说声再见，然后把电话挂了。

我知道，我不应该泄气。我无权泄气。

我踏着往楼上走去的楼梯，心里充满着复杂的想法。我的内心某一部分是准备去相信，丹尼尔存心在玩失踪游戏。事实上在这之前，我甚至连考虑回狼山镇的想法都没有。

康斯坦说了，我不应该让自己参与不必要的危险。那么，什么有可能发生的呢，如果我回狼山镇的话。我应该理智地等上几个月，直到康斯坦回来并且希望，那时不是太晚。

懦夫。胆小鬼。

我悄悄地溜回家，客厅已经很暗了。浴室里还有声响传出来，我松了口气。我以为自己就这样瞒天过海了，就在这时，尼克的房门打开了。

"我只是想和你说一声，明天你和我继续练习。我们剩下的时间已经不太多了。"

前天发生的事情让我完全忘记了将要来临的周末，我竭力不把这个显露在我的表情上。但这依然不够——让尼克察觉到我的恐慌。

"你别告诉我，你把整个表演给忘了！"

我没吱声。

"什么表演？"米卡尔站在我身后问道。

我和尼克一同转身。米卡尔在擦干他的头发并且设法表现出极度感兴趣。

尼克双手抱臂在胸前。"时装表演，米卡尔，你有可能对这个从来没听说过。魅力和香槟。谁知道呢，也许莱依莎甚至能成功地让这场时装表演出名。"

米卡尔看着我的方式让我感到一个头两个大。

"你就别问啦。"我喃喃自语道。

第三章

尼克的时装表演（我阻止自己在任何情况下想自己的事情）将在这个星期的星期六上演。在此之前的几天内，我们三人有了足够的时间在共同的新生活中寻找到日常的默契：尼克集中精力改进他的表演服装，米卡尔在熟悉赫尔辛基的街道和海湾，我则是例行公事上班。米卡尔几乎每天都会来咖啡馆，要么吃早餐，要么就是吃午餐，我们尽量不提关于狼山镇的事情。我们两个都不知道未来将会是怎么样的，我们也不想让大脑联想到那些我们还没有准备面对的事情。那个，我们没有任何计划，已经够令人忧虑的了。

时装表演的当天早上，尼克把所有的服装放入衣袋中，接着我们一起坐上有轨电车前往表演的场地。米卡尔被安排晚一点去那里，他除了可以再次睡足，还可以吃个丰盛的早餐，对此我有些不满：尼克为了慎重起见决定，在表演结束之前不让我吃什么东西。句号。

米卡尔的存在让我对整个演出有了完全不同的想法。我答应过尼克别去想太多关于我是否能成功通过表演。我只要想我是为了帮尼克的忙，这就够了。观众席上坐着的某个人，是我认识的，这让我的心脏有了新的跳动方式。我得承认，盼望米卡尔的到来我已经开始紧张了起来。

然而，这不是唯一紧张的主题。

"两天前我和康斯坦打了个电话"我在有轨电车上开始说道。

我知道，提康斯坦的名字是个冒险，但我不会对这次举动感到失望，因为尼克的紧张一目了然。

康斯坦曾经为狼山镇的狼族工作，但是这不意味着，他和狼族之间的关系非常融洽。康斯坦可以在镇上居住和工作的条件是，他提供给狼族他的超能力服务。吸血鬼的他可以控制大多数人类的记忆，在狼山镇的秘密处于危险期的时候这个一直很有用。康斯坦答应不会去吸任何镇民的血，但是合约的双方当事人依然没有完全信任对方。

康斯坦是我和尼克极少会谈论到的话题。所以很能理解他的警惕。

"唔，康斯坦他好吗？他在享受热度吗？"

我控制住不让自己翻白眼。"那里是冬天。"我叹了口气，"我们聊了关于丹尼尔的事以及狼山镇的状况应该怎么办。"

尼克举起双手："打住。我不需要继续听下去了。"

"我们不能永远这样躲避下去。"我辩解着。

"为什么不能？我们现在过得真的很不赖啊。"

"我知道，你对狼山镇是怎么想的，但是你不觉得这是当务之急吗？"

"你说的就像那里在打仗似的。你真的认为，马尔蒂领导狼族会摧毁小镇吗？不可能。我不知道，你是否考虑过选择，不过也许，是也许，他只是为了狼族着想。你或是有人应该知道，丹尼尔不是什么特蕾莎修女（注：著名天主教慈善家）。"

"那安妮奶奶呢？你就一点都不担心她吗？"

"不要把她和这个混在一起。"

"你不给她打电话吗？"

"我当然打过，"尼克反驳，"她没接电话。"

我不吱声了，同时我意识到我已经做了决定。前几天我还对自己重复地讲，狼山镇的事情不关我的事。这还有其他的选择。然而，任何解释都没有使我内心恢复平静，因为我从内心深处知道，我不是局外人。米卡尔还没来之前丹尼尔早已把我搂和了进去。我当然可以视而不见，但是放弃参与不是我做人的原则。唯一真正的选择是恐惧和勇敢之间的选择。已经很明确，我想站在哪一边。

"尼克，"我说道，"我准备回狼山镇。我只是想知道，你和我一起去吗？"

"你不是在开玩笑吧？"

我把答案显露在脸上。

"不，我真的不想去。"

"可是……"

"不，莱依莎。我不想再谈论这个话题。如果你还记得，眼下我有比去关心这些讨厌我的人的问题更好的事情要去做。真是太感谢你了，在我人生中最重要的时装表演时刻把这些事情讲出来。"

剩下来的路程我们都沉默不语。我不能确定，我是应该生气、伤心还是受伤，因此这三种情绪我全部都有。

我还是没有改变我的想法。我越是想这个事情，我越是肯定，我必须回狼山镇。我甚至对自己都解释不了，但是除了我的恐惧以外，丹尼尔的谜团吸引着我。我必须搞清楚，那里发生了什么以及一切都意味着什么。

我们到达了时装表演的现场，那里的场景布置还没全部完成。我们看见有一对设计师加模特儿组合比我们来得还要早，我不禁纳闷，一场学校时装表演有必要这样积极地对待吗，他们对服装设计真的是好狂热地痴迷着。

"化妆师和发型师团队没来之前，我们还有时间练习走路。"他满意地说道。显然他是决定假装我们在有轨电车上的话题从没发生过。

"我不相信，练习还能改变什么。"我叹息，"我感觉真的能有帮助的是，我能吃点什么。甚至一点果汁都可以。"

"想都别想。如果你不想练习，至少你告诉我，你打算怎样表演你的服装。假设，你已经把全部计划好了。"

"那个。我想只要从秀台的这一端走到那一端就行了。不是吗？"

尼克瞪了我一眼。"我应该猜到会是这样的。你就是那些以为模特儿工作只是在秀台上来回走走就行了的人。"

我差点想说，感觉真的没啥区别，不过我理解了他的意思。"呃，那么你有什么……好的建议吗？"

"你应该和其他的模特儿不一样。你自己的样子，但是不只是自己的样子：你必须提高十倍的魅力，同时记住秀台意味着什么，它是服装的灵魂，而不是你。"

"好吧，"我说道，"我，十倍魅力，服装的灵魂。行。"我是出于好玩，但是尼克的点头表明，他完全是认真的。老天。

尼克和他同班同学说话去了，我乘机到洗手间里喝水（注：芬兰的自来水是可以直接喝）。等我回到原地，化妆和发型团队已经来了，尼克正在和他们沟通。这个团队是由四个还在读技校的女学生组成，她们的表情正在变得恐惧，估计尼克的要求对她们来讲实在太高了。看样子我得去说和一下，在她们还没决定罢工之前。

"嗨，你们好啊，我们能够有职业人士加入，真的是太好了。"我说道。

"更好的是，如果你们能在四分钟内改变她的发型。"尼克说道，"莱依莎还得换衣服。"

"呵呵。我们不是在表演什么普拉达春季系列。"

尼克转身直视着我的眼睛。狼人的他可以让我向他下跪，如果他想要的话。然而他从来没有在我身上用过那种能力，现在他也没有：他的凝视是百分之一百的尼克，这比任何屈服都更彻底地让我明白我的错误。尼克对这个表演已经准备了好几个月了。他一遍又一遍地画设计图，寻找合适的布料以及花了他所有的积蓄。他酷爱服装设计。就像我酷爱画画。他的行为有多么让人感到在吹毛求疵，同样我在画画上就有多么让人感觉在求全责备。

"我想还是再练习一下走路吧，"我说道。

***

尼克替我选的鞋确实不是我自己主动会去选的。这双鞋的高度至少有十公分，除了几根带子全得靠我腿上的意志力去站稳地面。然而，几次练习之后我还是很自豪地学会了把它们穿在脚上走路。虽然我的走姿不像羚羊那样轻巧灵活，但也没像犀牛那样步伐粗笨。我试着弥补以前的错误，更加努力来来回回卖弄称为猫步的走姿，连尼克也承认，像我这种完全的外行，还过得去。

　　现场开始逐渐挤满表演者，在主办方开始摆放观众椅子和整理秀台的区域时，我和尼克走进后台。化妆和发型团队已经在那里各就各位，我还没来得及反应过来是什么情况，就已经被他们拉到了座位上坐好。我好久没去理发店，决定享受一下其他人来对抗我的头发。不是我不喜欢我的头发：头发是深咖啡色，发量非常多，并且自然卷。我一直认为我很合适把头发放下来。偶尔有时我想改变造型的时候，它们都会出现问题。

　　"好厉害。很少芬兰人有这么多的头发。"帮我整理头发的理发师说道。

　　"基因里面我不是纯种的芬兰人。"我说道。我妈妈在差不多我这个年龄的时候去了南欧旅游，然后等她回来之后发现自己已经怀孕。那个谜尚未被解开。要不是命运选择了自己要走的路，我很想让这些事情一直封闭着。

　　接下来是化妆。脸色苍白的女孩先往我脸上扑打粉底，然后画我的眼睛部位，尼克仔细地站在一旁监督。她不慌不忙地画着，结果令我简直难以相信我的眼睛可以变成这个样子。我没太多时间留着为自己着迷——尼克紧盯着呢。在正式的表演之前我需要面对的是彩排。设计师们把模特聚集在后台，年长的一位男士，我猜是他们的老师，通知我们，表演将会顺利进行。每一个设计师有两套服装。秀台上的舞蹈被限制在最低限度，原因是服装没有设计成系列。每一个模特儿各自从秀台的前端走到后端。听上很简单，不过依然有很多事情可能会出差错。

　　就像是换服装。尼克和其他参加者们愉快地争论不休，关于是否大家应该用同样的时间换衣服或者安排出场的次序，而不是应该根据哪种顺序能将服装体现得更好。我听来听去感觉就是：尼克觉得更换衣服不应该受到出场次序的影响。最终他达到了他的目的。同时这也意味着，我是第一个也是最后一个出场的。

　　"什么？理发师现在已经把发型弄好了。"我一脸问号地看着他，他说道。

　　在没有更换发型或小插曲的情况下彩排结束了。观众席上渐渐地坐满，模特儿和设计师们全都在后台里面准备着。其他人还在弄头发和化妆的时候，我除了看着他们以外没有其他事情可做。很多模特儿都好瘦好高，但是我不相信，她们有谁是职业模特儿。我知道，尼克要我当模特儿有两个原因：首先是我的全年古铜色的肤色和其他芬兰女孩不一样，某种原因尼克非常喜欢我的肤色。其次因为我们是室友，他可以随时把我当成他的人偶对待，而且我没有任何理由拒绝他的要求。

过了一会儿我有了个有趣的想法，我可以请他当我的摄影模特儿来作为回报，让他一整天尽可能地摆出各种高难度的姿势，也许甚至可以脱光光，不过想着想着我觉得还是放弃吧。今天是尼克最兴奋的日子，我愿意为他无偿演出。

"米卡尔来了！"尼克在门口喊道。

回头想想，今天也可以是我快乐的日子。

尼克带我去换了第一套服装。这套衣服我从一开始就觉得很有创意：这是一件露背式的绿松石色丝绸短裤连体衣，还是件连帽衣。我从没看到过类似这样的设计，但是它被搭配得很好。

"遐想着你非常地性感，"一番有声有色的演讲词结束之后挨到我第一个出场时尼克对我说道。"遐想着你可以得到任何人，但是谁都不能得到你。你可望不可即。一只神秘勇敢的猫。一只性感的猫。"

"我以为，狼才是这样的。"

"好吧，遐想着你是一匹狼，如果这个对你有帮助的话。只要你能想些什么就行了。因为什么都没有比模特儿看上去像个机器人更可怕的。"

这是他最后的叮咛，因为我得上台了。激情活力的音乐开始响起，接着尼克用鼓励的方式拍了我屁股一下。

"我得开始啦。"我心想着，踏上了秀台。

只不过需要走那么几分钟的时间，但是我感到时间仿佛停止了。灯光直接打在我的身上，突然间我像是变成了另外一个人。所有人都看着我，但是我没有感到恐惧——相反，我正在我应该在的地方。我是活生生的自己。

我向秀台的远处走去。每一步我使用着腰力让身体的重心稍微向前倾，并抬起比往常高一点的膝盖均匀地跨着步。我看到前排位子上坐着的一对衣着整齐的男女，接着我勇敢地直视那个男的目光。我的脸上挂起恶作剧的笑容，不用去看他的表情我也能知道，他的灵魂已经被我勾引。

走到秀台的顶端时，我停住脚步摆了个姿势，接着有些模糊地意识到，照相机的闪光灯正在闪烁。我解开了连帽衣的纽扣，把帽子翻下来。

尼克指示过我翻下帽子，但是我不相信，他能大胆地建议我，做接下来的动作。我甩开了我的头发，让波浪卷飘逸在我的肩上，接着看向观众，朝他们递了个眼色。

这让观众席上的一些人发出了预想不到的惊叹笑声。我嘴角一翘，微微一笑。然后转身往回走——同时我看到了米卡尔在观众之中。

他坐在第二排靠近秀台的边缘。他穿着尼克的一件比较不起眼的衬衣，头发像我猜到的那样梳得很整齐。从他出现在这个城市里，这是第一次他的样子看上去和我在"我们"还没有开始之前习惯看到的他一样——同时伴随着摸不透的表情。我们的目光碰撞了。我感觉内心中某一把锁被咔嚓一声打开，我除了去感受那些被我否决的所有情感之外，别无选择。

时间可能百分之一秒或是三分钟过去了，我不知道。不过，我还是继续着让我心跳的步伐。我踏入后台的第一时刻，尼克一把抓起我的手臂，把我往发型师的椅子方向拉。我差点摔倒。

"喂！"

"喂你自己吧。我们得快点啦。"尼克说道。

一位金发女孩开始迅速地梳着我的头发，然后把头发梳成了一个法式盘头。

"这个怎么样？"她问道。

"还行。莱依莎，快过来，你大概还有两秒钟的时间换另外一套衣服。"

尼克帮我脱下了第一套服装，然后成功地用两秒钟帮我换上了第二套。

"喂，别睡着呀。"

"我没有。"我回答，真的没有睡着。相反我仿佛是刚刚睡醒，我设法回忆一下，刚才到底是发生了什么事情。

"接下来就该轮到你咯。"一个模特儿正从秀台上走回来，他又说："我完全不知道，刚才发生了什么事情，不过无论是什么，你再做一次。那个太棒了。"

然而，我没再那么做。我的大脑里想着问题的同时提起尼克的晚礼服的裙摆相当平静地往前走。这是一条亚洲风格的象牙色绸缎晚礼服。它是低立领、短袖，领口的一边沿着锁骨往下镶着珍珠花边。衣服的腰部以上部分收得非常紧身，把身材的曲线完全显露出来。衣服的后半部分裙边拖地形成一个弧形鱼尾。前半部分在左边小腿的位置开了一个一直到大腿的衩，走起路的时候露出笔直的腿。我设法让自己看上去很酷，不过同时我也担心，高跟鞋会踩到长长的裙边，把自己绊倒。

我还是摇晃了一下，但是没有摔倒。我挺住腰做了个基本模特儿动作，然后慢慢地往回走。我控制不了地不停眨动我的假睫毛。

"这次缺少了一点力量感，"尼克说道，但是看到我的表情之后他又说，"不过整体上很不错。给个赞。"他抓起我的手把我领到其他模特儿设计师组合排列的队伍中。我们走出后台，观众们在热烈地欢呼着。我看了一眼尼克。满足感和轻松在他的脸上闪耀。他期待这个时刻已经很久了，毫无疑问在他大脑中已经把这所有可能的场景范围幻想过无数次。一切几乎是他希望的那样过去了，对他来讲，此时此刻感觉就像他已经变成了他畅想中的服装设计师。经过这么长时间的努力之后被认可，从不可能到可能，对他是一个巨大的成功。能在这里帮助他我感到无比的高兴。

观众们欢呼着，甚至有一部分站了起来。尼克向他们做了举帽子的动作表示感谢，并把一只手绕在我的身上。他牢牢地抓着我，我也紧紧地抓着他。片刻让我纳闷，为何这时我感到尼克是那么的陌生。我得出的结论是，因为我从没看到过他如此开心。

在秀台的顶端我再次看到了米卡尔，我迟疑了一会儿之后向他挥手。我收到的奖品是他向我微微一笑并点了点头。

正式的表演结束之后一部分的椅子挪到了一边，所有人分散变成了一个个小群体，他们一边谈论着关于服装的话题一边品尝着香槟酒。我的任务是站在尼克的身旁面带微笑让大家观赏身上的晚礼服。我注意到我们是最受关注的一对组合，我们周边围着很多尼克的熟人，也有很多陌生的面孔。

"我的设计理念是若隐若现。如何让身材的某些部位创造出女性魅力，某些部位保持遮盖状态。比如第一套服装上的帽子遮盖了头发。露出头发在某些国家的文化中是败坏风俗的行为，所以我想用露背和露腿的结合构造出有意思的对比。"尼克无数次地介绍着他的作品，周围的人群也无数次地点头赞同。

"同样的理念当然也在这套莱依莎穿的晚礼服上体现了。虽然上半身和其他晚礼服一样遮盖着，但是紧身让衣服变得立马有了性感的元素。我遮盖了很多皮肤但显露了穿的人的身材。"

在众人的观察我"显露的"身体的目光之下，我感到极为不自在。我企图从身边的人群中寻找米卡尔，但是哪里都没有看到他。也许他已经感到厌倦回家去了。他实际上并不是什么时尚界的粉丝。

忍受着超不舒服的鞋子和空调的缺乏，我坚持到了最后。当我换下衣服时，我发现从演出开始到现在已经过了两个小时。我把假睫毛和其他脸上一堆花花绿绿的东西卸掉，用围巾把头发裹住，然后穿上印度棉布短裙和手织背心，我感觉又回到了原先的莱依莎，一想到刚才还是秀台上的表演女王，我在镜子前不禁笑了一下。

"十二点敲过魔法将会结束。"我从换衣间里走出来，尼克低声向我说道。

"这个对灰姑娘来讲是件好事。"我提醒他。

我们一起通过已经变得空荡荡的演出场地往大堂的大门方向走去。米卡尔手插在裤兜里靠着柱子在大堂里等着我们。

"我以为你已经走了。"我说道。

"我不会这么做的。"他说道。他看了一眼尼克，"演出很不错。"

"谢谢。"

我期待着他向我说些什么，但是他没有那么做。

我们慢悠悠地往有轨电车车站的方向走去。

"六点以后大家会来我们家，是吗？"我说。

尼克已经对我抱怨了好久我们家没有办过聚会或者派对的事情了。我已经不记得家里是否办过小时候的生日派对以外的什么活动，一想到家里突然都是人我感觉好奇怪。不过，尼克和我合住了这么久，前段日子我和他都经历了那么多的压力和努力，我感觉我们是应该好好放松一下。所以当那时服装表演的日子一公布，我们都觉得继续安排那天的庆祝活动是个好主意。

可是现在我对此事已经不是百分之一百那么确定了。米卡尔的出现让情况变得奇怪，而且我对今天去的路上讲的事情耿耿于怀。我不清楚，我们三人是否有庆祝的心情。

"想到大家我想到了一件事情，"尼克说道，"我们需要再买些啤酒。"

"不会吧你，"上个星期我们已经在啤酒上花了很多钱了。尼克在饮料上的支出已经远远超过我们的食物支出了。

"脸书上（注：facebook）已经有好多人通知要来，"尼克反驳着，"我们或许需要更多一些啤酒。"

"更多是多少？"我问道。尼克在网上发了邀请，我根本不知道是发给多少人。

"再加一筐吧，"他停顿了一下，"你们两个应该可以把这事搞定。我累了。我先回家休息一下。"

"尼克，"我有些不高兴。

"我们去商店买吧。"米卡尔答应了他的要求。

尼克向他敬了个礼："首领说可以的。"

我看了他一眼，然后再看米卡尔。尼克是认真的。我不高兴地想张开嘴巴骂人。接着我看到米卡尔向我摇了摇头，我忍住了我的举动。现在最好还是让尼克一个人待一会儿吧。

"好吧。我们去买啤酒。"

＊＊＊

我还没来得及走出电车，米卡尔已经用疑惑的表情看着我。他没说什么——他不需要。

我叹了口气。"尼克在生我的气。"

"这个我看得出来，"他回答，"发生了什么事情？"

"那个……很复杂啦。"

这不是谎话——我如何跟他讲，告诉他，我最要好的朋友对我很生气，是因为我决定回那个可恨的小镇去弄清楚我最害怕的狼人发生了什么事情吗？告诉他，有一些只有丹尼尔知道的、我在见到他之前无法摆脱的事情吗？告诉他，我必须搞清楚自家的秘密，那样我可以把自己和其他人从我内心在慢慢长大的灾难中拯救出来吗？

米卡尔摇了摇头。"你不再信任我了。"

"我信任你。我一直都信任你。"我诚恳地说道。

"我认为，你和我得谈谈。"

我的心脏扑通的一声往下沉。"米卡尔——"我张嘴想说什么，但是他一把抓住我的手臂。

"走吧，"他说道，我除了让他带我去他想去地方别无选择。我吃惊地发现他没往前段日子他待过很长时间的海滩方向走，而是往东走。

"你想去哪里？"我问道。

"海门路（注：赫尔辛基卡里奥区的一条街）是不是朝这个方向走啊？"

"是的。"

"我想看一下那条街。以及其他一些你说过的地方。如果可以的话。"他用他独有的说话方式说道。我分辨不出，他的礼貌是让我高兴还是令我烦恼。

我们决定沿着海门路一直走——这条街，是我在狼山镇学校的第一天提到过的，这里有我家乡的特征。海门路上到处是外国人开的超市和小店，这些店在芬兰其他地方是找不到的。它不是芬兰最美的一条街，它也不是最安全的一条街，但是它乱糟糟的样子吸引着我。卡里奥区迷人的对比，海门路是毫无疑问的重要一部分。

"这条街上有着自己的味道。"片刻之后米卡尔说道。有着狼人鼻子的他告诉我很多我猜不到的事情。我往四处张望，看他的评价是否引起某些附近在走动的人们的反应，但是如果有的话，谁都没表示出来。这时我想起，狼山镇上的疯老师马里塔曾经想知道我最喜欢的味道是什么，我的回答是给了她一些熟悉的事情，包括海门路。米卡尔那时也在场，他应该记得那些事情。

"你说，我们得谈谈，"我打开了话题，"你说得没错。我们之间的事情还没有弄清楚，这让我很烦恼。我在狼山镇的全部时间感到非常不真实。我回来之后还在想什么是我最重要的。我没有后悔去了狼山镇——"我紧闭了一下双眼让丹尼尔的画面离开我的大脑，"但是同时我也明白，现在一切都已经过去了。你来这里是因为你需要我的帮助，我永远不会拒绝你。不过我希望你能知道我们往哪里走，以及——"

"我去过你的房间。"他突然说道，"你的房门是关着的，但是我还是进去了。"

我找不出任何绝妙好词。

"那个，我和你走的时候，我想告诉你的事情。"

我感到自己笨得已经不行了。我曾经假设米卡尔想谈些关于我们之间的事情。在我还没给他机会说下去之前，我开始了自己的长篇大论。"没关系，"我快速地说道，"我从没禁止过你去那里，没事的。"

"我喜欢你的油画。它很……不一样。而且很好看。"

"它起先不应该是那个样子的。"我承认着。在妈妈过世之前我已经开始画我们家宽阔的屋顶了。警察告诉我事故的信息之后那个就这样停了下来，留在了家中。我回到赫尔辛基以后找出了所有以前的油画工具，然后又开始画了起来。原想按照刚开始的计划继续完成剩下的画，但是很快我改变了想法。经过在狼山镇半年多的日子我感到从画中很难找到任何有趣的东西，仅仅只有建筑物。那时我才意识到，我应该在画上增加逼真的城市风景里的树木、植物和动物。"随着画的完成，我终于开始明白，所有那些在半年前发生的事情改变了我。我以前没有这样想过，但是这很有意义。"

"你变了。"米卡尔确认了我的想法。我期待他能继续我的话题，但是他保持沉默了。

我们转往托尔凯利麦基区。我决定我带他去看看我的学校，我们爬上楼梯走进赫尔辛基美术高中的操场。房子是用淡色的石头砌成，它的样子看上去和这个国家其他的无数个学校建筑物的外表一样。回想起来，它也没有跳出狼山镇高中建筑物设计的范围。

米卡尔也有同样的看法。"说实话，我期待的是更加现代派的，那种，怎么说来着，'艺术感的'。"

"这房子起初不是为艺术学校建造的。"我说道，"我喜欢赫尔辛基不仅保留老式建筑物并且建造新式建筑。新和旧完美和谐。有点像不同的人类。"

"就像人类和狼人。"米卡尔小声地说，"我只是好奇，在满月的日子到来之际他们会去哪里。"

"尼克哪里都会去。诺科西国家公园，锡博小城。"我想起了一件事，"他说过到现在为止他还没见过其他的狼人。他们在这里有很多吗？"

"比我知道的要多。"米卡尔说道，"不过，很可能遇见他们的概率不是太大。应该知道，从哪里去找。"

"比如是从哪里？"我有兴趣地随便问一下。

"有一个酒吧。"

我扬起眉毛。"酒吧？你去过那里吗？"

"去过一次。"他承认着，"我们那时打了个赌，谁会成功通过门卫的把守。我那时还是未成年。"

"让我猜猜。门卫也是狼人？"

"当然咯。"他快速地笑了一下，我摇一摇头。欺骗狼人是绝对有极限难度的，需要完全使诈的技术。

讲到酒吧让我想起了今天晚上的节目。"我知道，你一定没有参加派对的心情。如果你愿意，你可以待在我的房间里面。"

"为什么我要这么做？"

"尼克叫了许多我们双方的朋友。艺术界的。中性派的。他们都是一些你会感到不习惯以及与你无法有共同语言的群体。"我没有提，狼人的他可以嗅出，如果有谁——男的或是女的——他会感兴趣。狼人是出了名的不能纵容与它唱反调的群体，虽然米卡尔已经对我和尼克之间的友谊给了极大的特许，但是我知道，他骨子里有严谨的逻辑，狼族成员不能参与繁殖工作的，是压箱底的废物。

"不用为我担心。我能管好自己。"

"我不想发生任何麻烦，"我提醒他。

"你见到过我闹出什么事端吗？"

"不止一次啦，在我们交往的时间。"我心里想着。不过我没把话说出口。

我们往回去的方向走，路过超市时走了进去。我们去的是一家我和我妈妈经常去的超市。看见收银台后面坐着一位叫做苏妮卡的女人，我没感到惊讶，她喜欢我五岁那时贴在她们商店自由贴墙上画的画。

"莱依莎，是你吗？"

"是我。"

"好久没见到你啦！你妈妈好吗？"

"她一年前过世了。"我脱口而出。

"不。这太可怕了！"

"是一场交通事故。"我说道，"妈妈当场就去世了。"

苏妮卡从收银台后面走出来抱住我。

一年前我对这个动作会表示恐惧，但是现在我已经学会感激其他人表示遗憾的举动。我也学会感激卡里奥区和它的人们没有把我忘记，尽管我离开了一段时间。

最后她松开了手，仔细地看了看我。"你现在如何？"

"很好，谢谢。我离开了赫尔辛基一段时间，不过我现在又回来啦。"

"好啊。你属于这里。"

我笑了笑，但没说什么。

我们的后面已经排成了一小长队，苏妮卡立即回到了收银台的后面。这时我开始感到有些尴尬，我们买的只是一堆啤酒，感觉自己像个酒鬼，而且事情一点都没有帮助，即使她发现了米卡尔的存在。

米卡尔是那种很难让人不去注意的人。我想是由于他是狼人而且具有最重要的阿尔法的特征。当我看到苏妮卡凝视他的方式，我还是再次惊叹，米卡尔长得有多么好看。

"嗨，我可从没看到过你啊。"

"这是我朋友米卡尔。他是从凯伊努来的。"我向她介绍。

"你好，初次见面。"米卡尔说道。

"哦，凯伊努。这样啊。你们是不是有什么派对啊？"这时苏妮卡才想起她的职责，"莱依莎，你已经是成年人了吧（注：芬兰未成年是不可以买含有酒精的商品）？"

我递给她我的身份证。

"那你朋友呢？"

"米卡尔比我大，"我说道，同时暗骂自己大笨蛋。他全部的东西都留在了狼山镇，包括他的身份证。我傻到把他带着买啤酒。

还好苏妮卡没有再追问下去。我付了钱，然后她祝我们过个愉快的夜晚。米卡尔二话不说抓起了啤酒筐，我们一起走出了超市。

"我不知道，连赫尔辛基的商店售货员也能熟悉顾客的名字。"过了一会儿他说道。

"不是全部的。"我回答，"不是全部的售货员都是这样的。我和妈妈在这里住了已经很久，而且我们常去同样的超市。惊奇的是，很多店里的一个或者两个员工长年没有换工作。"

另外我和妈妈很容易被认出来是因为妈妈一直和其他人相处得很好，小时候的我也讨叔叔阿姨们喜欢。

"你想象中的赫尔辛基应该是什么样子的呢？"我出于好奇问道。

"我不知道。我认为这里的人很冷漠。对其他人的消息从不感兴趣。"

"我不知道，狼山镇对我的消息除了谣言之外有谁还会感兴趣。"我回答道，"这里就完全不同，有很多人会关心我，如果有谁依然想知道你怎么样了，这意味着对方真的很关心你。"

"关心不应该和人的数量有关系。"米卡尔说道。

这时我们已经走到了大楼的门口，我拉开了大门。我注意到墙上的通知栏上挂着一张 A4 纸，上面用漂亮的字体写道："今天 17 室举办派对。如果感觉有噪音吵闹，那就请管好自己吧。"

"尼克干的吗？"

"应该是的。我告诉过他，我们得在走道上贴张派对通知。但是我不是让他写这种意思。"

我一把撕下这张纸，然后开始飞快地往楼上走。

"你生气了。"米卡尔在我背后说道。

"我有时真的搞不懂尼克。"我说道，"先是他让我去买什么可笑的啤酒，然后是这个。尽管派对可以办，但是得要有个度。"

"你现在是不是有些太严厉了点？"

"虽然这是我自己的房子，但是这不意味着，我不被邻居们投诉和讨厌。我还想好好地在这里住很久。"

我踏上了最后的一个台阶，然后开始从包里拿出钥匙。米卡尔放下啤酒筐，站到我的身旁。他的样子让人完全猜不到，他刚刚扛着二十四瓶啤酒筐爬了五层楼。我能肯定我的眼睛在发光。

"把钥匙给我。"

"为什么？"

"因为你在抓狂，手在颤抖。"

我气急败坏地从包里掏出钥匙，半信半疑地递给了他。米卡尔把门打开，往旁边一站。

　　门缝里露出了宽敞的客厅。那里站满了人，大家的目光都朝着我。

第四章

"什么……"我张大嘴巴。我来不及把它闭上。

"生日快乐！"大家拍着手，欢呼着，吹着口哨，等轮到让我说些什么的时候，我感到好尴尬。"我的生日已经过了三个月啦。"

"才没有呢。今天才是你的生日。"尼克说道。我注意到他除了浑身充满了热情，还换上了他最自豪的迈克·杰克逊式外套。

"你知道的，那天已经过了。"我们那时候还住在我朋友的家里，那天是星期一。我们当时谁都没庆祝的心情。

"再过一次真正的生日。"

我看着尼克身后的人群。他们正等待着我的回应。群体之中当然包括尼克工作地方的朋友和服装设计班的同学，还有我的同学们。看来尼克偷偷地把他们的联络方式都找了出来。他们有的头上戴着傻傻的生日派对纸帽，有的脖子上佩戴着蝴蝶结，再仔细一看能发现好多人一定是按照尼克的指示把自己打扮成狂欢节的样子。有人还独出心裁地在墙上挂了大大的横幅：生日快乐！

"这是我过得最棒的生日，"我说道，这也是我的真心话。

***

显然，尼克在网上推销的一直是我的惊喜生日派对通知，而不是他的服装表演成功的庆祝活动通知。我好惭愧。今天我一直在和他闹别扭，而他依然为我办派对。想起自己刚才的抱怨我感到愧疚。

家里来的人真的好多，我简直被吓到了，我在家里转了一圈，过了许久我才反应过来，我是唯一得到惊喜的人。

我穿过人群找到米卡尔。他正背对着我，我控制不住想吓唬他一下。我悄悄走到他身后，踮起脚尖几乎碰到他的身躯。"你知道这个，"我往他耳边说道，"尼克让我去商店，是因为需要时间安排一切，而你做了帮凶。"

我等待的是他被我吓一跳，但是不知是他完好地掩饰了还是他已经知道我在他身后。等他转过头向我贼笑，我得到了确认，第二个猜测是正确的。同时这也意味着我离他的笑容太近了。好一阵子我只是凝视着他的嘴唇，直到我的理智唤醒了我，让我后退，却步。

"当然咯。"

"我以为，你真的想和我好好聊聊呢。"我向他承认。

"当然我想，不过不是今天。不在你生日的当天。"

这时我的三个高中同学走过来祝贺我。我不能否认，在搬到狼山镇之前我没有很多关系比较密切的朋友，并且半年的缺席也没改变多少。三位站在我身前的女孩是有潜力变成好朋友的候选者。她们每个人颈部都挂着夏威夷花环，其中的一位女孩，蜜涅娃，还从什么地方找来了草裙。她们为我做了一张美丽的珂拉琪，我的词汇量比较缺乏，只能叫它是拼贴图卡片。

"我们完全不知道，你住得离我们这么近。"蜜涅娃说道，"这个房子真的是好漂亮。"

"谢谢。"如果有什么能让我自豪的，就是我的家。

"我没有为你准备礼物。"她们离开后米卡尔对我说道。

"没关系。我从不看重物品，我也不会接受一个连衣服都没有的人的东西。"

他的表情露出了苦色，我立刻后悔为什么我会让他想起他的状况。

"我帮你把你的东西拿回来。"我想都没想的说了出来。米卡尔惊讶地看着我，但是没说什么。

我隐藏满脑子的胡思乱想，把注意力转移到旁边的墙上。我们正巧站在挂满相框的墙边，在一瞬间内我意识到，这不是碰巧，米卡尔正在看它们，是我打扰了他。

照片里面都是我和我的妈妈。它们竖排挂着，最下面的是我一岁不到妈妈抱着我的照片。接下来的是我五岁的照片，然后它的上方是我十岁的。妈妈的摄影朋友每五年会帮我们拍照，一直到我十五岁。接下来的照片永远都不会再照到了：妈妈走了，在我十七岁的时候。

"知道吗，我一点都不像我妈妈。"

哪里有我很黑的皮肤，哪里就有我妈妈很白的皮肤和红色的头发。有些照片还能分辨出她的晒斑和她的混合绿色和灰色的双眸。

米卡尔看似在沉思。"不对，你们还是很像的。你们长着同样的鼻子。下巴的弧度也是一样的。还有脸颊这里也是。"

我看着看最上面的那张照片。那是我和妈妈两张脸的照片，妈妈温柔地微笑着，我的眼睛却是闭着的，很难解释，我那时在想什么。我猜那一定不是什么太乐观的事情。我渐的现在才开始明白，我那时有多么忧郁。

"你现在看上去很不一样，我不是指你的外表。外表几乎保持原样。"

"发生了太多的事情。"我说道。该是找个轻松点的话题的时候了。"你想让我给你找点喝的吗？或者带你认识一些人？"

米卡尔摇了摇头。"你不需要太照顾我。"

"你确定不需要吗？我不想你很寂寞。"

他微微笑了一下。"不用担心那个。去吧，莱依莎，今天是你庆祝的日子。玩得开心点。我会照顾好自己的。"

我把他留在了那里，然后往其他客人的方向走去，并且拿出了一瓶刚才买的啤酒。买这些啤酒是个借口，但是这不意味着，它们不能喝。

***

派对顺利地继续着。我不停地穿梭在客人中。来自各处的祝贺词，很多还欢迎我再次回到赫尔辛基。尼克开始担心起了饮料和食物的招待问题，而大家给我的感觉是心情非常愉快。偶尔我还发现自己的脸上也充满着笑容。

有一个尼克的朋友用相机拍下了时装表演的全部过程，他把照片传入电脑用幻影灯的方式播放给大家看。我的照片让客人们不时地吹口哨和呼喊，这让我的脸颊变得好红。接着电脑放起了派对的音乐，客厅的咖啡桌上还出现了妈妈的老式熔岩蜡灯。我得承认，如果我知道办派对有这么开心的话，我很早就应该这样做了。

突然有谁把音乐变得很轻，我转身看到尼克当当地敲起了杯子。而且，因为他不是小型手势的支持者，他跳上了桌子确保大家都听得见他在说话。

尼克的表情很严肃，我的心一沉。他还在生气吗？

"各位来宾，"尼克的演讲开始了，"亲爱的朋友们。我们大家该是唱生日歌的时候啦。"他开始唱，"祝你生日快乐！"接着半拍以后大家也跟着一起唱了起来。我提醒自己，我不用唱，只需要静静地站着听大家唱歌就可以了。歌声的音量随着歌词的段落不断增大，当唱到我的名字的时候大家欢呼了起来。歌声结束后有谁还跺起了地板，还有谁吹口哨为我庆祝。

"谢谢大家，"我说道，我不能阻止我有些小感动的举动，"感谢你们。"

"不仅仅就是这些哦，"尼克说，"现在才是演讲的时间。"他把目光郑重地转向桌下保持肃静的客人们。

"我和莱依莎来赫尔辛基差不多已经四个多月了。这四个月是我一生中过得最开心的四个月。"尼克直视着我的眼睛，"我真的得感谢莱依莎，是她说服了我让我搬出凯伊努并鼓励我做生活中最喜欢的事情。让这个庆祝活动来证明我的幸福。"他又一次看向观众，"但是我抱歉地通知，我和莱依莎很快会去狼山镇寻找新的仇人。不过，大家不用担心：当秋天到来的时候，我们又会回来的。现在让派对继续吧！"尼克举起了酒杯，所有人，手中有拿着饮料的，都跟着尼克的样子举杯。我愣愣地站在一旁，看着他一口气把酒喝光，然后从桌上一跃而下。

他来到我的身边。我用狐疑的眼光看着他严肃无比的表情，直到他最终张开了嘴巴："别以为在你扑向某个夸张糟透的事件时，我会甘心在这里等。"

我继续凝视着他。

"干吗？不是已经经历过了么，你不能没有我。而且你说的没错：我不能把奶奶一个人留在导火线上。"

我激动地一把抱住他。这时我才发现，我有多么希望他和我一起去。我不能相信，他会知道，他对我有多么重要和他帮了我多少。我可以一个人去，但是我怀疑，这不会是很好的想法。

我的眼眶里流出了泪花。这时我发现某人在往我们这边走过来。

"如果我是你的话，我会准备好，"尼克悄悄地在我耳边说道。接着他往我脸颊轻轻地亲了一口。

然后我转身看向完全生气的阿尔法。

＊＊＊

"别在这里。"在米卡尔还没走到我的面前我说道。

我转身背向他，然后往我的房间走去。我没有往背后瞅，他们两个是否跟上来——他们没有其他选择。

我听到他们其中一个如何把身后的门关上。这时我才转身。

就像我准备好的那样，米卡尔的目光能把我吓得几乎瘫坐在地上。他的蓝色双目几乎燃烧到两百度，他一点都没有宽恕我的意思。

"你是不是疯了？"他问道。

"总该有谁做点什么吧。"我为我自己辩护。

"你想什么时候把这事告诉我？"

"我没想过，"我脱口而出，"我还没考虑这么多。"

"你说的没错，有谁应该做点什么，但那个谁应该是我。你留在这里。"

轮到我问："你疯了吗？"

"去吧，如果你想找死的话。"尼克说道。我狠狠地向他瞪了一眼。

"你真的以为，爸爸出事之后，或是我在那里发生的事情之后，我会放

50

你去狼山镇吗？"

"我不是一个人去那里。尼克也一起去的。"

"这就能让我放心了吗？"

"我发觉，我的能力被信赖了。"尼克发表他的意见。

片刻，我们都在沉默。从一开始我就知道，这不会很简单。我吞了吞口水，深深吸了口气，然后说："想一想吧。必须有谁去弄明白那里目前的情况。你现在没有钱，没有衣服，什么都没有。在你甚至还没把你一部分的财产拿回来之前你什么地方都不能去。唯一的理由，为什么我不能去狼山镇，是因为丹尼尔。我不相信，马尔蒂会对我做什么，因为我不属于狼族，最坏的打算，什么会发生，就是，我再次从镇上逃出来。再说，我仔细想想，事情还没变得特别糟。因此我要去。"

"如果你真的相信，这是最槽糕的事情，可能会发生的，你真的不应该去。"

"我不相信，在你们家不再统治整个狼族的情况下，有谁还会对我感兴趣。另外康斯坦答应会做我的后盾。"

"康斯坦？他在地球的另一端。"

当然，这是真的。为了辩护自己，我决定展开自己的攻击。"尼克说的没错。你在狼山镇被弄死的。"我说道。

"你能想象，当你们两个去面对我的敌人的时候吗？这听上去是我吗，我会留在这里安心等待？"

他说的没错：放下家乡的前线战火真的听上去不像米卡尔。我不完全肯定，他体内的狼能给此事机会。如果他想去，我也没有任何办法阻止他跟在我们后面。最坏的情况是他比我们先到那里，我们没办法让他的大脑保持冷静，当他想做些非常冒险的事情。

"如果你去，我们就跟着你一起去。"我说道。

"这是我的问题，我一人去面对我的问题。"米卡尔吸了口气，"问题不只是，我或我爸爸发生了什么事情。如果我能确定，我们家被驱逐出狼山镇是那里发生的唯一坏事的话，我会让它算了。但是我不相信，马尔蒂能就此罢休。我不相信，一切都安好。我知道，我爸爸做了很多坏事，不是所有人都和他有着同样的想法。本质上他依然为狼族的利益着想，如果有什么阻碍狼族未来，他可以付出自己的生命去战斗，马尔蒂背叛他的那种方式，不是个好迹象。我没做过首领，但我依然能感觉到，我必须对狼山镇发生的事情承担某种责任。那里是我的家。我被培养成照顾它的人。我不能什么都不做。"

我能看得出，他是认真的。如此鲁莽地想回到那个几乎让他丧命的地方，是因为他不能忍受保住自己而让狼族发生什么事情的想法。他想的事情一定比我想的多。我对他的了解让我知道，我改变不了他的想法。

我一直羡慕米卡尔的是，他一直会做什么是正确的。

"我觉得这个问题只有一个解决方法，"尼克说，"咱们三个都去。"

米卡尔仍然看着我，我没其他选择也就是看着他。他的目光有多么危险，让他知道他对我有多大的影响力就有多么更大的危险。

我这时立刻能感到，米卡尔会做出决定。

"我们都去。一起去。"他瞥了一眼尼克，"明天。"

"明天，"我重复了一遍。这比我想象的更快。我依然点了点头。

尼克叹了口气。"如果这是夏天最后的一个夜晚我可以和我喜欢的人们一起举行派对的话，我当然不会错过。"他看着我，"你也是。可恶，这是你的生日派对。大家一起玩翻天！"

***

我被一阵轻轻的晃动给摇醒。片刻，我几乎能发誓，我还在做梦，我梦到了什么，但是一眨眼的工夫我忘记了那些是什么。我的注意力被某个熟悉的味道和声音给集中，那个声音在说："莱依莎。"

我睁开眼睛。我蜷曲着身体躺在自己的床上，而且显然还穿着昨天的衣服。阳光从窗户外照了进来——谁都没有用窗帘遮挡它。

"发生了什么事情？"这是我问的第一句话。

"你在派对中睡着了，"米卡尔说道，"大概是你太累了。"然而，他看上去有些怀疑，而且我对自己也表示怀疑。我试着回忆昨晚的事情，但是过了一会儿我得承认，记忆程序出了故障。我记得尼克的演讲和那个之后的谈话。我记得我们决定一起去狼山镇。我记得尼克在唱卡拉 ok，我在跳舞，我的一只手拿着一杯插着小纸扇的饮料。我记得有一个穿着背心和西裤的女孩，她歪着脑袋盯着尼克看。我还记得她的名字：塔娅。我和她聊了几句，但是我绞尽脑汁都想不起来，我们聊了些什么。最后两件事情，我记得的是，尼克把塔娅按在他房间的门上接吻，以及米卡尔的声音："一切都可好？"

　　"我有没有呕吐过？"我问道。如果我是喝了太多的话，应该能解释为什么想不起事情。

　　"据我所知你完全没有。你只是说，你累了，然后派对还在继续时你躺在沙发上睡着了。我把你抱到床上的。"

　　我知道，我应该先感谢他，但是担心令我立刻想起了其他事情。我知道，我没有喝醉。我也知道，比起一些在我大脑中开始形成的猜测，这应该是个很好的解释。

　　米卡尔马上说出了其中的一个："你确定，没有人把什么东西放进你的杯子里面？"

　　我想了一想。为何会有人这样做？我认识大部分的客人，其他剩余的客人也都是尼克的朋友。传统的强奸动机不太可能，在场的少数派是男性，并且其中一小部分是中性人。其他的猜测是，我死都不会相信，有谁吃饱了撑的玩这种恶搞。

　　不。我的健忘应该是由于其他某些原因导致的。就像是比如，我的念力又开始和我作对了。

　　"我不相信，有谁会做这种事情。我或许喝得太多了。"我说道。我记得我品尝了三四杯的酒精饮料，应该就是这样子。生日派对或其他的活动，我最好给自己提个醒。

　　米卡尔扬着眉毛看着我，我也根本不知道他在想什么，反正片刻之后他放弃了。

"我们得准备一下了。"

过了一会儿我想起了来。我们得去狼山镇。

"我去洗个澡。"我说道。

尽管我很喜欢在浴室里尽情消磨时间，但是当我把护发素冲掉之后我立马把水龙头关掉了。现在没时间可以浪费。我往身上套上干净的 T 恤和尼克称作哈伦裤的宽松裤，然后走进厨房。我惊讶的发现米卡尔已经开始做早餐，他刚把煎好的荷包蛋放在盘子上。我不记得，我上次早餐吃鸡蛋是什么时候了。

这时尼克从房间里走了出来，大步朝洗手间走去，然后把门拴上。然而我和米卡尔还是听到，他胃里的东西统统进入马桶。

把所有的东西都吐了出来。冲了马桶之后，他终于出现在客厅。"什么都别说。"他用沙哑的声音说道。

"我什么都不说。"我向他保证，"你今天能出发吗？"

从他的表情来判断我们的计划不是他今天的第一个想法。"答应过的就得去做。"他最终说道，"如果需要的话，我甚至能走过去。"

"好。"我看了看米卡尔，前将来的首领，正在设法避免烫到手从烤面包机里拿出烤好的切片面包，然后我又看了看尼克，他用老态龙钟的样子往沙发走去。"好的。"我重复了一次。

米卡尔往我们的面前放下盘子，尼克立刻摇了摇头，吃不下。我拿起自己的，虽然现在不是太想吃。我知道，接下来的体力很需要早餐。我咔嚓一声咬了一口烤面包，接着喝了一口咖啡。同时我查看了一遍房子的状况。

"我们的客人们真的都很守规矩。"我说道，"我从没见过派对之后房子还这么干净。"当然我这时反应过来，是谁干的。我看着米卡尔，他用无辜的眼神看着我。

"我睡不着呀。"

"客人最晚什么时候走的？"我体贴地问道。

"清晨五点。"

我家的邻居要爱死我了。

"你还有什么要告诉我的吗？比如，我要被整个大楼投诉？"

"邻居们是有敲过门。"他说道，"但是别担心，一切都很平安。"

我转身看着尼克："你是否知道这些？"

"不知道。我有些……忙。"

我记得他和塔娅在说话，然后在他还没看我到通红的脸之前，我把头转向其他方向。

我决定事情就让它这样子吧。有些事情，我不用知道太多的。

我们几乎默默地吃着早餐。已经下午了，去卡亚尼市的火车需要持续超过六个小时。然而，我和尼克没有急着赶时间。洗完餐具之后我们开始准备行李，同时米卡尔看似在耐心地等待着我们。在某一个时刻他站在我的房间焦虑地有节奏地敲着门框，不过我给了他一个刺眼的目光，他立马停了下来。在这之后他乖乖地待在客厅的沙发上，虽然从他的样子能看得出，他不是太爽。

我决定把丹尼尔给我的书也带上。我还不知道，它在狼山镇的事件中演的是哪一出戏，但是我能肯定，它并非完全没有意义。然而，在我没搞明白为什么丹尼尔把书寄给我之前，我不打算告诉任何人关于书的事情。

我手伸进衣柜最高的一层，悄悄地拿出书塞进双肩包的最里面，慌慌张张地把袜子和内衣往它上面铺。然后我瞄了一下剩下的衣服，用明显变得平静许多的心态，把它们也放入包内。

最后还剩一件东西要带上。

同一时刻尼克已经整装待发。我跪在床前的时候他走进了我的房间。

"你准备把那个也带上吗？"他问道。

"我是这样想的。如果没什么意外事情，我得把它还给亚斯卡。"我弯下腰，把一只手伸进床底，从里面拖出一把猎枪。它是属于我舅舅亚斯卡的，不过自从我回到赫尔辛基，它一直在我的床底下。我没有获得借用许可：它瞄准的最后一个对象，就是亚斯卡。

"为什么你有把猎枪在床底下？"米卡尔站在门口问道。

我张开嘴巴。我的目的是想编个谎言。我根本没想过告诉他事实。如果我告诉他关于猎枪的事情，那我就应该告诉他全部的故事。它是丹尼尔·萨里的故事，他失去了体内人的控制并且攻击了我，因为我告诉他，他有多么的令人可悲。我不相信，我们其中的任何一个有面对这个故事的准备。

米卡尔应该是察觉到了我的打算。"莱依莎。"

我吸了口气。"我得把它还给亚斯卡。"我最终说道。这丝毫没有回答他的问题，但是这是我能说的唯一的事情。

"你会开枪吗？"米卡尔用好奇的语调问道。

"把你的手机给她，那样她就会给你看她如何开枪。"尼克说道。我狠狠地瞪了他一眼。

我的双肩包没有装猎枪的位置，我也不相信，火车上的工作人员以及旅客们会高兴看到枪的存在。不过，我还是成功地把它裹在衣服里面，让双肩包凸出来的地方看不出是枪的形状。它的样子看起来像个棒球棒或者某个乐器的上半部分。

我们搭有轨电车去火车站。我和尼克去了银行提款机，把我们账号里能提出来的钱统统提了出来。我们俩都给了米卡尔一部分钱。他家从来不缺钱，这次是他人生中第一次身无分文。我知道，他不是太容易接受这个事实。尽管如此，我还是吃惊地看着，他如何悲观地接受了我们的钱。

"我讨厌这样。我真的很讨厌。"

"别担心。我们会把属于你的东西拿回来的。然后你把钱还给我们，如果你愿意的话。"

"我保证会还的。用任何方式都会还。"

"首先关注一下重点，咱们到底在干吗，"尼克干巴巴地说道。他说的没错，他往往要比我有勇气说出口。

火车终于停靠在月台上，我们走进了车厢。我们的座位幸运地离儿童游乐区很远，这样我开始敢于期盼能有几小时的睡梦。我和尼克坐在一起，米卡尔坐在我们的对面。火车开动，我看着开过多乐湾，片刻我在惊讶，我究竟在干什么。我坚决地把想法推到意识的某个边缘。

显然尼克的想法也经过了同样的轨道。

"我简直不能相信，咱们又回狼穴了。看吧，这次的访问持续多久。"

"狼穴？"米卡尔现出被逗乐的样子问道。

尼克没理他。"我们得把我们的信寄到哪个我们可以收到信的地方。要不然你会不知道，你是否会被美术学院录取。"

当我立刻看到米卡尔的反应之后，真希望尼克没有把这个说出来。"什么？你今年就申请了？你还在读高中呢。"

我叹了口气，准备给米卡尔解释一下整个情况。尼克抢先了一步。

"艺术学院，和其他的艺术大学不一样，会录取一些没有高中文凭的学生。只要有足够的才能和天赋。"

"所以你今年就申请了。"

"我只是把它当作试验品。现在我知道了，明年会是什么样的考试。这次一定没可能被录取。"

"别这么确定。"尼克说道，他不是第一次说这样的话了，"你在候补的位置上。"

"第三个候补的位置。"我纠正道，"第一个候补位置或许还能录取。不过明年会有很好的机会。"

"入学考试的结果已经公布了？"

"在你来的两个星期之前。"我说道。

"你还能有很好的机会被录取。"米卡尔说道。

我应该感到非常感激，大家对我有着强烈的信任，但是我反而感到烦心。我没想过我有机会，我也没在考试时紧张。明年的状况会是完全不同的。荒唐的是，我的梦想越来越接近现实让我感到从没有过的困难。

尼克把椅子的靠背放了下来，然后靠在上面。他的脸上戴着墨镜就像任何一个宿醉的摇滚明星，而且他在喝刚才在车站那里买的带气矿泉水。喝完时，他的口中发出非常响的"啊，爽"的声音。

我摇了摇头。

"你不可以否认，派对过得不开心。"他说道。

我想起了所有那些晚上到场的，和我说过话的人。我想起了跳舞、笑声和卡拉OK。我看了看尼克。除了宿醉他看上去非常开心。任何他和被他亲吻的朋友之间发生的事情，不是什么坏事。

"我没有。"我否认。我们同时露出了笑容。然后我们决定小睡片刻，我靠在他的肩膀上。等我再次睁开眼睛的时候，太阳的照射已经变成了另外一个方向。窗户外是芬兰传统的田园风光，而且我完全不知道，火车已经开了多久了。我看了看对面的座位发现，米卡尔离开了。

＊＊＊

我几乎确定，我不会再次睡着，但是还睡着了。我一直睡到火车停在锡林耶尔维小镇站的时候尼克起身去洗手间。米卡尔回到了座位上，他看着我。

"做梦了吗？"

我眨了眨眼。我先想说没有，但是接着眼前闪过一些让我想起梦里看到的东西。

"是的。"第一个梦是狼的梦，然后是狼山镇的梦。

剩下的路途时间我们玩起了纸牌。我惊讶地发现米卡尔也不太熟悉很多纸牌玩法，而且我和尼克都不太有兴趣解释什么复杂的玩法，于是决定玩二十一点。米卡尔赢了前三次，之后我们玩起了争上游。尼克死活都不肯摘下他的墨镜片刻，看着他的样子我决定下一次的火车旅程我要注意不能宿醉。我没想到，看到卡亚尼市的古老的火车站建筑会让我有多么开心，但是当我们最后到达月台的时候，一股清爽的下午风向我们迎来，真的让我好想轻松地哭一场。我不在乎，我们去的是一个我们不受欢迎的地方——此时此刻，

58

我唯一最关心的是，哪里有一张在等待着我，能让我睡个安稳觉的床。

"康斯坦会派人来接我们的。"我说道。昨晚我给他发过短信，"对方应该到这里了。"

"希望来接我们的人，不会直接把我们往马尔蒂那里送。"尼克说道。

"他不会这么做的。"我说道。接着转身往停车场方向张望。

这对我们是个极大的惊喜，当一个活泼的声音从我背后传来："嗨，大家好啊！你们是来参加狼山镇探险度假的吗？"

第五章

　　站在我们面前的是一位年轻的金发女郎。我们同时转身凝视着她。她身上穿着一件胸前绣着狼山旅游字样的灰色羊毛背心。从她的表情判断，她对我们的到来无比的兴奋。

　　"呃，也许吧。"我说道。

　　"别这么害羞嘛。你们将会有一个非常棒的假期。我是雅娜，今天是你们的司机。如果你们有什么问题，尽管问我吧！"

　　她快步走向停车场，片刻困惑之后我们跟了上去。根据尼克的表情看，他是更想自己走着去狼山镇而不是跟着导游走。

　　"这是你们第一次来凯努区吗？"雅娜问道。

　　坐在后车位子上的我们相互看了一下。她一点都不认识我们。当然这是有意这样安排的。不过，我想确认一下。我满脸问号地看着米卡尔。他耸耸肩。他也完全不认识这个女的是谁。也就是说，雅娜是人类，要不然米卡尔不会这么无动于衷。

　　尼克决定控制局面。"第一次来这里。你住在这里有多久啦？"

　　雅娜往倒车镜那里笑了笑。"才两个星期，但是在这段时间简直是太完美了！一切都是我梦想的。狼是那样吸引人的动物。你们也是为了看狼来的吧？"

　　"你是怎么猜到的。"尼克低语。

　　"或许我们可以玩个迷你的智力游戏。"她说道，"你们猜猜，狼山镇里有多少条狼？"

***

从卡亚尼到狼山镇几乎需要花上一个小时的路程。在这个时间内雅娜给我们介绍了她所知道一切的关于狼山镇的刺激故事和镇的诞生，狼的事件以及车上放着狼嗥的音乐唱片。最后那个唱片让尼克变得简直要发狂。显然，雅娜一点都不知道，她在和谁讲话。她是那种，如果可能的话，比我更加城市化的人。她只是自己还没明白。

"那个……你工作的旅游社，是不是已经办了很久了？"整个路程米卡尔一直一声不吭，不过我能觉察到，有什么在困扰着他。

"才两个星期。不过一切都从一开始就安排得很好，所以不用担心！我们都收到了客人们的好评。"

狼山镇上完全没有外界的公司。整个旅游项目是由丹尼尔和他的公司掌控。直到现在。狼山旅行社只有一个解释：马尔蒂向外界敞开了大门。我一点都不清楚，这意味着什么。

虽然时间应该将近半夜了，黄昏依然挂在天空。我关闭内心的声音，集中精力瞭望风景。我只看过凯努区八月底的夏天，我不能不去想，比起夏季的末期，夏季的中期景色更加无瑕。田园穿着淡绿色的衣裳，随后的几个星期将变成深绿色。阴影弱得只能躲在一旁，毫无一丝险恶感。

很难想象，这样的风景是属于狼人们的。

雅娜把我们安置在了一个度假小屋的院子里，同时最后一次提醒我们可以参加最好玩的郊游活动。我们目送她的车从院子消失，然后沿长长的小径走向康斯坦的小木屋。我期待着听到尼克和米卡尔对我们选择的住所提出反对意见，但是显然他们也发觉，我们没有其他选择。康斯坦是唯一的，在这个时段站在我们这一边，我们可以信任的人。或者更确切地说：康斯坦是唯一的，在这个时段我们敢于让他成为犯罪同伙的。不用担心他被狼族控制。狼山镇是需要康斯坦的力量比康斯坦需要它的更多。

啪的一声我拍了一下我的手臂，接着立刻是我的手掌。最后的攻击找到了目标，但是太晚了：我的手掌肿起了一个红包。

尼克哈哈大笑。

"为什么蚊子总骚扰我？它们一直盯着我不放，而你们一点问题都没有。"

"你的血太香啦。"

"或者确切地讲，狼人的血太臭啦。"米卡尔说道。

小屋的路程还有一公里左右，一公里实在是太长了。我好累。我感到昨天派对的身体还残留在我身上，而且我不记得，我上一次是什么时候走过这么长的路。我得承认，赫尔辛基把我变得懒得动了。米卡尔想替我背我的双肩包，过了一会儿我才答应。他是狼人，而且他没背什么东西。

"需要我来背吗？"尼克问道。

"我想这个我可以的，谢谢。"米卡尔回答。

最终当我们到达康斯坦小木屋的院子时，我在很久之前已经放弃了对蚊子的反抗，并且给了自己太累花整夜时间去抓那些痒死人的包的希望。院子里除了车以外，看上去很荒凉。我在这里没看到其他康斯坦以外的生物的迹象。我走到前门。钥匙就在康斯坦所说的地方：门框的上方。我以前来过一次康斯坦的木屋，这里一点都没有改变：有点像苦行僧的生活。屋子里有一张桌子和两个椅子，窗户上是简单的蕾丝窗帘。卧室只有一个，据我所知甚至那个也不太用。两个男孩的自尊让他们不能提出想要睡床的想法，所以床是我的了。米卡尔不知从哪儿找出了有股霉味的床垫。我怀着极大的兴趣，看他们怎解决床垫的问题。原则上讲，米卡尔有权让尼克睡地板，但是不知何故我有点不相信他会这么做。反过来我有些肯定，他会要求睡地板。我们三人他是最缺觉的那个，而且我们负担不起使他品味降低的责任。

问题解决的方式，是我没想到的。

"尼克，你可以睡床垫。我会变身。"米卡尔通知大家。

"为什么？"我傻傻地问道。

"狼形体的样子更容易睡觉。睡地板就没什么问题了。"

我想起了某件事情。"什么时候是下一次的月圆之日？"

和尼克一起住，我已经跟上了一年之前根本不理会的月球周期的节奏。而前几个星期把我的思路打乱了。

"下个星期。"

我决定对这个晚些担忧。在这之前我们还有足够的时间解决更可怕的问题，所以最好是集中精力关注面前的事情。就像是睡觉。

"晚安。"我说道，然后往墙的那一边翻了侧身。

"晚安。"尼克的声音重复了一遍。

"晚安。"米卡尔说道。我听到，他把衣服脱掉，以及木地板上传来的野兽爪子的声音。他打了个哈欠躺在了地板上，接着木屋里被宁静占领。

＊＊＊

我睡不着。先是我的大脑不同意安静下来，接着是尼克开始打起呼噜。由于某种原因，米卡尔狼形体的存在让我感到好不自在，我在床上翻来覆去，直到清晨，是时候该起床了。我悄悄地跨过尼克然后走进厨房间。米卡尔立刻就醒了，然后跟在我的后面。他打着哈欠，不过依然看上去非常警惕。太阳的光芒从窗户外照射到他的身上，我欣赏着他从头到尾的身躯和厚厚的皮毛。我完全不记得，米卡尔变成狼形体的时候身躯是多么大。接着我反应过来，他也在注意我的凝视，然后我急急忙忙打开厨房间的橱柜。就像我猜到的那样，康斯坦的食物储藏不是太多。我找到了几乎是我期待的一些麦片和咖啡粉。我还幸运地找到了咖啡机，接着室内弥漫着刚煮熟的香气迷人的咖啡味。这时尼克也出现了在客厅。他有个惊人的本事，就是当咖啡和食物做好之后会马上出现。

米卡尔回到了卧室，再回来的样子已经变成了人形体。

"我们得找个时间准备一个可行的计划。"

"我也是这么想的。"我说道，"在还没了解更确切的情况时，我们不能做出任何行动。一目了然的是，你不能从这个房子里出去。"

他知道这些。我从他的表情上看得到，就像他的每一个细胞讨厌这个想法那样。他甚至准备抗议，但是尼克的大声的哈欠打断了他。"米卡尔。别傻了。我很荣幸，你想要玩一些勇敢事情，但是如果你想立马把自己给弄死的话，来这里就没什么意义了。虽然我是很想回家的。你得乖乖地待在这里，直到我们达成接下来该怎么办的共识。"

我和米卡尔的眉毛同时扬了起来。

"干吗？你们知道我是对的。"

"我们都知道。"最后米卡尔说道，显然，他决定把气氛搞得有趣一点，"我会在家里乖乖地待着，直到你们决定解开我的禁足。我可否问一下，你们打算怎么办？"

"我们会打听信息。"尼克说道。

"你们打算如何打听的呢？"

"简单点。"我说道，"我们去人类的地方，然后打听他们知道些什么。"

我们就这样决定了。我们先花了好长时间想，如何去镇上之前让我的和尼克的东西上和衣服上没有米卡尔的味道。尼克从家里带了一瓶除味剂，但是它帮不了什么忙。我们把自己的全身重新洗了一遍，然后更换了衣服。康斯坦的木屋里没有浴室，只有一个在户外的桑拿房，里面的水得自己取。我们拿起水桶从水井里取了水。

"这水闻起来像死掉的松鼠。"尼克提醒，"当然这可以是件好事。我们闻上去非常臭，谁都不敢近距离地闻我们身上的味道。"

等我们一切准备完毕时，尼克一把从桌上拿起康斯坦的车钥匙。我的目光转向放在椅子上我打开的双肩包。片刻之后我走过去，从里面拿出相机。

拍照从来不是我的特殊天赋，但是尼克的时装项目让我再次拿起妈妈的旧相机。她留下的还有时髦的数码相机，但是胶卷有它自己的魅力。我在家里装上了新的胶卷。

我把相机挂在脖子上。尼克满脸问号地看着我，但是没有说什么。我傻傻地感觉有东西能让我安心。

我们往狼山镇的中心开去。我从没把它当作正式的中心，因为那里只有一条街，不过它的两旁全部是狼山镇最主要的建筑，包括我以前的学校在内，狼山高中。尼克把车停在了它的院子里，然后我从车上走出。我刚来得及把车门甩上，就听到背后传来口哨声。

"瞧瞧。城市公主回来了。"乔尼说道。

"还有女王子。"尼克在我的后面出现时佩卡说道，"哇，赫尔辛基把你变得比我认为有可能的更加一百遍的女人味啦。"

乔尼和佩卡与我们一起上的高中。

他们从第一次见到我就开始骚扰我。他们的外表和个性完全匹配：他们长得就是那么富于男子气概，就像他们肱头肌的尺寸那样非常能让人理解。越和他们接触我对他们的反感程度越是增加，不是因为尼克的原因。

我瞥向尼克，我得承认他们的观点。

尼克把头发剪得更加夸张而且几乎完全改变了以前的穿着方式。

"谢了。"他回道，"我认为，他们在夸奖我们的外表呢。"我看了看自己的裙子，脖子上挂的相机和脚上的高跟鞋，并且自我感觉像是个以前从没来过狼山镇的旅游客。"听上去真的是这样。"

"你们应该待在你们的城市。"乔尼说道，"这里的时代已经变了。而且对你们，不是朝有利的方向发展。"

"对啊，为什么你们会来这里？"

"我们去见亲戚，还有一些想念我们的朋友。"我回答，"你们来高中干吗？难道你们高考失败了？"

"你就别为我们担心啦。"乔尼说道，"我们前段日子过得不要太爽啊。马尔蒂比任何一个萨里要公平得多。"

"我听说了。看来你们现在是给他跑腿的？"

"算是吧。你根本不会懂，你的周围发生了什么。咱们走，乔尼。"

他们从我们身边走过，然后钻进离我们的两辆车距离的车里。几秒钟之后传来轰隆隆的声响，他们加速油门离开了停车场。

"估计你说的没错。"尼克一遍沉思一边说道,"若是那两个对目前的状况很兴奋的话,这意味着,我们得做些什么。"

我们决定分开行动。尼克去他奶奶那里,同时我在镇上转悠并且闻闻空气——象征性的。我在镇上走了一会儿没看到任何人。狼山镇在冬天是滑雪中心,据我所知夏天从没吸引过很多游客。然而,我不能不惊讶,此时是否是由于人类逐渐消失的原因,路上没有一辆车。谁都没有走出家门晒太阳,虽然是星期天而且温度非常舒适。要不是时间已经过了好久,我会以为现在是镇上的月圆之日。直接来讲,月圆之日没有让我感到像这次难以解释的人口剧减那么不舒服。

我凝视了片刻这条空荡荡的街道之后拿起相机,然后捕捉起了风景。

没有其他好主意的情况下我决定去图书馆。当我到达图书馆的广场时,我想起这个时间它是否开着。大门是开着的,我走了进去。

狼山镇的图书馆就像预期的那样,很小。我以前最多来过这里一两次,而且这次我完全不确定,为什么我会从这里开始寻找感兴趣的东西。最有可能的是我待在这里,直到尼克从他的奶奶那里回来。

我慢慢地在第一排书架旁溜达,阅览架子上放着的书类。我看到了,碰巧看到了民族故事类和神话类的位置,并且惊讶地发现,很多书或多或少都和狼有关。有时我很难相信我没把镇上的秘密早点弄清楚——回想起来所有的迹象是那么地明显。

就像我应该探索的标题,我放弃了那些狼的书,接着往小说类的方向转移。在我看到书架的 H 字母之前我发现,室内的远处一个小小的读书角落里有谁。有谁,在看着我。

花了许久,我才认出他。我从没看到过他的头发扎成马尾巴。我也从没看到过他这么勇敢地直视我的眼睛。

我把手中的书放回了书架,然后往他那里走。当我现在总算面对着一个挑战时,我不确定该怎么办。我在心里暗骂,我之前从没考虑过,我如何在不泄漏我所知道的米卡尔事情的情况下,从任何一个人那里得到信息。

"你好，约翰。"我说道，然后坐在圆桌的对面，"很高兴见到你。"

"你好，莱依莎。"他说话的方式要比我记忆中活泼多了。去年我一直感叹他奇怪的举止，直到我得知，他的奶奶，碰巧也是我们学校的老师而且是全镇上的疯子狼人，曾经想把我们两个配成对。我们之间几乎一直非常不自在，这从不是个大惊喜。

"你的夏天过得怎样？"

"非常好。我在打工。我和尼克还是决定来这里看看亲戚。"我回答。我等待着他的反应。

"这很能理解。你们已经好久没见到过他们了。"

我决定跟上节奏。"你在图书馆里干什么？据我所知，所有的考试都应该已经结束了。"约翰和米卡尔一样是春季的高考生，我假设他去申请了哪个学校。就像很多人那样，缺乏与人接触的能力更好地弥补了读书能力，这是我听说过的。

他耸耸肩。"看书比较有意思。而且这里没有什么特别可以做的事情，或许你也应该知道的。"除了他那漫不经心的语气之外，他看着我的方式，一定是隐含着某种含意。我先被吓了一跳——难道他已经知道，我准备干什么了吗？接着我看到他往借书服务台的方向瞥了一眼，我明白了他的含意是，我们被监听着。

"这本书不错。我能肯定，你会喜欢的。"他说道，"你想看一会儿吗？"

我丝毫没有头绪，他在说什么，但是我决定和他一起玩一下。"为什么不呢。"

他把书从桌的另一边推了过来，我感兴趣地阅览着打开的那一页。书的内容看似是关于政治的，我找不出什么我很感兴趣的地方。

"这是唯一的一本，不过如果你想在我之后借的话，我可以把书的名字和作者写下来。"

"这太好啦。"

约翰打开了笔袋——它的侧面印着蜘蛛侠，这真像是小学一年级时候的笔袋——接着他从笔记本中撕下了一张小小的纸条。他在上面写了一些什么然后递给了我。

"给你。"

我拿起字纸条。代替书的名字上面写着："一小时以后在狼窝见。"狼窝是一家当地的酒吧，那里我从没去过。我一点都想不出，为什么约翰想要在那里见面。我也不明白，为什么他不发出声来请我去。然而，我把所有的疑问吞进肚子，接着把字条塞进衣服口袋里，然后用可以让任何人都感到开心的笑容微笑着。"谢谢。这书真的不错。现在我得走了，不过我希望以后我们可以再见面。"我说道，然后我站了起来。约翰点了点头表示再见接着又把头埋入书中。

我准备离开图书馆。当我又一次走到民族故事类的位置时，我停下了脚步。我的眼球看到了什么。

我从书架上拿出了一本书。它已经被磨损得相当厉害，书的封面样子很无聊。不过，我被书的名字给吸引住了。

《狼孩》。

我快速地读了一下后面的介绍。"狼孩"的内容在介绍中没有提到，但是它完美地介绍了一部分关于芬兰民族传统的事情。同时还有一小段诗。它看上去很像丹尼尔寄给我的书上的诗。

我不知道我在想什么。我考虑把这本书放回书架，然后悄悄地从图书馆离开。我没有任何理由去怀疑，我手中的这本和丹尼尔给我的那本不是同样的作品。当然，丹尼尔的那本版本明显要比这本旧，想必他只是想把贵重的第一本稀有收藏品寄放在我这里保管。书与狼山镇和他的失踪没任何关联。我感到自己像个傻瓜，能把事情联想到其他地方。

同时，我的好奇心开始觉醒。丹尼尔从没让人感觉他是个书虫。我很难想象他对小说或着古董书感兴趣。故事一定对他有着某种其他的含意。某种，能够搞清楚他的信息的含意。

当我拿着书往借书服务台的方向走去时，我试着让自己看上去很有自信。我怀疑图书馆管理员应该不会关心我借什么书，不过约翰的奇怪举动让我感到脚趾在发抖。我把书和借书卡递给了一位女性图书馆管理员。图书卡我也就用过那么几次。

"对当地的诗歌感兴趣？"她扫描着书的编码同时问道。从她的语气能判断，她知道我是谁。

"它看起来是本很有意思的书。"我耸耸肩说道，"对国内文学的缺乏了解让我感到有些惭愧，这本书我感觉是个很好的方式去能让我一些了解。"我向她笑了笑，她也向我回笑了一下。这让我有些松了口气。

女人递给了我借书的凭证，我向她说了声谢谢然后走出了图书馆。我毫无头绪，接下来的一个小时我应该如何度过——尤其是，我很难理解刚才的那个地下党游戏的举动。焦虑不安应该从我身上发出几百米的辐射，这对一个住满了狼人的小镇不是什么好事。突然间，我感到独自一人在街上晃悠不是个太好的想法。我决定去尼克的奶奶安妮的旅游纪念品店，瞧瞧是否能找到尼克。

我在店的橱窗前停下了脚步。安妮奶奶在橱窗内摆放了各式各样的狼主题的旅游商品，我忍不住笑了起来。我觉得最好玩的是一个会点头太阳能的塑料狼，它的头在不停地点。我举起相机蹲下身。

我的一只不看取景器的眼睛发现了店里的动静，但是我对拍照的注意力过于集中，导致当我发现的时候已经太迟。

忽然，一个物体出现在镜头的前面，我吓了一大跳同时咔嚓一声按下了快门。当我意识到是谁站在我面前的时候，由惊吓立即变成了惊愕失色。

米娅，马尔蒂的女儿。

她站在橱窗里面微笑着向我挥手。

我不知道，她在尼克奶奶的店里干什么。这应该是当地人会去的最后的一个地方。

我有两个选择：要么走进去，把事情搞清楚，要么撒腿就逃。正当我准备考虑往后者的想法发展时，一个想法出现在大脑中。"如果她对安妮做了什么呢？或者尼克？"

店的门铃响起了和我一年前第一次踏入这店时同样的声音。我慢慢地通过鼻子呼出呼进。几十个选择中的恐怖场景开始在我的大脑中形成，我一次次地压制它们。我没有时间去恐慌。

"你好啊，莱依莎。"米娅高兴地说道，"什么风把你吹来了？"

我知道她指的是为什么我来狼山镇，但是我决定不回答她这个问题。"我来找尼克，"我回答，"他说过他要去看他的奶奶。"我往四处张望，"看来他们都不在这里。"

"安妮奶奶去度假了。她聘请我做她的暑假工。"

"不错啊。"我甚至可以打赌，她是唯一的申请人。谁都不敢和首领的后代竞争。

我不让自己看上去在恐慌并竭力快速地离开了那里。我别无选择，只有去狼窝等待约翰的到来。当我走进狼窝，我吃惊地发现，酒吧空无一人。午餐时间当然已经过了，但是我几乎能确定，几个月之前镇上应该还是有一些固定的酒吧老客人。他们其中一定包括尼克的爸爸，但在我看来，他在家里也很容易打开酒瓶盖子。

我直接走到酒吧的前台，那里站着一个女人正在向我亲切地打招呼。感觉好像她今天整天都在等待着某个人能够走进酒吧，可以和她聊天。我以前从没看到过她。

我要了一杯咖啡，她说她会把咖啡端到桌子上的。我坐在了能看到整个酒吧的后方角落里，我往窗户外望去。空无一人。女人把咖啡端了过来，然后像我期待的那样，站在桌的前面和我说话。我坐直了身体，向她询问了一些客气的话题。

很快我得知，她才刚刚搬到这个镇上，对狼人的事情一无所知。出于某种原因，我对她的话的可信度绝对有把握。也许我是一个所谓的进入了狼圈学到了能立刻辨认谎言的专家，这在以前是不可能的事情。

我把咖啡喝完，接着又要了一杯，然后约翰走了进来。我得承认，他有很好的演员天赋：当我看到他的表情的时候，片刻我也认为自己是在几个月之后第一次看到他。

"你好啊，莱依莎！你来狼山镇干吗呢？"

"还有什么呢，度假呗。"

约翰在我的桌子前坐下，女人又赶紧过来拿走他的订单。我很惊讶，他要了一杯啤酒。

女人把扎啤送来时，前台后面的房间传来敲门声，接着女人从大堂里消失了。

"来的正是时候。"约翰轻声说道。

"到底是怎么一回事？"

"这里每个星期四的四点都会送货过来，艾亚一直很认真地卸货。她是人类，所以她听不到，我们在说什么。至少现在听不到。"为了慎重起见，他走到点唱机前面，往里面投了几个硬币。片刻空气中弥漫着Hurriganes的摇滚音乐。（注：芬兰1970年代著名乐队）。

我等约翰再次坐回他的座位。"我一点都不知道，这里究竟发生了什么，但是这个让我害怕。"

"你真的一点都不知道吗？"

"不知道，"我说道，扬起了眉毛，"为什么你请我到这里来？"

"这样你就能告诉我，米卡尔是否真的还活着。"

我顿时一惊，他为什么会直接问我米卡尔的事情。难不成他真的知道些什么。从他刚才在图书馆的举动，显然他不站在马尔蒂的那一边。他是否想帮助我们。

然而，我不准备太草率地做出结论。我谨慎地选择了我该说的话，"你凭什么认为，米卡尔还活着？"

"凭你昨天晚上发来的短信。"

我又一惊，第一个反应是有哪些人有我的号码。米卡尔曾经在我没给他号码的情况下打给了我第一个电话，但我百分之百的确定，我从没把号码给过约翰。接着我第二个反应是，是谁我在火车上睡着的时候用了我的手机发给了约翰短信。我只有一个解释，米卡尔。某种原因他已经考虑过，约翰是狼山镇上唯一他可以信任的狼人。

我片刻看着约翰的双目，猜想也许这不是什么太差的主意。约翰看似从来不对权力斗争感兴趣。我完全不知道他在狼族里的级别，但是我不认为他的级别很高。

"我需要某样证明。某样，可以让我能够相信你的证明。"

"如果你是狼人的话，你应该已经知道了。"他回答，"但是你说的没错。如果你今天来旧广场，你会完全明白，为什么我恨马尔蒂。同时你会很快明白，这里变成了什么样子。"

他的声音听上去非常的苦涩，这完全不符合他刚才的样子。

"今天会发生什么事情？"我问道。

他发出了令人心碎的声音。"我的奶奶将被处死。"

＊＊＊

两个小时之后，我和尼克驾着车往树林的旧址广场开去。我从没听说过有这么个地方，但是尼克马上知道，我在说哪个地方。我们两个都沉默着。我认为我们两个都很明白，现在去参加狼族的聚会不是太理智的举动。然而，同时我也认为我们别无选择。

我从没有特别喜欢过约翰的奶奶马里塔。直截了当地讲，我一直对她的神经质感到很恐惧。她给我添了很多麻烦，我得承认，某段时候我曾经真想站出来抗议，撤销她所有的职务。

尼克曾经告诉过我，很久以前，把一些再不能自理的狼族老成员解决掉是件很寻常的事情。狼人比人类活得要更久，但是也付出了它的代价：变老同时也会变疯，更可怕的情况是老狼人会变得难以分辨，他是人形体还是狼形体。但是我没听到过，这几十年间有谁会因此而丧命。

直到现在。

谁都不应该受到这样的折磨，甚至是马里塔。抛开一切丹尼尔的缺点，对他也是同样的想法。我从不认为他是个仁慈的首领，但是我逐渐开始意识到，也许他不全是错的。几个星期之前我还不能想象我会这么想，但是突然之间我几乎有些想念他了。

"你认为，我们能被留在广场里吗？"我问道。

"我不知道。我是狼族的成员，我可以留在现场。你的情况有可能是另外一种。"

"难道他们不会在意，你未经允许离开了狼族？"我不是唯一害怕丹尼尔的复仇的那个。

"我是因为丹尼尔离开的。有可能那个地方对我有利。"

显然，他说的没错。尼克把车停在了沙子小路的一旁，然后往森林方向走。我跟在他的后面。我们像是走了很久很久，然后到了一个很大的曾经被火烧过的区域。我看着四周，吃惊地发现，我们离山更近了。我的正面是一片平地，平地后面是一大片树林。如果我能揣测数量的话，狼族的大多数成员已经到了。同时我意识到，为什么会把地点选在这么偏远的区域：大部分成员是用狼形体来到这里。

我们希望在其他人浑然不知的情况下到达那里的幻觉在此时已经破灭，因为当我们到达广场时，我们的头顶上像是照射着舞台灯。每一双眼睛都盯着我们，我们附近的几个狼人使劲在吸气，像在分辨我们身上带来的一切气味。

"你不属于这里。"我们附近的一个男人说道。片刻我认出他是学校的体育老师。

"她是我邀请来的。"尼克说道，我猜他是企图坚持狼族的某种协议，"莱依莎以前在狼族里有过特殊地位，她有权再次恢复那个特权。"

特殊地位他一定指的是，我如何被欺骗接受一个佩饰，它意味着我是首领的——或者是米卡尔的——未来的孩子的母亲。因为女狼人不能生孩子，狼族一直以来是依靠人类的女人。但是这从没终止过狼人对人类女性的蔑视，以及甚至对她们使用暴力。我真的希望，尼克的计划中没有包括同意相同的承诺。

体育课老师明显是对这个提议表示反对，但是站在他旁边的那个狼人说："让马尔蒂来决定。"然后他放弃了他的抗议。

我们不用等待太久新首领的到来。一束灯光照到了树干，我看到广场的另一端有一条像车道的路。

车终于到达广场的边缘，我起初不能相信自己的眼睛。世界上没有几种车我可以在看过几次之后认出的，但是在我面前的这辆银色宝马是属于这个罕见的群体。我有多少次希望在家的院子里或者学校的广场上看到它？我曾经有多少次坐在它的里面，我不会认错。同样也不可能，某个镇上的人偶然买了一辆同样款式的车。不对，这是萨里家的车。现在是马尔蒂在开。

他轻松地把车停在了广场的中央，狼人们立即围在它的周围。某种令人不快和极度恐惧的感觉——简直就像马尔蒂是一个太阳，其他人会自动地去寻找它转动的轨道。谁知道或许对于狼人们来讲就应该这样子。

然而，最变态的是，从车后窗玻璃看到的。不仅仅是看着恐怖，而且听着更恐怖。马里塔用头部和背部不停地撞击车窗，像一个猛兽在拼命地尖叫。事实上，我很惊讶，她没有变成狼的形状态。

"我们需要所有人说话的能力。狼人们，变成人形体。"

我们的四周开始发生着变化。我以前只看到过一次某人变身，那个某人是在一瞬间向我攻击的丹尼尔。变身过程中的样子一点都不好看，不过也没有像那些电影里介绍的那样令人毛骨悚然——没有咔嚓嘎吱骨头的声响，或是痛苦的咆哮声，也没有发光或是爆炸声。在场的狼形体的依然超过半数，这意味着，同一时刻真的是好多狼人在变身。而且这次变身发生在狼人自愿的情况下，感觉变身速度在加快。我完全不知道，应该往哪里看。我感到，仿佛我是在看其他人在脱衣服，过了一阵子之后，我意识到这是真的。事实上，变身之后大家都没有穿衣服。

看着所有的这些光着身子的真的感觉非常的别扭，我和他们曾经一起在这个镇上生活了八个月。从这些人的表情上来判断，我是唯一对这个时刻感到尴尬的，因此我想我还是最好假装这一切都很正常。

"是狼人就会看到很多裸体的。"尼克在我身边确认道。

"马尔蒂，这里有个人类。"某个站在我们前面的狼人说道——我分辨不出是谁。总而言之马尔蒂的注意力转移到了我们这里。

我记得有时候我会觉得马尔蒂长得像一个年轻的圣诞老人。他的外表什么都没有变，不过那是他留给我的过去的印象；现在他看上去是我每一本历史书中讲述的暴君样子。

他那长满胡须的脸渐趋显露笑容。

"你几乎说对了。"他回答道。

我不是太确定，我是否想知道，他指的是什么。他知道某些我的背景，对我不可能是件好事。

"莱依莎。什么风把你吹来了？"

"我来看朋友的。"我说道。

"这是当然。但是这个是狼族的事情，你不属于狼族。"

"她有首领给予的特殊地位。"尼克说道，"她来这里是为了知道，新的首领是否继续给她这个特权。"

"我可以忠实地告诉你，我不会娶你做我女儿的妻子。"马尔蒂说完，四周一阵哄然大笑。"不过很有可能，从你身上还能找到一些用处。"他看了一眼车的方向，马里塔在那里还继续着她的喊叫。"你不是和马里塔曾经有过过节么。"

我咽了一下口水。我不知道，马尔蒂在盘算着什么，但是我能肯定，我不会喜欢。

我掂量了一下自己的选择。将近一百个狼人在我四周，我完全没有可能欺骗得了他们。"我们曾经有过一些小问题，不过已经过去了。"

"时间与公正完全无关。"他举起双手，"到这边来，莱依莎。我们这儿的狼山镇开始了新的时代，决定不再是独裁性的和不对外开放的。你现在很荣幸参与这一部分。"

不，我一点都不喜欢这样的发展方向。我先看了一眼尼克，接着我的目光转向了约翰，他站在我十米远的地方凝视着宝马车的后窗，从表情上来判断他不能相信所看到的。他抬起了头，片刻我们的目光相遇。这个时刻我明白，我们都没有任何办法阻止这场噩梦。

狼人们给我让出了一条道路，我往马尔蒂的方向走去。我的耳边传来奇怪的沙沙声，实际上我感到就像我突然在一个巨大的鱼缸里面，而不是在外界呼吸着新鲜空气。我的手不由自主地举起握住了马尔蒂伸出的手，片刻我在寻思，他是否有可能让我做出我不愿意的事情。

"狼族伙伴们，"马尔蒂开始发言，"今天我们大家悲痛地聚集在一起，因为有一件不可避免的事情需要执行。狼族首领的义务包括照顾狼族，有时它需要付出很大的牺牲。今天我必须要完成一件，很久以前应该完成的事情。"

他久久地看着镇民们。"马里塔·卡尔沃宁已经在三百五十年之中为狼族做出了巨大的贡献，我们大家对她都有着无比敬畏之心。然而，她已经出现了明显的老龄化发疯的迹象。当她的丈夫去世之后，这种威胁变得特别的明显，我身为首领没有其他选择，除了结束她的生命。"

也就是说约科已经死了，我僵直地想着。他曾经是高中的校长，他和马里塔一起负责大部分的课程。我一直感到约科有些可怜。他照顾着他的妻子，并且自己的身体状况也不太好。这些曾经从他的脸上就能看出来。

"然而，在实施判决之前，我让莱依莎说出她自己的想法。然后，任何人，对我的决定有反对意见，可以表达。所有的看法都考虑进去。"

真豁达啊，我心想。接着我才明白过来，他是对我说的。

"其实我没有什么好说的。"我说道，"马里塔对我的态度一直有些奇怪，但是她从没真正地伤害过我。"

"你确定吗？告诉大家，比如你的画发生了什么事情？"

我已经把它忘记了。我在狼山镇的第一个美术课作业是画了一张我以后才发现是米卡尔的狼的肖像画。在我把画挂在食堂的墙壁上之后，很快有谁把它糟蹋掉了，几个月以后丹尼尔告诉我，把画弄糟的是马里塔。

"她把我的作业弄坏了，"我承认，"但是她对我没有产生什么威胁。"

"这是你认为的。然而，马里塔是为了你——转移——更确切点说是——放病假了。那段时期她开始谋划把你弄死。你一定还记得那天，米卡尔·萨里请你去滑雪以代替上学？"

我喉咙干干的，能做的只是点点头。那是我永远不会忘记的，其中的一天。

"他这么做的原因是，马里塔那天会回学校，我们都不能确定，她是否有足够的理智不去实行她的计划。"

丹尼尔在攻击我之前也说了同样的话。那时候这句话刺痛了我的心，现在也出现了同样反应。我试着很理智地接受这件事情，我必须得承认，我对我和米卡尔之间的事情理解能力比较迟钝。我想象是米卡尔请我和他一起去，因为，那个，因为他想请我去。

"她对你很生气，因为你显然没有对她的孙子约翰产生兴趣，而且她对能生出自己的孩子的人类女子有种痴迷妄想，因为人类女子和她不同。约翰，我说的正确吗？"

约翰的下颚在抽紧。最终他还是不得不选择张开了嘴巴。"正确。"

马尔蒂转向群众。"好了。就是说马里塔已经计划过要伤害莱依莎，并且在丹尼尔直接禁止她伤害莱依莎之后依然有那个举动——禁令，就像我们大家都知道的那样，没有一个狼族的成员能够拒绝——她又偷了莱依莎的衣服并且表现出奇怪的样子。告诉我们，莱依莎，你猜到的狼山镇的秘密中，马里塔属于多大部分？"

"完全没有。"我如实回答道。米卡尔是唯一，有可能被指责的，让我了解到了狼山镇居民们的真实样子。

"但是你还是注意到了她的行为？你认为她很奇怪，而且你觉得好奇，她到底是出了什么问题？"

"是的。"

马尔蒂又转向群众。"有几个其他的人类会想到同样的事情？尤其是现在，当镇上住着有史以来最多的人类？"

狼族中传出一阵阵窃窃私语。

"谢谢，莱依莎，你可以回到你的原地上去了。"

我像个傻子一样踉跄地走到尼克身边并且纳闷刚才是发生了什么事情。我真的是在证实马里塔有罪吗？

"这些话之后，有谁给出相反的证词吗？"

狼族的群体中再次传出一阵阵轻轻的窃窃私语，但是谁都没提高嗓门。马尔蒂再次转向约翰的方向。"约翰？"

我能看到，他的内心如何在做斗争。就像他多么希望能替他奶奶求情，他知道，这没有用。一切马尔蒂和我所说的，都是事实，他根本不能撤销那些事实。他应该也意识到，没有一丝胜算能够让马尔蒂回心转意宽容他的奶奶。马尔蒂已经做出了他的决定，乞求宽容在他的眼里只会让约翰看上去非常的懦弱。

"没有。"

我再也不能够看着他。不是因为我会开始哭泣。如果狼人藐视某样东西比狼人示弱更加明显的，那就是人类的示弱。我不准备让马尔蒂察觉到，我被打败了。

尼克抓起我的手并且紧紧地捏着。此时，我有多么需要被安慰。

"看来事情已经决定。"马尔蒂往车的方向踏步，就像无声的命令着他身边出现的乔尼和佩卡。他们打开了后车门的同时马尔蒂在车的前排摸索着什么，接着他们把拼命尖叫反抗的马里塔从车上拖了出来。作为一个老人，她做出许多让人震惊的抵抗。她穿着破旧的毛衣和中长裙，虽然我一直记得她看上去很老，前几个月显然对她很沉重。她至少瘦了十公斤。

乔尼和佩卡抬着马里塔的肩膀和脚，走在马尔蒂的前面。我不能理解，他们怎能这样恶劣地对待他们以前的老师，但是看上去这对他们没有丝毫影响。他们强迫马里塔站直。这时狼人们已经在车的四周围绕成了一个很大的圈，在圈的五米半径以内站的只有马尔蒂、马里塔、乔尼和佩卡。他们松开了马里塔，她马上扑向最近的狼人们的肉体围墙。接着她立刻被推了回去。

乔尼攫住马里塔的双手，反拧到她的背后。马里塔看着四周，片刻她的表情里显露出疑惑：就像是她不知道，接下来会发生什么事情。

但是，她很快就会明白，因为接下来马尔蒂拿出了一把很长的剑。他向所有的人从头到脚展示这把剑，我看到，钢制的剑身在落山前的太阳光芒中闪烁。不，那不是钢，而是银，过了片刻我才明白过来。银是唯一能够真正伤害到狼人的材料。

"你们不懂。末日将会到来。一切都会结束的。"马里塔喊道。狼族们变得肃静了。我能听到她说的话。她的话中每一个虔诚之词吸引了在场的所有人，也包括她自己。我得承认她比我期待的要勇敢得多。或者是她还没明白过来，将会发生什么。

就像是她读懂了我的想法，因为她的目光集中在了我的身上。

"你。你是唯一的，可以拯救我们大家的。只有你。你会救我们吧，莱依莎？我们可以相信你吗？"

我不相信，我的眼睛能够睁得再大一点。我好想大喊。

"我很抱歉。"这似乎是这段时间我唯一感到我可以对任何人说的一句话。

马尔蒂用右手抓着利剑。我感到大脑完全不再运转。

我看着马尔蒂。我等待着他再次说些什么，让马里塔留下最后的遗言。当他往空中举起利剑时，我明白不会有了。

我对它无能为力。就像小时候当电影变得非常恐怖，我紧紧地闭上眼睛。

有谁开始喊叫。不，是哀叫。我听到毛骨悚然的声音，就像刀插入了肉身，然后哀叫立刻停止了。我紧紧地闭着眼睛希望着，我能够把死静从我耳朵里赶走。

"没事了。"在某种东西倒在了地上之前，我听到尼克在我的耳边悄悄说道。

马里塔·卡尔沃宁死了。

第六章

尼克牵着我的手开始离开那个地方，狼人们也开始散开，就像他们觉得这一些都无所谓那样，我们不想留下来弄清楚，马里塔的尸体是如何处置。所有的一切发生之后我不应该感到震惊，即使马尔蒂会选择把马里塔的头挂在镇公所的前面。

我们也没有留下来看约翰。这是纯粹的懦弱，但是在这个情况下显示团结是一个非常明确的信号，我们在谁的手里作秀。我不相信我会成为什么安慰者——我甚至是勉强让我的早餐保留在我的胃里面。

往车的方向走的路我感觉无休止地长。我的眼眶中满是泪水，让我难以看清前方，我比来的时候更加跌跌撞撞。我们终于回到车那里的时候，尼克猛地停住了脚步，我唯一能反应的是，我们不是独自两人。

约翰双手插着口袋靠在车的保险杠上。他脸上的红色污渍让我想起，马里塔的死刑对他是多么的痛苦。然而，他的眼神闪烁着某种愤怒的光芒，意味着，他对马尔蒂的狼族义务已经结束。

"我和你们一起走。"

***

"你知道的，在这之后你身上不能留着米卡尔的气味回到狼族那里。"我们回康斯坦的木屋的路上，尼克说道。

"我没打算回去。"他说道，"至少是在我们知道如何击败马尔蒂之前。"

随后车里是沉重的沉默。

"我很清楚，我奶奶是什么样子的。我比你们更清楚。她是个老人并且有精神问题，但这不能改变她对我的重要性。爸爸死的时候我还很小，奶奶和爷爷就是我的父母。"

而现在他举目无亲。这听起来有多么熟悉啊。

"我必须做些什么。"

"我知道。"我说道。

最后，我们到达了小木屋的院子里面。米卡尔站在大门的旁边，看着我们从车上走出。

"你不是应该待在里面的吗？"我问道。

"因为你们已经去了好久。"他的注意力转移到了后车位坐着的约翰那里，"看来你收到了我的短信。"

"是的。"他打开车门，从车里钻出的动作令人吃惊的轻松。约翰估计得有一米九几的身高，康斯坦的车不是很大。但是约翰显然比他的外表样子要灵活许多——我逐渐意识到，我在他身上的其他认识也都有偏差。到目前为止，一切他所做的，都让我意想不到的有利。

"我知道，我没有任何权利来请求你的帮助，但是我依然请求。"

约翰的表情非常坚定不移。"这事关狼族。"

米卡尔点了点头。他向他举起了手，然后他们相互握了握手。

"好个硬汉啊。"尼克喃喃自语道。

"咱们进去吧，我去煮咖啡。你们告诉我，发生了什么事情。"米卡尔说道。

我和约翰都不愿意向米卡尔讲出这一个小时发生的事情。最后是由尼克来讲一切故事。他从遇见了乔尼和佩卡开始，接着去看了安妮奶奶，这也是我第一次听到的。安妮奶奶在家里。她很确定她自己很好，虽然对镇上发生的事情也非常担忧。马尔蒂向她提出让她雇佣米娅，于是聪明的女人同意了这个要求。安妮在这镇上已经住了很久，她明白，什么时候应该保持低调。

"奶奶对马尔蒂让很多人类住进镇里表示吃惊，"尼克说道，"马尔蒂从来不是个宽容者。"

"毫无疑问非常奇怪，"我说道，"镇上住的人类越是多，镇上的秘密越容易被暴露。马尔蒂应该意识到这一点。"我看着其他人，"大家对这个问题有什么好的解释吗？"

所有人都不出声。

尼克继续说他的故事，我和约翰开始紧紧地凝视着桌子。刚刚发生过的事情让我想把我的耳朵塞住，我的大脑不停地在重复尼克说的话。

我不再能确定我是否能把故事全部听完。当尼克将要讲到杀生的阶段的时候，我站了起来。

"我去一下洗手间。"我说道，大伙都一脸问号地看着我。我转身走出了木屋。

我大步往前走，一边牢牢地看着小径。我知道，他们都知道我没去洗手间。他们一定在说他们不应该让人类加入这些事件之中，因为很明显，我接受不了那些事情。他们一定在摇头。我决定，我不去管那些。

我发现我真的是在往户外桑拿房隔壁的厕所方向走去。也许我是想纠正我的谎言——或者更可能一点，我只是想把厕所想成安全地带。康斯坦的户外厕所（注：芬兰木屋别墅的特色环保厕所）是用红色油漆漆成的。它很干净而且几乎没有臭味——在我们来之前谁都没用过。

我坐在马桶盖的上面。阳光透过一扇小窗照射了进来，它正好足够让我看清楚墙上贴着的海报上的图案和文字，那是各种鱼类和它们的拉丁文名字。

是我自己决定来狼山镇的。出于某种原因我曾经憧憬，状况将会是多么地困难，但是一切都会美好地结束。我一直认为，丹尼尔是我遇到过的最坏的人。而现在我好希望他能在这里替我们把所有的问题解决掉。虽然他非常地难以琢摸和奸诈，但他还总是用某种老谋深算的方式保护着我们。

我无法想象，丹尼尔会弃置不管搏斗或是喧杂。不过，现在似乎没有人知道，他发生了什么事情。我无法摆脱心中的某种非常微妙的感觉。某种可怕的感觉。

真相在我的大脑中开始清晰。首先我意识到，咱们大家都有生命危险。

真正的"谁都不会来解救我们如果我们搞砸的话"——生命危险。谁都没有把我们当孩子看待。我们自己负责最终的结果。

我们可以离开。这还不太迟。我们可以回家，然后让其他人做这些勇敢的壮举。某些，不会在乎马尔蒂准备付出任何代价得到首领地位的其他人。

这就是问题的核心。我们怎样能够不让马里塔的下场在其他人身上重演？我们如何视而不见？

我们不能，这个我能马上肯定。我一定是在考虑其他选择的，唯一那个。在非常害怕的，我是唯一那个。

这个想法让我的大脑终于恢复了理智。我讨厌恐惧。我讨厌，我是我们之中最薄弱的一环。我不应该这样。

"一切都还好吧？"

米卡尔应该已经在外面站了有些时间。我一脚把门踢开，让他看到我很好。

他的双手分别拿着一杯咖啡。他往他右边的木凳扬了扬头，意思是去那边坐，我迟疑了片刻，从马桶上站了起来，走到他的旁边坐下。

他递给我一杯咖啡，虽然咖啡有些冷了，但是我很感激他的举动。

"我很抱歉，你不得不见证了某些那样的事情。"片刻之后米卡尔说道，"我好希望，那时我能够替你在那里。"

我叹了口气。"当我每一次认为已经习惯了狼人们的方式时，你们总能再次让我吃惊。"

"这只是马尔蒂他独有的方式，不是我们的。"他纠正我的看法，"你是我们其中的一个。"

"我是，我不是。"我想起了丹尼尔曾经说过类似的话，我停止不了我想说的，"这让我的状况变得更有意思了。"

米卡尔的脸色变得深沉了起来，我立马后悔刚才说的话。我说的话他一直都认真对待。我真的不是想让他现在的立场变得更加难堪。

当他对我说"我很抱歉"时，我感到心都碎了。

"你别这样。"我叹息，"是我自己选择来这里的。同样的，我看到马里塔被处死也是我的选择。别把我当受害者看待。"

我用手揉了揉自己的额头。我想起了什么。"我无法理解，他们真的把你的车给抢走了。"

"还有我的家。"米卡尔的样子变得更加低沉。

"什么？"

"约翰告诉我马尔蒂一家子已经统统搬到我的家里了。"

我不知道该说些什么。他的家是我看到过的最漂亮的住宅中的一个，但是对米卡尔来讲它不单单是住宅。他的家被霸占了。我只能想象他现在的心情。

"真的太可恶了。"我低语。这也许表达得不够透彻，但是我不想骂脏话。

我摇了摇脑袋，希望大脑能理出个头绪。但是没用。

"我一直都以为，丹尼尔是个坏首领。现在我意识到，那些我们之间发生的事，是非常，非常渺小的。"

米卡尔沉默了很久，我怀疑我是否说得太过了。"某一天你会告诉我，到底发生了什么事情。"

"那是不应该记得的事情。"是的，这是我的真心话。

"你可以告诉我任何事情。"

"我知道。"这也是真心话。我一直信任米卡尔，虽然我们已经不在一起，但这不会改变我对他的信任。然而，同时我知道，专注过去是多么的浪费时间，因为目前的事情已经足够我们去做的。米卡尔想知道的那些，不能改变任何什么，只会让他感到自己更加无能。

我知道那种感觉。我已经学会让自己的每一颗细胞去抵抗那种感觉。

最终，我瞥了一眼正在沉思中的米卡尔。我知道，他应该是在观察我们周边发生的事情，是一些我完全察觉不到的事情。我努力睁大双眼和竖起耳朵。大地已经看不到我上一次看到的暮冬残留。一切都是新生的。附近的某处有一只我不知道名字的小鸟在歌唱。以前我对自然从没特别喜欢过，直到在狼山镇住过之后我才开始。

我把咖啡杯放在木凳子上。"有时我在想，自己是个狼人会是什么样子。依靠超强的听觉生活着，无法用其他方式想象世界。"

米卡尔歪着脑袋。"有时我在想，自己是个人类会是什么样子。小时候的我曾经想，我可以自由地去做我想做的事情。"

"我不认为，你如果是个人类，可以做一些你现在也做不了的事情。"

"如果我是个人类，我就可以跟随你一起走。"

我不知道我该说些什么。我会怎么做，如果他跟随我一起走？

我瞥了他一眼发现，他一直在看着我。他的双瞳还是以往那样的蓝，我发现我又一次在它们前面结舌。

我想要他触摸我。我想要的程度是那么的强烈，让我担心我心中的火山随时喷发。我必须闭上双眼。

他吻了我。先是轻轻地，但是接着力度迅速加强。他的一只手摸到了我的腰，另一只手摸到了我的颈部，片刻之下，我变得神志不清，忘记自己是谁。接着某个想法提醒了我，我意识到，我是在什么样的局面中。

"米卡尔，不要。快停下来。"

他没有立刻放开我。直到，我开始挣扎，他松开了手。我用双手抵挡住他的身躯，往后退了一步，我发现面对的是狼的双眼。他双眸中的金黄色使我很快放弃了所有气愤的想法。几秒中我甚至忘记了呼吸。

我应该比我意识到的更加害怕，因为米卡尔用了创纪录的速度变回了他原有的样子。

"莱依莎，我们之间到底是什么关系？"

我对这个问题准备过。这个问题在我的大脑中已经重复过无数次，并且一直是同样的答案。把它说出来不应该有什么困难。

"我们是朋友。"我试着笑了笑。我希望笑容不是像我感觉的那样紧绷。

"朋友？"

"好朋友。"我重复了一遍。我的声音听上去好脆弱。

片刻我猜，他不会接受这句话。他看着我的目光将会是充满着杀气，导致我的心几乎蹦到嗓子眼。

　　然而，我的猜测是失败的。他毫无表情地看了我一会儿，接着点了点头。好有控制力的米卡尔。他不让我看到他真正在想的那种伤害我的方式，是我自己也难以理解的。

　　"好朋友。"

　　我把这堆文字甩出大脑。因为，米卡尔在想什么，不再重要。

　　他起身，拍了拍牛仔裤上的灰尘。我也学着他的样子，接着我们拿起咖啡杯一起往房子方向走。我的喉咙紧缩了一下。我没想让我们的谈话变成这样。"接下来怎么办？"我内心中的一个细小的声音问道。

　　尼克站在门口。他一定是察觉到哪里不对劲，但是谢天谢地他没追究下去。

　　"约翰也留在这里。"他说道，"我想，我和莱依莎睡卧室，你们两个男生睡客厅。"

　　"赞成。"我说道，然后从尼克身边溜了过去。

＊＊＊

　　就像我猜到的那样，睡得不是太好。尼克这次在床上说梦话了——床垫据他说是非常凹凸不平——事实证明，他说的一点都没错。床垫真的是非常不舒服。我真的怀疑，狼人们可能从没有什么颈椎腰椎病，他们的身体状况就和现在一样非常健康。变身让狼人的每一个细胞重生，只要狼人能够持续变身，他就能从任何疾病或者损伤中恢复。

　　我不停地翻来覆去，并且被床垫上呛人的霉味弄得直咳嗽。受不了，我爬了起来。我让大脑想出我所有听说过的失眠治疗方案：酒、热牛奶、看书。第一个和第二个方案完全不可靠。感觉选第三个方案比较理智。

　　我悄悄走到房间的另一边。《狼孩》的新版本在我的手提包里，旧版本则是在我的双肩包的最底下。选择很明确。旧版又大又笨重，而且我不想把它弄脏。再有，当我一想到这书是丹尼尔的，就会逃避。

一丝光从窗帘的缝隙中透进，可以判断太阳升了起来，不过室内还是很暗。我感激我自己能够记得带上一个小小的手电筒。我拿起书和手电筒，然后靠着墙坐在床垫上。我打开书，弓起膝盖把它斜放在腿上，这样我用手电筒照看书不会影响到尼克。我开始阅读书中的内容。

让我来讲述，

温暖的歌声，

狂野的狼

伟大的狼，

很多男人在打猎，

年轻的女人在捕鱼。

让我来讲述，

记录的故事，

狼的名字叫萨拉约克斯……

***

当我醒过来的时候发现自己躺在了书的旁边。我浑然不知，我睡了有多久。总之应该是很久，因为我的脖子由于没睡在枕头上导致落枕了。尼克还在床上打着香甜的呼噜。

我真的得去一趟洗手间。我把书收进双肩包。我的脑海中转动着一些刚读过的模糊画面，但是现在不是去分析它们的时候。我把连帽衫套在睡衣上面，悄悄地走出房间。万一米卡尔或是约翰被我吵醒的话，我的轻手轻脚动作就没什么意义了。我决定去室外远处的小厕所。

我把伸手摸到的第一双鞋子穿在脚上，它们是一双塑料雨鞋。接着把门轻轻地留了一条缝，然后沿着小径往前走。外面的空气充满了清晨的香味。我驱赶了一些身边的蚊子。看来，我依然是整个小组中唯一受蚊子欢迎的被攻击者。我把连衣帽戴上，抓紧袖口，加快走路的速度。

虽然气温还残留着一丝昨夜的寒冷，但我猜早上会很温暖，甚至会有点热。这种天气，我更喜欢整整一天待在外面，而不是挤在小木屋里和两三个烦躁不安的狼人们在一起。

这时我才意识到要避开小径上长满的异株荨麻。雨鞋太大，我几次被绊倒，然后我突然浑身僵住了。我几乎能确定，我看到了树林里有什么在动。

然而，接下来什么都没听到也没看到。过了一会儿，我继续往前走，直到走到小厕所时也没发生什么特殊状况。当我走出厕所时，我听了一下周边的声音，听听是否有什么在我的附近，但是除了鸟儿们的叫声、风的呼呼声，只剩下从我肚子里穿出的咕咕声。我上一次吃过东西离现在已经有一段时间了。

我急匆匆地朝房子走去。我应该把他们统统叫醒，然后一块儿想如何安排咱们的伙食。

我沿着弯曲的小径经过一棵大树往院子里走，就在这时我停下了脚步。房子的门廊上坐着一只正在凝视我的狼。

我能确定，这是一个狼人，因为真正的狼不会有这种坐姿。他是谁，我就不知道了。

"嗨。"我小心翼翼地试着向他打招呼。

狼人没什么反应。我决定不论他是哪位，至少它是来和我们谈判的——要不然他不会一个人来。总而言之，如果他已经知道我们住哪里，我们让他进不进木屋，没什么区别。

这时，我才想起我没把门给关上。我吞了吞口水。任何一个狼人可以冲进里面攻击我还在睡的朋友们。我必须学会更加谨慎一点。

"进来吧。"我说道。

狼人没等我指示，就已经推开了留着缝隙的门走进了客厅，就像根本不用理睬我的许可。我跟在他的后面，并且看到约翰以及米卡尔只穿着内裤从地上爬起。他们应该是睡得很沉才会完全不知道外面发生了什么事情。

"看来我们需要有条很厉害的看门狗。"我说道，并且设法不让自己笑出声来。

尼克也加入了客厅内聚集的小组。他看上去对新来的狼人闷闷不乐，不过片刻之后他放弃了对这个狼人的厌恶。

"卧室里有一些莱依莎的衣服。"尼克说道，然后指了指后面。狼人朝他指的方向走了进去，接着尼克替他把门关上。

"为什么要我的衣服？"我问道。

尼克看着我的表情，显然是在说这个问题有多白痴。"也许是因为，你是唯一的女孩。"

"你忘了吗，莱依莎认不出我们在狼形体的时候是谁。"米卡尔告诉他。

我张嘴想问这到底是谁的时候，不好的念头从我大脑中闪出。"你们不会是指，她是——"

门开了。妍妮走了出来。

"你们没有搞错吧。"

"嗨，莱依莎。很高兴又看到你，你还是老样子，一点没变。"妍妮是米卡尔的前女友。金色的头发，变成古铜色的皮肤和一脸不高兴让她看上去像个生气的芭比娃娃。她穿着我的裙子显得好大，这使她更加不高兴。

"你真的好苗条啊。"

"谢谢。"

"你来这里干什么？"约翰问道。他显然也变得警惕了起来。

妍妮扬起了眉毛。"米卡尔叫我来的。"

我们大家一同转身凝视着米卡尔。他应该懂得什么叫作有些尴尬吧。

"看来你没和其他人说过。"妍妮说道。

"是的，他完全没有告诉过我们。"我说道。

"我知道，这不是什么太理想的状况，但是我需要你们所有人的帮助。"米卡尔说道，"以前发生过的不重要。唯一重要的是现在，这里发生的事情。"

"讲得真好。"

"尼克，你的讽刺话现在不需要。"

"你怎么会想到请妍妮的？你怎么知道，我们可以相信她？你很清楚，她有多么讨厌我们两个。你们应该已经有好几个月没有联系了。"丹尼尔曾经向我保证，一旦高考结束妍妮就会从狼山镇立刻搬走。

她从小到大在狼山镇的地位在短短的几个月中垮掉了，已经没有什么好的脸面能让她留在这里了。

"恨你们两个？也许我只恨你一个。"妍妮喃喃自语道。

米卡尔看似极度为难说出他想说的话。"我和妍妮保持联系。"

我很想说："什么？"但是从妍妮的脸上露出满意的表情阻止了我去迎合她。

"你不是已经搬到奥卢了吗？"（注：芬兰北部的最大城市）约翰问道。

"是搬了。但这不意味着，电邮或是电话不工作啊！"

"在米卡尔还没给你发信息之前，你知道狼山镇发生了什么吗？"

"我知道。我听说的是，米卡尔死了。"

我可以看得出，她说的是实话。就像米卡尔对她伤害有多深，她收到这个消息就有多么的悲痛。她看上去不像几个月前那个青春的妍妮。她看上去不太像……妍妮了。

"就是说，你的爸妈很 OK 你现在开始保卫那个同样把你们全家赶出镇的萨里家？"我问道。

"不可能是 OK，"——她双手做了个冒号动作——"如果我告诉他们的话。"她回答道。

"也就是说你只是从奥卢跑了过来，没和你爸妈说过。"

"正是这样。"

"她爸妈已经回来了，"约翰说道，"马尔蒂给了他们许可回来的。"他停顿了一下，"我认为，你爸妈是站在马尔蒂那一边的。"

"这毫无疑问。"妍妮确认了约翰说的事实，"他们是马尔蒂最重要的支持者。"

"事情真的是变得越来越好了。"尼克喊道。

"你爸妈在这里，支持马尔蒂，他们不知道你也来了。"我把她说的话重新整理了一遍，"我想再问一次：你来这里干什么？"

她直直地看着我。"和你一样，完全一样。"

＊＊＊

我和尼克自告奋勇去商店买东西，因为我们以及约翰可以在镇上公共场所露面，谁都不会对我们有怀疑。我们再次仔细经过了洗澡和换衣服过程——米卡尔的存在真的让我们多出了很多要洗的衣服——然后我们出发了。我们之前曾经担心，我们买的东西数量会不会太醒目，不过这个担心是多余的。坐在收银台上的是一位我们从没见过的人类女子，而且她根本看都不看我们买的可以喂饱四个狼人和一个人类的一周食物的数量。我们把身上带着的所有钱都花在了这上面，然后往回走。我们两个谁都不想说出来，但是事实是，没有米卡尔的钱包我们的钱维持不了多久了。只要我们有足够的食物和汽油，我还是会集中精力在棘手的事情上。

我们在回程的路上没有看到任何人，这符合了我们早期的发现。我相信，至今为止马尔蒂应该已经知道我和尼克住在康斯坦那里——我们开的是他的车。至少乔尼和佩卡已经看到过我们开的什么车。我不能不去想，康斯坦是否会被我们牵连。原则上讲我们完全有权住在镇上任何地方，但是马尔蒂不需要按照什么原则。如果他觉得我们可疑的话，为了监视我们，他会使出任何手段。

"你觉得我们在康斯坦那里还能住多久？"我问道。

"不会太久了。"尼克的话证实了我的担忧，"马尔蒂会想出某种借口，让康斯坦不能再有自己的房子或是其他类似的东西。或者他们会把康斯坦解雇。总之，我不相信，他让我们私自在镇上晃悠的时间还能很久。"

"你认为，他在怀疑什么吗？"

尼克左右晃动了一下脑袋。"我不相信，他会特别怀疑什么。那一切发生的时候，我们根本不在场，而且他也不会知道我们对那些事情的看法。他最多是警惕，他不能确定，为什么我们会回来。"

我看着尼克，发现他脸上的表情有多么的紧绷。比以前任何时候都紧绷——包括赫尔辛基在内。除此之外我还看到一些汗滴流淌在他的脑门上面。外面的温度毫无疑问是温暖的，但是还没到热——而且狼人不大容易出汗。是有什么不对劲。

　　"尼克，怎么啦？"

　　"我只是以为，我不需要再和这些家伙打交道。"他低语，"我希望这一切可以不用去管。"

　　"我很对不起你，把你硬拖到这里来。"我说道，"如果你决定现在就离开，大家都能理解。"

　　"把你一个人留在这里？并且是现在，在那个母猪女王回来的时候？小宝贝。要是你不仔细一点的话，你会被撕得粉身碎骨。"

　　"不，妍妮没有这么坏。"我说道。是的，我同时安慰着自己。然而，事实是，在我离开小镇之前最后一次看到她的时候她还是比较……不错的。她告诉了我其他人不愿意讲的真相，虽然她有她自己的利益所在，但那些信息对我非常重要。我知道现在我和米卡尔之间的关系从长远看是无法持久的。我得关注自己的生活，把过去抛在脑后。

　　正如尼克也想这么做。

　　"这不会永远持续下去。当一切结束后，我们回家，然后继续我们做了一半的事情。"

　　"希望是这样。"他说道。我能看出，对此他太乐观。

　　回到木屋之后约翰答应由他来给大家做饭，最后妍妮决定去帮他的忙。尼克在破旧不堪的躺椅上看着时装杂志，而我是无事可做。

　　我拿出了相机。我尽我所能地设置好光圈大小和快门速度，接着拍了一张乱七八糟的房间照片。相机的咔嚓声让我露出了笑容。我从地上爬了起来，往客厅走去。

　　拍照对尼克没什么反应，但是妍妮可不乐意。

　　"喂！"妍妮抗议道。但是已经来不及了——我已经照了一张她和约翰一起在哈哈大笑，看的人只能猜他们在笑什么的照片。

"别在意。我只是在试照。"

"去其他地方试照吧。"

我吐了吐舌头做了个鬼脸，然后快速闪到房子外面去了。

我站在木屋的前面拍了几张天空中有各种拱形条纹的照片，接着决定绕到房子的后面去。时间差不多是中午，因为太阳几乎直晒在我的头顶的上方，温度也变得更加温暖，我享受着阳光下的每一刻。我一直喜欢阳光和温暖，而且由于皮肤色素的关系，我不需要担心被太阳光灼伤。我正想找个舒服的地方躺一会儿等他们把饭做好的时候，我发现了米卡尔。我不是唯一来外面享受太阳的人。他已经光着膀子蹲在地上，努力地观察着从地上找到的某样东西。

第一个想法出现在我大脑里的是，他也合适成为我相机的抓拍者。就这样，我抓起相机，瞄准镜头正确对角。当我正要按下快门的同时，米卡尔转了身。

咔嚓。

我先凝视我的相机，然后再看他。他僵直的姿势就像我拍的照片一样，我几乎还能看到他眼中在几分钟之前被拍的影子。我一直在想，米卡尔的双瞳一定有一种其他人没有的魔力。他蓝色的虹膜是那么深和神秘，就像从海洋中借来的蓝色，他的睫毛又黑又长，他的眼神充满着谁都猜不到的秘密。

若是现在他能亲吻我的话，我几乎会没有能力抵抗。若是他现在向我恳求什么，任何什么，我会眼都不眨地答应他。我可以为他做任何事。

"呀！"我不知道，声音从我的口中传出比我听到的要晚。我立刻感到自己好傻。

米卡尔的神态恢复得比我快得多。"我以为刚刚闻到了一些让我想起我爸爸的东西。不过它很快就消失了，让我不能确定，我是否在幻想。"这话听上去不是太喜悦。

"丹尼尔一定是什么时候来过这里。"我说道,"也许是那时候留下的什么味道,让你现在还能闻到。"

"你说的应该没错。"米卡尔说道,然后站了起来,"我只是不太喜欢离我们这么近的地方还有一些难以解释的气味。我不能不去想,马尔蒂或是其他狼人随时随刻会来这里。爸爸试图把这个房子隐藏起来,但是我不相信马尔蒂没有看到过它。"

"你不是唯一一住在这里的人。所以我希望你能告诉我们大家,你在等客人。妍妮今早的到来把我吓了一跳。"

"我本想告诉你们的。"他说道,"我只是自己都不确定,她是否会来。你们和约翰一起回来之后,除了这个以外又有好多事情要去想。"

"就是说,你在火车上的时候还给她发了短信?"

"是的。"

火车旅行感觉已经过去了很久,虽然事实上它只是过去了两天。然而,一想到在我拒绝他之前他已经要妍妮来这里的想法,让我心里就像是翻倒了五味瓶,不是个滋味。我的表情应该显露出很多我想的话,因为米卡尔发现了。

"或许你应该知道,妍妮的到来和你没什么关系?"

"就像她和你也没什么关系,是吗?"

我知道我的话听上去非常的幼稚,但是我控制不住。要么米卡尔非常好骗,要么就是他想要的东西和妍妮一样——若是这个情况下,那米卡尔就是要比妍妮更加两面派。这个想法让我厌恶。

"妍妮和我只是朋友,"米卡尔面无表情地说道,"两个月前我们已经开始谈论,我们之间出了什么问题,然后这些话题帮助了我们。在你离开之后她在我身边支持着我。"

"这真的不错。她好有情意啊。"

"这完全不是你想的那样。妍妮已经放弃了我。而且如果不是的话,你为何会感到不爽?就像你说的那样,我们也只是朋友。你应该没有任何理由吃醋。"

好吧，这让我的大脑一度发热了起来，"吃醋？这你想得太多了。我是生气，因为你的愚蠢危及我们大家。你完全明白，我们没有能力承受多余的肥皂剧。"

"就是这样。"他扬起了眉毛。我真想掐他呆瓜的脖子。我真的好想这么做。但是取而代之的是，我只握紧了双拳大步从他身边走过，往树林方向走去。谁说我这样的城市女孩不可以随便进入森林？反正不是我。

然而同时，我有些小小的期望，他能跟过来——他不让我走。可这会让我更加生气。

第七章

直到相机里的胶卷拍光以及心烦意乱的逃避把自己走得半死之后才打算回木屋。我企图关注静静摇摆着的树木让内心慢慢平静下来，但是我发现我会一直回想米卡尔说的话。我感到自己是个傻瓜。事实是，我毫无理由，毫无权利，感到妒忌。过去的已经过去。我让自己混淆了记忆和现实，虽然我答应自己不要这么做。

我应该放手。

等我回到屋子里面，有好几双眼睛等待着我。我疑惑地扬起了眉毛同时把相机放下。

"总算回来了！"妍妮忍不住喊道。

"干吗？"我应该没做错什么事情，我甚至不在这里。

"我们大家都已经吃过了，"米卡尔说道，"我们给你留了些吃的。"看我伫立，他又说，"我们想一起开个小会，所以大家都在等你。坐下吧，这样我们可以开始了。"

我咽下了疲乏的反对意见。我对开会不是太感兴趣，但是我知道，他们说的没错。我们得决定怎么办，宜早不宜迟。

"我去煮咖啡。"约翰说道。

***

"我想让约翰告诉我们大家，镇上发生了什么事情。大部分你应该已经告诉过我们了，但是也许我们可以一起找出某些能帮助我们前进的东西。"

米卡尔先提出来。

　　看样子约翰为突然成为话题的焦点感到很不自在，刚开始讲的时候他讲得结结巴巴的。适应之后他忘记了紧张。"马尔蒂在宣布成为首领之前给丹尼尔扣上懦夫的帽子。接着第二天米卡尔神秘地消失了，我的第一个想法当然是，他是去找他的爸爸了。我想，他们会一起回来的。几天以后他们依然失踪，这时或许很多人开始意识到，他们不会回来了。他们或许已经不再活着。"

　　"我妈妈去找我爸爸之后是否回来过？"米卡尔问道。

　　"没有。"约翰承认。

　　我看到妍妮张开了嘴巴，但是当她看到米卡尔沉重的表情时，她立马闭上了嘴。现在不是同情的时候。

　　"继续。"米卡尔要求约翰。

　　"很快，马尔蒂开始做各种变动。他占有了所有萨里家的财产。"

　　"难道谁都没有觉得这个不对吗？"我问道。

　　约翰红了脸。"谁都不清楚，公司和房子是属于狼族的还是萨里的，而且没有任何萨里家的人站出来反对，所以……"

　　所以没谁对事情做出些什么。我没感到惊讶。反而，我必须纳闷马尔蒂是如何平息这个事情的。我的理解是，他是卑鄙地钻了某种空子得到了狼族的统治权，但是还有人家的房子？

　　"也许这个能够作为我们反对他的武器。"我说道。

　　米卡尔思索了一下。"房子和公司应该有文件能够证明马尔蒂是个贼。但是我们拿不到。"

　　"文件会在哪里？"

　　"在我爸爸的保险箱里面。除非马尔蒂已经把它们成功销毁了。总而言之我不相信，找到那些文件可以改变什么。曝光他是个贼能让他在狼族的眼里是位非常差劲的首领，但是他依然是首领。"米卡尔摇了摇头，"应该有些非常奇怪的事情发生了。如果我爸爸还活着，他应该会全力以赴回到狼族。

他还没成功地回来，这让我产生了各种奇怪的想法。"

他不是唯一的有这些想法的。然而，还有一些奇怪的问题必须让他们也知道。

"我有点事情要说。"我说道。其他的脑袋都转向了我，我立刻感到我是个罪人。他们应该不会乐意听到我隐瞒了他们这么久的信息。

"一个月前，在米卡尔还没出现在我们家门口之前，有谁给我寄来了一个包裹。我在米卡尔来之后才把它打开的。"

尼克看似是最憋不住的。"然后呢？"

"然后包裹中出现了这个。"我起身去拿我的双肩包。在四双眼睛的监视下我从椅子上的包里翻出了一大堆的衣服。我发现约翰凝视着我的内衣，我满脸问号地瞥了他一眼。他又一次红了脸。

最终，我把《狼孩》从包里挖了出来。我把它放在桌子的中央。

惊异充满了约翰的脸。"你是从谁的手上弄来的？"他问道。

"我认为，或是我几乎确定，是从丹尼尔那里。"我说道。

"我爸爸送了你礼物？"米卡尔高高的扬着眉毛问道。

"不完全是。"我递给他和包裹一起的纸条。我看着他的表情，他沉思着纸上这句话的意思。

"这毫无疑问是我爸爸的。"他说道。尼克把字条从他手上一把抓了过去并定睛直望。

"你知道，这会是什么意思吗？"我问米卡尔。

他摇了摇头。

"那个又是什么东西？"尼克凝视着桌上躺着的物品，就像那个是从外星球来的似的。

我正想回答，约翰抢在了前面。"那是《狼孩》。原版。"

"你怎么知道的？"

约翰看似很尴尬。"我只是知道而已。"

"你读过《狼孩》吗？"

我对尼克的回答感到惊讶。"当然他读过的。我们都读过，"他看了看妍妮，"或是至少我们装作读过了，这样我们可以从高中毕业。"

我有些糊涂了。"我怎么从没听说过这本书，毕竟我和你们在同一个学校上学。"

"你当然没有听说过这书。你不是狼人。你以为，谁会让你上狼族知识的课程吗？"妍妮抓住每次能够挖苦我的机会。

"你的意思是，我被排斥在整个学科的外面？"甚至尼克也从没告诉过我。

我看了看尼克。

他做了个鬼脸。"相信我，你没掉了哪块肉。那里教我们狼族的规矩和其他一些垃圾。包括《狼孩》。我也就成功地看了三页。谁知道呢，也许那是我一辈子之中最浪费时间的时刻。"

"它没这么烂。"约翰嘀咕道。

"总之这个原版很漂亮。"妍妮提醒大家。

"也许我们可以把它给卖了。"尼克说道，"谁的命会取决于一本书呢？"

我看着四周的狼人们，我不能不把第一天已经想到的话说出来："我们的？"

***

"我觉得我们应该明白我们到底是来干什么的。"最终，尼克说道，"我不是来坐冷板凳的，越早把这个解决掉，就能越早回赫尔辛基。"

"我同意。越早越好。除非我们还需要更进一步的确认。"我向米卡尔瞪了一眼说道。

"我们不等了。"

"好。"

"首先，"米卡尔提议，"我觉得我们得另找个地方安顿下来。"

"我同意。"尼克说道，"我、约翰和莱依莎是唯一能够在镇上露面的，马尔蒂知道我们住在这里。等有谁来这里，我们就玩完啦。"

"我觉得，我也不应该再露面了。最好的话，可以让我藏起来。"约翰说道。

"为什么？"我问道，"我知道米卡尔身上的气味是个问题，但是大家都有气味啊。"

"不单是马里塔的关系他们已经把约翰当作眼中钉，"妍妮说道，"他们从约翰口中撬出一切他所知道的，不会花太多时间。"

"我欺骗不了马尔蒂。"约翰带着歉意地说道。

"我们也不行。"尼克提醒大家，"咱们应该不引起他注意，试着离他远一点。但是还是得有人照顾我们有吃的和卫生纸。"

"莱依莎可以。"米卡尔说了一句让大家震惊的话。其他人都转头看着他，包括我在内。

"她曾经骗过一次我爸爸，至少那时我闻不到谎言的味道。要不是那时我知道她没说真话，我根本就觉察不到。"

我的脸上挤满了问号地凝视着他。"那次晚宴。当爸爸问你，你是否了解佩饰的含意。你说你知道。"

我当然记得那时的情况。米卡尔给了我狼族的古老佩饰，目的是保护我以防被妍妮和她死党们伤害。不过那个尝试变得适得其反：不了解情况的米卡尔是在迫使我和他一起生小孩。

丹尼尔的失踪也让这个麻烦消失了。谁都不再替我安排我的未来。谁都不再强迫我加入注定要失败的恋情。

我应该感到轻松。

"你是怎么做到的呢？"约翰问道。

过了片刻我才想起我们在说些什么。

"我不是太确定，"我回答，"我只是决定去相信我所说的话。"

"这不可能行得通。"妍妮说道。

"大概是我们其他人没有这么高的骗人技术。"尼克提议。

如果他是想让我变得轻松一点的话，这个刚好产生了相反的影响。

"还不只是这些。狼族不能像牵制我们这样牵制莱依莎。马尔蒂不可以强迫她做她不愿意的事情。"米卡尔说道。

妍妮看似有些兴奋。"我忘了这个。"

"换句话说，莱依莎是唯一能安全地与外界接触的人。我们其他人最好避开外界的视线。"

轮到尼克让我瞠眼了。"就是说，我在做一切事情的同时你们打牌和看电视剧。我连驾照都没有啊。"

"我觉得我们应该想想，我们每一个人能够为这个状况做些什么，并且以这个作为计划的基础。"约翰说道。

这或许是目前最好的一个点子。尤其是，他提出行动。

"我可以回家检查一下爷爷奶奶的电邮和手机记录。他们一直非常信任丹尼尔，或许他告诉了爷爷奶奶一些他甚至不敢告诉米卡尔的事情。一些让他们牺牲生命的事情。"大家都沉默下来，等他停顿了一会儿冷静一下，"我还可以看一下，他们是否留着一些钱。我们需要任何可以得到的一切。"

"我可以打电话给米娅，假装我还在奥卢。她一直是口无遮拦，我看能从她嘴里得到些什么。"妍妮说道。

从刚开始的反对意见变成了大家都赞成的计划。不探虎穴，不得虎子。

"我可以让我的奶奶和镇上的一些新搬来的人类说说话。"尼克等到他能说话的时刻说道，"很可疑，他们在这么短的时间内搬到这里。"

接着轮到米卡尔说话，气氛马上变得相当不自然了。至少我的脑袋没想过，在不给他自己带来任何荒谬的危险情况下他会做些什么。所以当他的答案准备好了，我们都非常震惊。"我知道，我们去哪里住。地方很远，我们大家也许不应该一起搬到那里去，但是至少那里能保证我们不被找到。"

"米科。"我想起来了。

"是的。不过，至少你和尼克得住得离小镇近一点。你们刚刚通知来这里旅游，不能就这样消失了。"

我已察觉到，他想要说什么。"你想让我回亚斯卡那里住。"

"毫无疑问，这比较理智。"

我叹了口气。我知道，是时候做出承诺了。然而我不是太肯定，我是否会原谅亚斯卡。我也不知道该做什么，如果他不同意和我对话的话。

"我去和亚斯卡商量商量。"我说道。

"很快大家就能知道，他对这些一切的事情是什么看法。"我看着尼克，"你可以和我一起住。"

"谢谢，但是我认为，我最好是去奶奶家住。"

"你确定吗？"同一个屋檐下住的还有他爸爸，讲得好听点是他们从没和睦相处过。

"是的。"

米卡尔吸了口气。"好的。每个人都知道，从哪里开始行动。我觉得大家首当其冲的是找我爸爸，即使所有的信息都很没用。"

"也许我们很蠢才相信，还能找到他。"尼克说道。

大家一起都看着他。

"怎么啦？我觉得我们需要考虑一下另外一个办法，他有可能不会被找到。到现在为止，我们还没有任何线索，他会在哪里或者发生了什么。说不定他现在正躺在法国的蓝色海岸的日晒躺椅上嘲笑我们呢。说不定他已经死了。我们不能知道。"

"但是我们必须得试着找到他！"妍妮厉声地说道，"要不然这有何意义呢？"

我认为我明白，尼克葫芦里卖了什么药。"另外一个办法是，我们把注意力集中在马尔蒂的身上，注意他的一举一动。一旦我们找到他某些不老实的地方，也许可以让狼族反对他。"

"别忘了，狼族首领的选举可不是什么总统选举。"妍妮说道，"问题不在于狼族的成员是什么想法，而是马尔蒂是否有权领导狼族。要是我们不能够证明，他违规取得了狼族的领导权，我们拿他也没办法。基本上他等于得胜了。"

"还有第三个办法。"约翰怯生生地说道。

"是什么？"

"我们可以把马尔蒂杀掉。"

***

我们约定，第二天大家开始行动。尼克明天一早将会把我送到亚斯卡那里，我希望到那之后我能够知道，接下来我会住在那里。

然而，我发现，等待明天的到来时间过得好慢。我们共同努力拼凑了一个简单的晚饭，等我们吃完以后，大家各做各的事情，有的在阅读东西，有的在看电视。

我拿起书，希望时间能够尽可能地快一点走。令我惊讶的是，我不是唯一坐立不安的那个。尼克时不时会去哪里，米卡尔也令人感到坐着心不在焉。我以为这些狼人们会比我更能习惯静坐，但是随后我想起，他们以往一直都能够在任何时间以狼形体去打猎。现在，在对马尔蒂的恐惧中谁都不敢跨出院子一步。五个人待在最多合适待两个人的小房子里，是难以控制情绪的。大家看似都在等待着那个我们可以宣布今天结束了的时刻。

我试图集中精力看《狼孩》。这是第一次，我有了难以进入故事情节的感觉。我不太擅长读长长的诗歌，并且那些押韵也很快让我开始烦躁。不过，显然我还是慢慢地开始习惯，因为经过最初的阅读困难之后，理解书的内容变得容易了许多。

这也有可能是由于故事很进入非常令人着迷的部分。

我在搬到狼山镇之后很快听到了狼人出生的故事，但是那时我没有太过于注意此事。根据故事的说法是，第一个狼人是风把种子吹入洛乌希的肚子里生出来的，洛乌希是出现在卡勒瓦拉故事里的北部领土的女王。狼山镇的故事开始是，在第一批人类住户来到这块土地上时，遇到了狼族们的驱赶。无数次的战争之后，一部分人类放弃了抵抗并且从这里迁走，而一部分人类与狼族的领袖谈判，最终他们之间达成了协议。狼人们意识到，人类还会不断地搬来，土地再也不是一直被他们拥有。人类则意识到，狼人对人类多么有用，狼人有狼的力量和能力能够替他们保护家园。《狼孩》的书中讲述了很多细节，记录了狼和人类之间的协议是：制造狼人。制造方式不是好莱坞大片中演的那样，一条狼咬了人类之后导致人类变成狼，而是那种非常古老又传统的人类繁殖方式。

呕，我感到恶心。

不过就像我说的那样，随后故事开始变得很精彩。第一个狼人，名叫萨拉约克斯，他迅速地得到了追随者，狼山镇立即形成了真实的狼族。也就像现在一样，狼山镇从没有停止过争权夺位的战争。

我不止一次地做鬼脸，狼人开始接受人类是在最后一位人类原住民过世之后。狼人们觉得自己比人类更好，但是同时他们依然需要人类：他们与人类结合才能繁殖后代。

然而他们没打算把事情做得很体面。

一个角色引起了我的兴趣。埃利亚斯，他从来不与其他人合群，最终他被赶出了狼族。这意味着惩罚，不过事实是，他明显一个人过得比较好。或者就像萨拉约克斯表达的那样：

> 如果有谁不一样，
> 那就是埃利亚斯，
> 兄弟们对他吹嘘，
> 女人们对他讥笑，
> 孩子们对他乱跳。

书接近尾声时，狼人们之间开始变得和谐，而且最后几乎可以用幸福来描述。

最终的宣言是狼人们的精彩未来，我感到非常奇怪，它是否是基于人类的服从的基础上。我不能不好奇，乔尼和佩卡他们这种白痴从这本书上能够得到什么启发。我的担心看来是多余的：我不相信乔尼和佩卡甚至有能力读完这整部书。

我提前去睡觉——或是总之我去试着睡。我睡不着，最后当我睡着时，我看到了《狼孩》故事中焦虑不安的画面。

＊＊＊

第二天早上我尽可能慢悠悠地吃着早餐。我知道，我没有其他办法除了去做我答应的事情。同时我依然担心，什么在等待着我。最后，我没有更好的理由拖延时间。我从卧室里拿出亚斯卡的猎枪，跟着尼克坐上了车。要么是他察觉了我的想法，要么就是他在想其他事情，总而言之整条路上我们甚至没说过几句话。当他把车停在亚斯卡的院子里时，他看着我。

"祝你好运。"

"谢谢。"

我很想让他和我一起进去，但是我知道，这是我自己做的事情。况且我也不太肯定，尼克是否能够同意。上一次我看到亚斯卡的时候他也在场，他完全知道我们之间的问题。如果他不想蹚这摊浑水，我不能怪他。

我的手上还留着亚斯卡房子的钥匙，但是不知何故我感到不太合适进入这栋我可能根本不受欢迎的房子里面。我试着把枪拿成尽可能不具威胁的状态，然后按了一下门铃。

里面没有传出任何声响。我怀疑他不在家——亚斯卡的工作时间什么时候都有可能，尤其是，当我注意到他对狼族的职责。我一直认为亚斯卡是一个有些诚意和善良的男人，就像丹尼尔会利用他那样，但是最后一次的相遇让我改变了对他的看法。我的总结是，我也许根本不理解亚斯卡。想起有关他的信息实际上并没有让我感到轻松。

最后我听到了从里面传来的脚步声。他需要的时候动作可以发出声音，我决定做出为他考虑的勇敢的姿势。

亚斯卡打开了门。他当然看上去不太惊讶——他非常想知道，谁在门的

105

后面——但是这也不会让他变得生气或是高兴。其实他的脸上难以看出任何表情，这也是让我害怕和讨厌的地方。

"你好，亚斯卡，"我说道，"我来还你的猎枪。"

"看来是的。"

片刻我们两个只是站在那里什么话都不说。担心钻进了我的想法中，他不会请我进去，除了递给他枪我没有其他办法，祝福他接下来的生活，然后走回康斯坦的房子告诉大家，我失败了。这想法让我几乎绝望：我不想对我的朋友这么做。我不想留着自己的那一份不做。如果我不快点想出些理智的话，就会变成那样的。

正当我认为已经太晚的时候，亚斯卡问我："你想进来吗？我刚煮了咖啡。"

说这个简单的问句修复了我们之间的一切是不是太夸张了点，不过不可否认是这个开始，并且从自身的解脱来判断问题不只是关于我朋友或是狼族。我不想让我们之间就这样完了。这也许不是我最担心的，但我都一样担心。

当亚斯卡去倒咖啡的时间，我等在客厅里面。虽然我在这个房子里住了半年，但是我依然感到非常的陌生。我望着四处，感到什么都没变：同样的那些寒酸的家具，挂壁式电视机和令人恐怖的森林景色油画，那是一副让我在这里的第一天就想用自己的画替代的画——我只不过没有时间画。

"我已经听说了，你回到了镇上。"亚斯卡把杯子放在我的面前。我喝了一口后发现，他依然记得，我喜欢喝这种口味的咖啡。这让我感到愧疚。

"我和尼克听到传言。说是镇上发生了奇怪的事情，然后我们想来看看，一切都可好。"我答道。

这都是事实——我只是没说全部的事实。

"这很奇怪。马尔蒂竭力不让信息流出外界。你是从哪里听来的？"

我咕咚咽了一下口水。该是展示我骗人术的时候了。我仔细地想了想每件该说的事情，我幻想它们在我眼前，看着那些画面让自己相信。"尼克担心他的奶奶已经有好一段时间了，因为安妮一直没接电话。"我说道，"有一天他把电话打进商店，然后惊讶道是米娅接的电话。米娅告诉他，她被雇佣做店员。这感觉毫无道理：安妮能够自己照顾好商店，而且她对米娅也不太熟。尼克请求米娅给他米卡尔的电话号码，这样他可以打给他问个明白，究竟是什么原因。米娅没有答应，说是不可以和米卡尔联系。当尼克开始与米娅争论时，她承认的是，谁都不知道米卡尔去了哪里。这非常令人震惊。"

"我不知道你和米卡尔之间的恋情结束了。"亚斯卡说道。

"是的，"我回答得很快。简直太快了。我吸了口气。"就是说，谁都没听到过他的消息吗？甚至是，他是否还活着的消息？"

亚斯卡看似极为不自在。"根据官方的消息是他已经死了。有些人在说些其他的消息，对他们而言并不是一件好事。"

"他们一定是很担心。"我说道，"米卡尔是很受喜爱的。"

"他是个好孩子。"然后他看着我的方式显露出，他不是失误不用曾经两字。

随后我们谈了一些有的没的：我当然第一个问的是他的工作，而他问我目前的学习状况。我发现我讲了很多关于我在卡里奥的生活是如何过的。这是个安全的话题，因为那些我不用去撒谎，而且另一方面感觉，他真的很感兴趣。当我告诉他关于我申请美术学院的事情他看似很惊讶，不过很快他说："这是好事情。"我从没想过亚斯卡会对我的艺术方面感兴趣，但是我能看到，他真的是在说他的意思。一切发生之后他在替我高兴。

当亚斯卡开始提到尼克的时候，我们的聊天转向了令人吃惊的方向。

"他在赫尔辛基过得很好。"我答道，"他有个很好的工作，并且他在上夜校为报考阿尔托大学的录取考试做预备。他准备这个秋天参加高考。"

"也就是说，他不住在狼族的群体里也没什么问题？"

我回想了一下前几个月，虽然我也提前知道答案——同样的事情我已经想过很多次了。"没有，一点都没有。"

"这就奇怪了。"他说道，接着他想起他现在是和谁在一起，然后又说，

"但是这样不错。这样非常好。"

我们还聊了一会儿，不过当咖啡已经喝完并且找不出任何其他话题的时候，我意识到，得绞尽脑汁想出点什么，该是时候行动了。

"你猜，我们怎样从火车站过来的？"

"猜不出。"

"我们坐了镇上的旅游车过来的，"我说道，"康斯坦为我们安排的。整条回来的路上很高兴能听到镇上的琐事以及狼的事情。"

"你们究竟住在哪里？"

"康斯坦的小木屋里。他允许我们住的。"我停顿了一下，"不过那个不是什么很新的房子，尼克觉得深井水有股怪味。我们不敢用它喝水。"

"听上去那个地方不太安全。"他说道，"我觉得你们应该搬到其他地方住。"

"尼克正在去问他的奶奶，是否可以住在那里。"

"我不认为是个好主意，"亚斯卡很了解尼克的爸爸是什么样子的。尼克去年在我们这里住了很久，因为在家里实在待不下去了。

"我知道。"

"也许……"亚斯卡张嘴，我同时也在等待和祈祷，"也许你们应该搬到这里来。如果你们愿意的话。你的房间和原先没什么两样。"

这话听上去非常像我还没遇到丹尼尔之前认识的亚斯卡，几乎让我后悔正在欺骗他。然而，这也是为他好，他不用知道，幕后发生了什么事情。这是唯一让他安全的方式。

"谢谢，"我说道，"这样真的太好啦。"接着我决定跟随着心中的小声音，它在敦促我做件总算是正确的事情。"对不起，我离开的时候，居然威胁你要喊警察。那个真的很低级。"我曾经威胁他说，要是不放我走的话，我会告他强奸罪。我曾经花了很多时间去想那些过去的事情，并且我明白有多少事情我处理的方式是错的。我感到非常尴尬，让我的嗓子冒烟。"我会把那些我用过的银弹钱还给你的。"银弹不是什么便宜的东西。

"不用如此赔礼道歉。"亚斯卡说道。他的表情告诉我，他根本没把事情放在心上。我第一次感到，无论发生了什么事情，我们身上流着同样的血。

"你不用付什么钱。我已经重新做了一批子弹。"银弹也不可能从网上买到——虽然仔细想想我从没确认过这个事情。或许从网上还能找到个狼人网址也说不定。我提醒自己，以后不要忘了查查看。

我打电话给尼克告诉他好消息。他没有接听，我猜他正在他爸爸的附近，不过他答应会来接我的。我和他得去康斯坦的房子那里拿东西并且告诉其他人，事情的进展。他们很有可能为了搬家希望借这辆车。

然而，尼克没有像他答应的那样二十分钟以后来接我，我开始担心了起来。我再次给他打了个电话，但是他还是没接。我不知道如何是好。

然而这时，他终于把车开进了院子，我感到轻松得几乎差点哭鼻子。可是当我听到他的解释为何他来得这么晚的时候，我的轻松变成了怀疑。

"抱歉，我完全忘记了。电视里放了超好看的节目，我看着看着忘记了。"

"你不会吧？"

"我已经说过对不起啦。你可以再打给我的呀。"

"我打过的。你没接。"

"我应该那时在厕所里面。"

"尼克。"我很不高兴。他没有任何理由做这么傻的行为。

他令我从没过的生气，但是我依然告诉他我和亚斯卡说的话。他似乎没在听，因为他对我说的话没有做出任何评论。我讲完之后决定或许应该把自己的恼怒甩在一边，弄清楚究竟是发生了什么问题。

"你奶奶那里是不是发生了什么事情？"

"怎么说？"

"你简直就像个屁股中枪的熊，而且你不肯告诉我她跟你说了些什么。你爸爸在家吗？"

"你认为那个浑蛋还会在哪里？"

"你应该和我一起搬到亚斯卡家里去。"我说道，"你若是为了某个局外人而一直紧绷着你的神经的话，那就什么事都做不了。"

我马上发觉，我说错了话。说了非常非常错的话。

"某个局外人？对不起啊，我的生活干扰了你和米卡尔的勇敢英雄壮举。我非常，非常的对不起，我没有时时刻刻讨好你们，就像其他人那样。我已经对这整件其他人还没发现到的伪善事情感到彻底厌倦了。这整件事完全是可笑的无稽之谈，莱依莎。整个这个营救方案。你以为你是想得到什么吗？"

"我想得到什么？你以为，我为了提高形象而计划这整个旅程吗？我对你的反感开始逐渐厌倦了。如果你能够有时把精力集中在其他地方而不是这种鸡婆习惯，我们应该已经把事情做得更远了。"

"你完全不知道，我的鸡婆是从何而来。"尼克边说边咬着牙齿，"你什么都不理解，你在说什么。"

"太幼稚了你，尼克。"

这时他猛地一下踩了刹车。

保险带把我的胸腔和臀部猛地勒紧防止我往挡风玻璃上撞。"你到底想要干吗？"

"下车。"

我的本能立马做出了反应。我几乎想给他一顿臭骂，因为是他先挑起这个事端的。然而。他凝视着前方的那个方式，是在提示着我，某些其他的不只是平常的吵架的事情正在发生。

我打开车门，但是尼克抓住了我的另外一只手腕。我被惊吓得尖叫了一声。然后我转身看着他的表情，感觉就像有谁给我的胃里倒满了寒冷刺骨的冰水。尼克的双瞳完全是在燃烧的金黄色。

我看到过很多次米卡尔狼形体的眼睛，并且学会了信任它和米卡尔人形体之间的和谐共存，他的狼形体从不会做出他的人形体不容许的事情。然而，现在的尼克不能这样解释。我从没看到过他几乎情绪失控的状态，我意识到，他现在从没准备过会有这样的过度激动的行为。当狼形体占据了整个大脑，尼克已经不在了。我完全不能肯定，是否尼克还能回来。

"尼克。"我喘着气。

他的脸上没有一丝表情，但是他攫住我手腕的力道，让我想要竭力挣脱掉。我也就这么做了。这是我唯一的办法。在车子里面我没有一点可能性。也许在车的外面也没什么可能性，但是至少能让我有些活动的空间。

尼克发觉我在逃跑时，他疯狂地嗥叫，然后从他的那边的车门冲了出去。我和他现在的距离之只隔一辆车。如果丹尼尔很可怕，那现在的尼克也一样。尤其是因为他是我的朋友，但是我一点都认不出他。他身躯的抖动可以判断离他变身已经不远了，但是某个部分的他依然在控制他的人形状态。我祈祷着，那个他能听到我。

"尼克，是我，莱依莎。"我仔细地把每个词讲得清清楚楚，就像我在第一次讲外文那样。我听到，我的呼气如何从我颤抖的嘴唇吸入肺部同时再从一样的道路上回来。

噗的一声，他跳到了前车盖上面就像已经变成了狼那样。

半秒钟的时间内我热血沸腾地想，我的命还能活多久。所有人都说尼克是狼族中的低等级成员，但是我现在知道，这不是事实。他的狼形体也许不像米卡尔那样强壮，他也没有那样的为狼族成员守护的本能，但是，总而言之他一点都不虚弱。当狼不再虚弱，它是对征服的饥渴。

"跪下。"我的大脑中一个小声音在说，我立刻服从了它的命令。我跪下了双腿，把头低了下去。我听到尼克的龇牙咆哮声，他让我想起，狼最想攻击的部位: 脖子。我把我脖子上一边的头发用手擦去，让尼克能看到我的脖子。接着我闭上双眼，等待着，利齿咬住我的颈动脉。

第八章

我等了十秒，二十秒，但是什么都没有发生。最后，我鼓起勇气睁开眼睛，然后抬起头，让自己能够看到尼克。他不见了。

我慢慢地起身。车上是空的。树林的路上也是空无一人，最初我听不见耳朵里自己的脉搏声。片刻我冷静了下来之后，我可以分辨出一些急速的喘气声。我拉长了自己的耳朵使劲地听着四周的声响，接着我能肯定，它是从哪里传出来的，我悄悄地绕过车往那个声音方向走。

尼克坐在地上，背靠着车的左前轮胎。我看不到他的表情，因为他把他的头几乎塞进了膝盖，但是脖子上流出的一堆汗水足够告诉我一切。

"尼克，"我温柔地说道，"没事了。一切都没事了。"

他什么都不说，只是继续在和他自己的呼吸做斗争。我慢慢地坐在他的身边，但是没有靠得很近。我想他是需要自己的空间。

几分钟过后尼克靠着膝盖，试着让自己平静下来，同时我坐着、等着和祷告着。我很担心他。虽然我不太确切地知道，出了什么问题，我能肯定的是，还好，这里除了我之外没有其他人在。

尼克的呼吸开始平静下来，我再等了一会儿，然后我又重复了一遍："尼克。"

"莱依莎。"他的声音极为嘶哑，不过依然还是他的声音，我松了口气。

"我没事，你也很快就没事。你想不想到后车位上躺一会儿呢？"

"莱依莎。"尼克重复了一遍。我决定不出声。

过了十分钟尼克总算站了起来。他用衣服的袖子擦了擦自己的鼻子，然后坐回了驾驶员位置。我跟着他也快步地坐回车上然后绑好保险带。

然而，尼克没有马上启动马达。

"我完了。任何狼族发生的事情，我都完了。"

"情况没这么惨。一个疏忽，就这些。很快你就会回到你自己了。"

"我负不起一个疏忽。我几乎杀了你。"

"但是你没杀我，所以一切都没事。谁都不需要知道这个。"

"这应该让他们知道，"尼克低语，"他们应该。"他深深地吸了口气，我可以看到，泪水从他的眼眶中涌出。"我很对不起。我……可恶，有谁会原谅这个，"他耷拉下肩膀，"有时这只是太……难了。实在太难了，我对每时每刻的斗争感到好累。赫尔辛基一切都那么简单，几乎是那么的……安静。而且我能睡个好觉。现在这些所有的垃圾又回来了，我不知道，这一切是否值得。"

"如果你以为，我会让你放弃的话，你大错特错了。"我说道，"做任何你应该做的事情，不要举手投降。比方和我一起住到亚斯卡那里。比方把你老爹杀掉。比方回赫尔辛基。任何什么。只要你做些什么，不要放弃。"

"我不知道。"

"你知道吗？你热爱你在赫尔辛基的生活。你的所有的梦想，你的所有的在那里一切。几个星期以后我们会回到卡里奥的。"

"但是如果没有呢？如果那些永远都不会变得简单呢？"

我仔细地考虑了一下该说什么。"我不能保证你什么。我只能拍着胸膛说，不管情况是如何的恶劣，某个时段现在的一切问题都会是些很遥远的梦。当这种时刻来到时，你很幸福，你不会放弃。你每一天都会感谢自己。"

尼克眨了眨眼。我知道他在忍住泪水，仅仅让我看着就感到好心疼。我把视线转向道路。

"也许吧，"尼克说道，"也许吧。"

"这事我不会告诉任何人的。"

"这我知道。"

我敢于再次看着他，我们的目光相遇。我担心，他也担心——但是至少我们不是一个人。

"可恶，莱依莎。"尼克说道，接着我们伸出手抱住了对方。尼克按照他以往的方式把我抱得死死的，我也竭力用同样的方式——他是我的最好的朋友，就像我是他的一样。我们不是完美的，但是我们从没忘记帮助对方。

我们慢慢地往小木屋开去。我们把所有的车窗打开，让风带走那一切我们不想让其他人嗅到的秘密。我们听着从无线电里传来的烂音乐，我们笑了一下。我感到思绪奇怪地轻松。这大概可以用搏斗过后来比喻这种感觉，临时战胜了生活，暂时不用去管其他的事情。

* * *

当我们到达院子里的时候，一条狼跑到我们的身边。这次我能猜到它是妍妮。我担心地拍了拍尼克，但是他看上去和以往没什么两样。

门廊的台阶上放了一堆衣服。我们走了进去，这样能让妍妮安宁地把它们穿在身上。

约翰是第一个迎接我们的。"妍妮干吗在外面是个狼形体？"我问道。

"我们轮流换班站岗。"他解释道。

米卡尔从远处走了过来。"事情办得如何？"他问道。

"很好。我可以搬到亚斯卡那里。"

"你显然比我运气好。"妍妮站在我们的身后说道，"我给米娅打过电话，但是我没得到什么消息。"除了那些她说的话，她听上去令人惊讶的心情不错。

"她听上去怎么样？开心？神秘？"我问道。

"疲倦。她抱怨很忙。她说她还想今年秋天重新再考一下高考，提高分数。她想预习，所以甚至有些不想打工。也许她最终得出结论，她没比我们聪明多少。"妍妮试图忍住笑容，不过最后还是放弃了。她向我们露出了一排整齐的牙齿，这让我感到一头雾水。

"谁能告诉我一下，这个笑容是什么意思吗？"尼克也不能不注意到妍妮奇怪的举止。

妍妮向他翻白眼。"女孩子不可以没有理由有开心的时候吗？"

"你不行。"

"好吧。我被奥卢大学物理系录取了。米娅从网上看到了我的名字。"

我和尼克异口同声地说："啥？"

"祝贺你！为什么你不马上说呢？"约翰拥抱了一下妍妮，让我震惊。

"我想片刻为自己庆祝一下。"

"我没想到你会是自然科学的粉丝。不过我们从没怎么的了解过对方，"尼克外交式地说道。

"我的理解是我们面临的是搬家。"我说道。我听上去非常地冷淡。我向自己保证，这只是因为想让事情往前走，而不是比如嫉妒。妍妮有了大学的位子，而且米卡尔完全支持。不过，这些不能妨碍到我什么。

妍妮的新闻很快就被遗忘，因为我们开始准备搬家。大家都默默地收拾行李。我不能不注意到，我们的衣服有多么的少。约翰只有他身上的那一套。妍妮和米卡尔也没比约翰多多少。我的以及尼克的衣服基本上被分配掉了，这始终让我的大脑有些混乱。比方今天妍妮身上穿的是我在赫尔辛基艺术节的 T 恤。米卡尔穿的则是感觉好紧的尼克的短裤。

但是这些不是什么大问题。

"目前我们还有多少钱？"妍妮问道。

我看了看尼克。他是我们现在的账房。

"还有一百块。"

我们轮流地往对方看。大家都知道，这意味着什么——大家都不知道，如何解决这个问题。

"现在给你这个估计不是什么好时候。"约翰嘀咕道。他从桌上拿起一堆纸，我瞥了两眼后发现是邮件。我把家里所有的邮件都转到这里来了，可是我从到达这里之后一直没去关心它们。我甚至不知道，房子的邮箱在哪里。

我打开了第一封信。是电力公司的。我吐了吐舌头。唯一的疑问，为什么电力公司寄邮件给我会是账单。我快速地阅览了一下剩下的邮件。另外一封看似恐怖的账单的邮件，是一封小小的信封上面用手写的我的名字和地址。我把信封对折然后塞进裤子的后口袋里面。我晚点再看它们。

片刻我们考虑了一下，如何让亚斯卡嗅不到米卡尔的味道。最终我们没有其他办法除了把几乎所有的东西留给米卡尔、妍妮和约翰，并且试图在亚斯卡还没回家之前把我们送到那里。我没感到太惊讶，当尼克通知我至少第二个晚上也住亚斯卡那里。前天发生的事之后他不想再见到他的爸爸了。

我们到达米科的房子时，它看上去依然就像我第一次看到的那样，一栋像被遗弃的房子。我发觉其他人的眼神和动作都很警惕——看来米卡尔是唯一认识住在小镇边缘的米科的。我感到特别奇怪的是，米科是狼人——我一直认为，他们应该至少知道他的存在。

米卡尔深深地吸了口气。"他不在家，"他说道，"他已经很久不在了。"

"你认为，是马尔蒂对他做了些什么吗？"我问道。

他摇了摇头。"谁都不知道米科，除了我和爸爸。还有你。"他几乎心不在焉地说了最后那句，这让我感到脸红。我们在米科的房子住了一晚，那天的晚上我们终于向对方说出了那三个字。事情变得如此之快。

"也许他决定离开，当他听说镇上发生的事情。"

"也许。"

"我们可以进去吗？门关着吗？"妍妮不耐烦地问道。

门显然没有关。并且房子里面看似和我记得它的样子完全一致，这没什么让人惊讶的。房子里如果有东西的话，那也许被其他人喊成杂物，但是在我的眼里是个机会找到有用的东西。空气中弥漫着烟斗的味道。

"你闻到有什么奇怪的味道吗？"我问米卡尔。

"没有。一切都和往常一样。你也许说得没错，他自己离开的。虽然对我来说有些很难想象，他会去哪里。"

"他一定还会回来的。就像大家那样。"我认为能安慰他的这是唯一的事情。

米卡尔开始观察整个房子。我正准备跟着他，这时约翰走到了我的面前。

他从袋子里拿出《狼孩》。"我已经把这本书看完了。"他的样子看上去有一些不情愿，这让我有兴趣。

"还有呢？"

"书的开始和我记得的一样，不过后面我发现有些地方和新版不太一致。我不知道，为什么新版会想到改动它们。"

"旧版里面发生了什么事情？"我对新版的故事还记忆犹新。

"狼山镇建立之后的一段时间里狼人们开始担心起来，关于狼族的未来如何能够安全。狼族产生了两组不同的想法：一组是尊重人类，并且想让他们自觉奉送一个新的生命给狼族。他们还想研究，是否有其他办法制造狼人。然而另外一组的看法不是这样的，他们觉得人类是比狼人低一级的生物，不值得去尊重。他们抢夺和强奸所有他们遇到的人类女性，当觉得她们不再有用的时候，就立刻把她们杀掉。"

约翰显然说到狼族的繁殖顺序时感到很不自在，但是我知道他已经进入了主题，我不想让他就这样停止。

"继续讲下去。"我鼓励着他。

"反对人类的大部分信息从新版上删除掉了。原版的书中描述得很仔细，有多少狼人是如何抵制人类的，人类是如何被当作奴隶的。这本原版尽可能的强调了狼人和人类之间的区别，以及狼人的利益。"

"然后发生了什么呢？"

"唔，最终情况变得很惨，狼族分裂了。"

"什么？"

"一半的狼族往东面搬走了。另一半留在了这里。"

"是爱情与和平的那一组留下来了吗？"

约翰摇了摇头。"不是，恰恰相反。"

***

我和尼克按照计划的那样回到亚斯卡的家。剩下的时间变得有些懒惰的
迹象：亚斯卡做吃的，晚饭以后我们看了两小时的电视。一段时间过去之后
我放弃了想做些什么有用的事情的想法。前段日子我的大脑里面堆满了各种
事情，能有一天的休息真的是再好不过了。

就更别说晚上了。十点以后，我开始给尼克，铺床。我更像在笨拙地挪
动自己的床。我不记我上一次得什么时候，能够睡得没有感觉早上会带来不
愉快的意外的恐惧感。

***

接下来的一天我决定，是时候去冲洗照片。因为狼山镇只有一个地方有
暗房，我知道怎样去。当然我得先征得一下我以前的美术课老师，斯维特拉
娜的许可。

"你好，我是莱依莎。"我跟接电话的斯维特拉娜说道，"我在狼山镇。
我想冲洗几个照片胶卷。我手上还留着美术教室的钥匙，我想问一下，我可
否用一下学校的暗房。"

"我是没什么问题。"斯维特拉娜说道，"学校目前放假关着。等你弄完
之后，你得把钥匙还给我。"

"我会还的。"

"你拍了些什么照片啊？"

我想了一会儿。我想出的只有一个回答："狼山镇的。"

"听起来很有吸引力啊！"

尼克同意再一次当我的司机——事实上他也别无选择。他也感到放松能
做些事情，他没抱怨，即使我让他等到我把所有的照片都洗出来。

去学校的路上就像想象的那样很单调。我们两个都没有什么心情聊天，
然后我们默默地站在了学校的大门口。我不是百分之百的确定钥匙能打开学

118

校的大门——我一直是用它来开美术教室的后门。我猜想，也许每扇门都是用同样的锁。我猜的一点都没错，因为我们进去了。我们走在黑乎乎的大堂里面，有样东西等待着我的惊喜。

"它怎么会在这里？"

我突然停住了脚步，尼克跟着我的视线往旁边看，没注意走路方向的他几乎要撞上了我。我立马躲闪到了一边。

"假设，你是指你画的画。"

当然我是指我的画。我凝视着教导处旁边的墙，那里挂着一幅很大、印象派描述着水上方的月亮和它的倒影的画。我以前的油画老师一直告诉我，油画画家的最大挑战是画水，特别是水中的月亮。我没有实际把它完成：它原本应该是我高中的毕业作品，但是在我准备完成它后续工作之前我离开了镇子，就别说得到什么分数了。现在有谁没经过允许，把它挂在了墙上。

"你应该觉得这是一种友情。"尼克说道，"有谁喜爱它，决定把它挂在墙上。"

我有种不祥的预感，我知道他是谁。在我最后一次看到丹尼尔的时候，他表示出了对画的兴趣。

"我甚至没来得及给它签名。"我这种这么傻的画家初学者，签名一直对我很重要。我的儿时梦想是某一天人们会为我的签名而付钱。

"为什么现在不做呢？"

我先是不大想在没完成的作品上签名，但是接着我改变了注意。画已经展出了。再仔细一想，它也不是个什么太坏的作品。我可以把所有的荣耀归给自己。

我翻动着自己的布袋子。我一直会随身带着笔和纸，但是当然这次我没想到带上它们。

"你有笔吗？"

他翻动着他自己的包。"没有。不过有支眉笔。"

从尼克口中吐出来的字不再会那么成功地使我惊讶。"能把它递给我吗？"

　　他服从了命令。笔是黑色的，我用手指碰了碰它的笔尖，发觉它已经断掉了。

　　"好吧，也许这会让签字变得更逊一筹。"我说完，站在了画的前面。我蹲在地上，拿起眉笔在画的右下角写上自己的名字。当我写完最后一个字母时，剩下的笔尖完全掉落了下来，滚落到教导处房门的前面。

　　"记得哦，等某一天你把这幅画卖掉的时候，得给我服务费。"尼克说道。

　　他跟着我一起往前走，当靠近美术教室的时候他开始放慢了速度。我认为我知道，接下来会发生什么事情。

　　"你介意吗，如果我去一下奶奶那里？"

　　我表示一点都不介意，虽然事实上我很担心。我一个人去了美术教室。

　　我有很久没冲洗胶卷了，不过经过我以前那么多次的锻炼，整个过程已经了如指掌。我在暗房的柜子里找到了显影和定影的药水以及相纸。它们的牌子和以前用过的一样，这让我弄起来更加自如。妈妈有时形容在暗房里的工作像在烤面包：多次使用同样的材料制作面包面团，并把面团多次放进同样的烤箱里烤，你将会准确的知道，出炉的面包会是什么样子的。

　　很多人会很难理解，在数码技术已经普及的时代，有谁现在还会去乐意冲洗照片。因为有时候所有的冲洗过程从头到脚由自己做的话，能让自己有一种赛跑冲刺的满足感。除此之外暗房里的操作过程还能让自己感到思绪安逸。我很快忘记了所有其他的事情，而仅仅关注显影和定影的时间是否准确无误，以及温度是否按照要求那样设定了。

　　我要把完成的胶片拷贝到相纸上去。我先把第一张负片上的灰擦干净，然后把它放在放大机里。我用测试纸测试了各种快门速度的时间，直到我确信找到了正确的时间。然后我把第一张相纸浸泡在药水里面显影。

　　每一张照片我都按照同样的配方：先是测试纸，然后显影液，停影液，再是定影液。每一张照片都需要进入这三道液体中浸泡之后，才能用一个个夹子夹起来晾干。我不时地打开白灯看一看，最后的结果是不是我想要的那样——我先检查，相纸或是未完成的图片没有留在桌子上面。

当我看到第一张照片非常漂亮的出现时，我等不急让所有照片统统变干了。我开始依靠吹风机的帮忙。

整个工程完成之后，我小心翼翼地把照片放进包里，然后给斯维特拉娜打个电话。

"我好了。你希望让我把钥匙放在哪里？"

她想了一会儿。"假如你把钥匙送到我这里，你觉得如何？我就住在学校的附近，而且我现在就在家里。我想看一下，你拍的是些什么照片。"

我答应这么做。斯维特拉娜告诉了我找到她的方式，然后我挂了电话。我检查过所有的锁之后，大步往主街道走去。

斯维特拉娜住在图书馆的同一个建筑里面。我从没对这个留意过，但是当走过图书馆的大门转进房子的拐角，那里有一扇门，对讲机边上有三个名字。其中的一个是列别杰娃。

"你好啊，进来吧。"我按了一下对讲机听到了斯维特拉娜的声音。咔嚓一声门锁打开了，我沿着楼梯爬上了二楼。

图书馆的建筑物自身不是什么设计师的绝品，不过斯维特拉娜已经努力地让她的公寓内部变得尽可能的有趣。她弄得很成功：整个轮廓是淡色的，墙上挂着很多艺术照和绘画，客厅的茶几上摆放着漂亮的兰花。到处是日本风情。

"你想来点茶吗？"

我点了点头——我更想喝的是咖啡，但是我知道，斯维特拉娜不喝那个。

"你的家好漂亮。"

"谢谢。你想给我看你的照片吗？"

我当然想。我自己还决定不了对它们的看法，斯维特拉娜在这上面可以帮助我。茶几上摆放了两个茶杯和茶壶（真的好漂亮，顿时让我幻想自己能有同样的东西，虽然，就像我的说那样，我更喜欢咖啡），还有形状很奇怪的饼干，我们坐在沙发上，我把照片拿了出来。斯维特拉娜二话不说立马开始把它们排列在桌子上面。摄影是她的强项，和她比起来我最多是个爱好者。我一直喜欢斯维特拉娜的一件事是，她对每一件作品都很认真对待。她认为，我努力了，也就是尽我全部所能，这样她就能帮助我把作品变得更好。换句话说，她对我很关心。

当斯维特拉娜把照片排列到一半的时候，我才发现我做了什么错事。我说过我拍的是狼山镇，这一点都没错。但是我不是拍任意的狼山镇，而完全是我的狼山镇，大部分的照片是集中在固定的一些人的身上。某些这时竭力需要躲藏起来的人身上。

我看着那些妍妮、约翰和米卡尔的照片，并且幻想他们的脸孔下方写着大字，通缉和一大堆的悬赏。我不知道，斯维特拉娜对前段日子发生的事情知情的程度，我很快领悟到，我甚至不能在不暴露自己的情况之下询问那些事情。万一她的一个字或着一句话漏到了马尔蒂或是任何狼族成员那里，我们这部分就都会玩完。我的唯一一根救命稻草是，希望她不知道这些照片是什么时候拍的。摄影师的她知道，胶卷应该尽快在拍完之后冲洗出来，但是这不能证明什么。我只能希望，她不要开始询问多余的事情。

如果感觉斯维特拉娜会对看到米卡尔的照片做出什么奇怪的反应的话，那么她一点都没有。她看完所有的照片之后看着我。

"这些照片拍得非常好，莱依莎。我觉得它们应该展示出来。"

这将是属于最后的事情，我会做的。"我觉得不行。这些只是我头脑发热的时候拍的。它们不值得展示出来。"

"好吧，拍得这么好，我建议你再多拍一点。"她再次把照片一一看了一遍，我惊恐地看到她的手往那张伸去，米卡尔的照片。她把它拿了起来。

"这张所有都到位了，"她说道，"快门速度和光圈大小完全正确，同时还有显影的时间。这张照片最完美的部分是，黑白色正是它需要的颜色。"

"听起来很不错。"我心不坦荡地说道。事实上我难以对快门或是其他什么的技术方面话题集中注意力。我唯一看到的是米卡尔和他令人着魔的眼神。

那是一张米卡尔蹲在地上转身看镜头的照片。照片上的他就像是正在活生生地在看我，我想把头转到其他地方去，但我不能。我已经被他占据，而他甚至都不在场。

我会对他生气，如果只要我知道如何。

"这张是唯一一没有拍好的照片。"斯维特拉娜指了指一张照片，片刻我才认出，那是我在安妮奶奶的商店前拍的。我不愿想起米娅的事情，所以我也没仔细去看过那张照片。

"我估计拍之前我被吓到了。"

斯维特拉娜的眉毛扬了起来。"看上去照片没有抖动，但是焦距没有对好。很难说，这张照片里面究竟发生了什么。"

斯维特拉娜把剩下的照片一一细看了一遍，同时教我，如何学会看照片的技术性。我学会了去看那些我原先完全没有发现的事情，并且收获了很多对将来有帮助的摄影提示。我决定，跟随斯维特拉娜的建议办一次摄影展。只要马尔蒂不在狼山镇，我就可以把摄影展在一楼的图书馆里面举办。这又一次给了我要把他解决掉的理由，虽然仔细想想我们的问题从来不是缺乏理由。我们需要的是方法。

"谢谢你的建议。"我最终说道，"另外你是否知道哪里我可以买到胶卷？"

"要是你不去卡亚尼市买的话，那我是你唯一的选择。"

真的，斯维特拉娜收集了大量各种的胶卷，而且用她的话来讲，即使我拿了它们好几卷也一点都没关系。在我几次劝说之下她才肯接受我的钱，我的理由是我刚刚才用了学校那么多东西。斯维特拉娜算了一个合适的价钱，我一把塞给她比她原先要的更多一点的钱。

我把照片全部收好然后打电话给尼克，让他来接我。我暗暗祈祷他这次能够更好地克制自己的情绪。

我和斯维特拉娜再聊了些有的没的，然后我去了一下洗手间。

洗手间在前门的边上，往那边走的过道上放着一个电话桌。桌的上方有一块镜子，我抬起头往镜子里照了一下自己。一个星期的小镇生活，我可以被辨认为当地人了。我身上穿着随随便便最平淡无味的衣服，有机棉的背心和热裤，一部分头发从马尾中滑了出来。没佩戴任何首饰，更别说化妆了。真是个奇迹，尼克居然没说什么。

我回到了客厅。喝了几口杯子里的茶，同时往四处张望。我的目光逗留在了一个柜子顶上放着的茶炊。它让我想起康斯坦。从春天起我就怀疑康斯坦和斯维特拉娜之间有什么关系。很能理解：他们同样来自俄罗斯。然而，我从不敢直接问斯维特拉娜就更别说康斯坦了。我想知道，是否康斯坦告诉过斯维特拉娜他离开的原因。我不由得感到内疚，是我把他们之间的友情给阻碍了。

"你有没有听到什么关于康斯坦的消息吗？"

"康斯坦吗？有啊。我时常会听到他的消息啊。"她笑了，这让我对他们之前关系密切的可信度再次提高。我松了口气。

"当然很遗憾，今年春天他就离开了。我得承认，我很想念自己的母语。现在连克里斯汀娜都不在，镇上没有谁可以和我说俄语了。"

我抬起了目光。克里斯汀娜·萨里是丹尼尔的妻子也是米卡尔的养母。狼族首领伴侣的角色，她的命运与她的丈夫相连。直到丹尼尔失踪我才意识到，这个狼族条例延伸得有多长。

我的兴趣被激起。若是提到克里斯汀娜的名字，斯维特拉娜是否会起疑心呢？"我不知道克里斯汀娜会说俄语。"仔细想想，我对她一点都不了解——我掰掰手指头，也就那么一次，我曾经看到过她，而且那时我们聊的话题也没有什么很具体私密的事情。尽管如此，一些特别的地方引起了我的注意。

"克里斯汀娜会讲一口标准的俄语。她是出生于卡累利阿区域（注：以前是芬兰的领土，后来被苏联占领），那里依然讲着芬兰的母语，但是她从小就开始学习俄语了。"

我完全不知道克里斯汀娜是来自其他地方的。事实上，我本是非常肯定，所有狼山镇的狼人们都是出生在狼山镇的。

我正要站起来的时候，我想起我来斯维特拉娜这里的目的。我把学校的钥匙拿了出来。

然而，斯维特拉娜摇了摇头。"你留着吧。你需要它的，如果你以后还想冲印其他照片的话。"

我笑着感谢她一声，然后把钥匙放回了口袋。

＊＊＊

等尼克来接我时，我还在想其他事情。尼克看似和平常一样，而且他问我的时候，他的声音也丝毫没变成讽刺的味道："现在要去哪里？"

"先去米科那里，然后去亚斯卡那里。"尼克看了看我，但是没说什么。我完全不知道，这时我的分泌器官是怎样的感观，并且我也不打算询问。

"你今天看上去在想好多事情。"过了一段时间，尼克说道。

"我是会想很多东西。"

"我们到底是为什么今天还要再去米科那里？"

"我在那里忘了某样东西。"我答道。这是真的——早上我发现，我把相机留在那里了。而且另外我也许不应该和其他人提到，我把他们的照片给斯维特拉娜看过。

"我告诉你我新得到的一些信息，奶奶从那些新搬来的人类那里没有找到什么线索，这里有工作可以做，所以她们搬过来了。在搬来之前她们几乎都住在离这里很远的地方。"

我没感到特别惊讶。

当我们到达米科的房子时，我们发现我们不是唯一感到大脑不够用的。某些事情发现了。

具体点讲是，妍妮发生了什么事情。她坐在沙发上，身上穿着米科的运动裤，手里拿着烟。窗户是打开着的，但是烟雾依然在她的面前打转，然后在整个屋子盘旋。如果我也可以闻到味道，那就应该是狼人自卷烟的烟味。

然而，这不是最需要担心的。

我从来没看到过妍妮抽烟。我满腹猜疑地凝视着她，而尼克拍了拍我肩膀。这时我才发现，我的下巴张得老大，差点脱臼，然后我把它收了回来。

约翰站在房子的另一边，看似更加不安。我对他立刻油然而生一股同情心——妍妮发脾气的时候真的是很可怕，虽然她现在的表情很平静，但我很确定，暴风雨就在角落的后面等待着。

"米卡尔去哪里了？"我小心翼翼地问道。

"去外面站岗了。"约翰说道。

我细细地观察着妍妮并避免太过侵略的眼神。好奇怪，她今天看上去心情应该蛮不错的：她梳了头发，桌上留着的空盘子显示她刚刚不久才吃过东西。唯一的，能从我脑袋蹦出来的想法是，她应该前不久收到了什么坏消息。

"啊。没什么比吃饱了撑的没事干更有趣啦。"尼克说道。

妍妮恨恨地瞪了他一眼，哼了一声。

正在这时我看到了一个妍妮的画面。画面，我得拍张照片。

我说："坐着别动。"然后快步离开了房间。

我把相机留在了客厅的其他地方，我现在马上需要它。在画面还没从我的脑海中消失之前。在我还没忘记我到底在干什么之前。

过去的几年中我习惯了创作我看到的画面，不管它们是从哪里来的。我的大部分艺术灵感是取决于它们的，而且我一直担心，在某个美丽的日子它们会结束。我遇见康斯坦后才得知，看到的画面景象是某个更大的场景一部分，某个更重要的现象，连接所有发生在我身上的奇怪的事情，而且虽然我们还不是太确切地知道是什么问题，我已经逐渐习惯去想自己和普通人是不一样的。我还习惯了，我的艺术灵感来自于与其他艺术家不同的想法。不过，它没有让我感到缺少什么。

它让我继续时刻注意眼前的景象。好的艺术创作机会到来之时我得准备好。

我从五斗橱上抓起相机，大步回到客厅。惊讶于所有人都按照我的指示——或是他们没必要换掉姿势。妍妮依然坐在沙发上不耐烦地抽着烟，约翰弯着腰站在门的旁边，尼克是这三个人之中最感兴趣我在干什么的。我知道，我应该控制局面，要是我想让照片拍得成功的话。不过，和狼人一起合作不是那么简单的。

"也许，我应该去叫米卡尔。"约翰低语。

这让妍妮回过神来。"你需要得到米卡尔的准许之后才可以擦你的屁股吗？如果你有什么问题，你就直说。别的情况下给我闭嘴。"

显然，我必须要控制局面。"妍妮，把烟给灭了。你抽得快把米科可怜的房子给熏到啦。"

妍妮盯着我看，但是我惊讶到，她居然按照我的意思做了。她的面前有个像是米科用废弃的物品雕出来的烟灰盒，里面已经放了两个烟头，从那个我能判断，妍妮的低沉已经有一段时间了。

"现在我希望你安静，然后朝我这里看。"

她做了。我给她拍了三张照片，接着我换了一下姿势。两张照片之后我感到有什么不对劲。我闭上了眼睛。

我睁开之后立马知道我究竟要做什么。

"我们需要给你更换其他的衣服。"我说道，"约翰，把你的裤子脱掉。"

"什——什么？？"

"你们两个，都脱了。"

约翰的表情没比我如果让他跳火坑更加震惊。妍妮大声地叹了口气，然后抓起身上的运动裤，脱了下来。我以为，她的决定是因为她不喜欢运动裤而不是我请她脱掉，不过这时我已经不管这么多了。唯一重要的是拍照。

妍妮把裤子向我扔了过来。"现在满意了吗？"

"约翰。"

"你们两个都完全疯了。"不过同时他还是开始解开他裤子上的皮带扣，我知道我赢了。我把注意力转回到妍妮身上。

"也许你是我认识的人之中做事最果断的一个。不过不是每次都需要这么做。"

"随便你怎么说。"妍妮说道，不过我发觉，她已经累了，保持强势让她累了。而我内心中某个扭曲的角落需要看到她这个样子。

约翰手中拿着牛仔裤，我用头往妍妮方向扬了一下让他把裤子丢给妍妮。妍妮穿好之后，我说："接下来是上衣。"

"真的假的，你有没有搞错？"

约翰看着自己的体恤，我摇了摇头。"不是你的。我的。"

我把相机放下，然后把自己的上衣脱了下来，抛给妍妮，然后飞快地拿起相机。我知道我们正往正确的摄影灵感方向进展。我们已经接近了，不过还没完全到达。

妍妮的眼神片刻之间往其他地方望去，我知道，我甚至不用去猜测，是什么让她有了那样的反应。我读不出她的想法。

突然间我开始看到，从我们第一次遇见之后，我们之间有多少根线生长了出来，我们对对方的生活有多少影响，接着我停止去思考她在想什么。妍妮的大脑中发生了什么，是她的大脑中的事情。我真正感兴趣的是：我是把妍妮的生活修改成现在的样子的那个催化剂。我曾经是身不由己，没有更好地去理解那个变化的力量。反弹，这就是为什么一切都已经转换方向。我愿意还是不愿意，我都可以看懂妍妮的方式，那是其他人看不到的。

咔嚓。

在我还没按下快门之前我已经知道，这张照片会是非常完美的。这就是我想要的照片。原先我有点狐疑并有点放不开。接着我感到我胃里在产生气泡，片刻之后我意识到，它是在兴高采烈。我拍到了我想拍的。照片。

就在这时米卡尔走进了房间。

他的第一个眼神是看着站在门口的约翰。他把约翰从头到脚看了一遍。然后他转头看我一眼，我猛地想起我把上衣给了妍妮，自己只留了文胸。我可以看到米卡尔满脸的问号。

妍妮把胳膊肘贴着她的膝盖，尼克在我身边提起了精神。他们俩是如此迫切地看着米卡尔会是如何反应。我忍不住笑出了声，然后哈哈大笑起来，我控制不了我的笑声。我从没确切地注意过自己有这样的想象力。我从没相信过，我甚至可以这样。就像上天突然给我打开了一个口子。

我抱起自己的相机，跳了几步我以前从不知道我会的兴奋之舞。我跳到极为不知所措的约翰那里，往他的脸颊亲了一下。然后转身跳向米卡尔。他凝视着我。他的脸上毫无表情，不过我知道这只是他的伪装。

"怎么啦？"

"没什么。我只是好奇，你在干什么。"

"我把照片给洗了出来，然后我给斯维特拉娜看了。她建议我办个展览。"我解释道，"我有些太兴奋了。"

米卡尔沉思着我刚才说的话。"我觉得你不应该在镇上没什么事情擅自一人活动。这太危险了。"

过了一段时间我才明白过来他说的每一个字。

"你别开玩笑了，你没说笑吧。"

"他今天一直都是这个样子。"妍妮说道。她的语气告诉我，她的理解度有多么偏向于米卡尔的方面。

我立刻表达了反对意见。"我拍照和你们没什么关系。"我开始为自己寻找上衣。我唯一看到的是，妍妮丢在地上的那件。我把它拿起穿在身上。

"你可以等这一切都结束了之后再拍啊。你再等几个星期就可以了。"

我生气了。我又没做错什么。接着我想起了我给斯维特拉娜看了照片，我迟疑了一下。

米卡尔立马察觉到了。"怎么啦？"

"我给她看了照片，里面不仅有大家也包括米卡尔。不过我相信，她不会管那些的。她不会太去关心镇上发生的事情。"至少我希望她是这样为自己着想的。

我的话一落，所有的人都变得没了声音，这告诉了我，我遇上了多大的麻烦。

"她不知道照片是什么时候拍的。"

依然肃静。

"我可以再去见她，编一些故事，说那些照片是很久以前拍的！"

"莱依莎，你能否现在闭嘴？"

米卡尔叹了口气。他看上去不再生气了。取而代之的是疲倦，这让我几乎后悔我所做的事情。几乎。

"目前我们无法做出什么。明天是月圆之日，马尔蒂也会变得忙碌不堪，所以只要我们躲开他的视线，我们就能安全。"

他看着我。"你得待在里面。听懂了吗？"

我听懂了。突然这时我的脑袋里出现了一个想法，米卡尔对整个大局是多么灰心又沮丧。他的人生第一次完全寄托在别人身上：他身上没有钱、衣服，甚至还不能想去哪里就去哪里。他习惯冒险和保护其他人，而不是反过来。这把他困住了。

我点了点头。

第九章

　　第二天早上尼克送我去亚斯卡那里。同时他要把车开走——他，就像他们其他人一样，得为月圆之日来临做准备，他们所有人都觉得，最好不要把康斯坦的车留在亚斯卡的院子里面。

　　尼克离开之后亚斯卡也很快走掉了。在这之前他们悄悄地交换了几句话，我的直觉告诉我，他们在达成某个模糊的协议，关于他们哪一个往哪个方向走。亚斯卡当然不知道米卡尔在镇上。但他不笨——我能肯定，他会怀疑什么。目前为止他只是在猜测。感谢我能每天面对面见到他。

　　另外，我很担心尼克。我想不出，他是如何度过月圆之日的。目前为止他抵抗住了体内的狼形体保持着人形体。但是月圆之日没法让他再次保持。他将面对自己的狼形体，这意味着任何事情。我不知道，他加入其他狼人群体是好事多过坏事。我本想提醒米卡尔的，但是我就得告诉他上次车上发生的小插曲。近些日子他一直对我的安全疯狂地感兴趣，我不相信告诉他那件事会有任何帮助。

　　我往窗外望去。我得承认，住独立住宅有它自己的好处。我从没介意过在公共场所有谁穿比基尼，不过今天我打算在后院的太阳底下安安静静地享受日晒——要是太阳能愿意出来的话。今天一直是阴天。

　　我想起我做过保证我今天会留在室内。米卡尔不会指，我甚至连院子里面都不能待吧？

　　房子里面明显我没有什么事情可做。它比我以前在的时候还要干净，而且冰箱里面有亚斯卡独创的米饭、青豆、玉米和甜椒混合在一起的特制汤，那是被他称为烩饭的东西。我找到的每一张晚报上的填字游戏和数独游戏都已经被填满。我不能不去想,前几个月亚斯卡应该很无聊。不像我住在这里的时候我们一起度过了很多时间。我开始感到,丹尼尔把我接到这个镇的命令也许对亚斯卡不是太烂的事情。工作、打猎和《科技世界》杂志,除了这些他没有其他事情可做。

绞尽脑汁想了想,然后想出了一件我能做的事情。我可以检查一下自己的账号上还有多少钱,是否足够支付账单。

我把亚斯卡的笔记本电脑拿了出来。在等电脑还没完全启动完毕之前把咖啡机打开。如果我们一群人的金钱状况目前很不好的话,这也包括我在内,我回家第一件要做的事情就是找工作。我强烈怀疑,我能否成功地回到"哈利昆"咖啡店去——我没有任何提前通知就不干了,完全把老板弄得措手不及。我很喜欢那份工作,我对此感到很伤心。

我花了些时间,才把放在双肩包的侧面袋子中的那些账单找了出来。我拿着咖啡杯坐在沙发上,然后把一个信封打开。我想第一个选择电费,因为我担心我的经济状况被它压迫。我略略地看了一下那张账单然后抓起了第二个信封。电话费和上网费的钱一直都差不多,我把总数加在一起算了算之后,我屏住的气终于慢慢地吐了出来。状况也许没有我担心的那么惨。我注意到了桌上最后一个信封。目前为止我对它没有花太多的脑细胞去思考,不过现在我的眉毛扬了起来。信封上没有寄信人的信息,但是笔迹看似奇怪地熟悉。我的名字和地址都用了大写,这让我想起旧时代。

我的思维突然涌出几个月前我收到的神秘包裹的画面。

我差点把咖啡杯给打翻。我撕开了信封的口子。我心跳怦怦,同时我的手指试图把信封里的内容给抽出来。信封里面只有一张折的纸,我把它打开。

我感到寒意直接滑入我胃的底部。如果我怀疑是谁寄的,我现在能够确认。除了丹尼尔·萨里没有其他人。

"怎么会?"我出声问道。

纸的中间画了一个圈——至少是我认为它是个圈，尽管我完全不能理解。它的下面是一排数字：252432。

我的脑袋像是被棍子打过。接着困惑逐渐开始转换成兴奋。丹尼尔还活着，而且在严峻形势面前做的是，给我寄了一个不容易理解的信息。他真的对猜谜非常狂热。如果他现在就在我面前的话，我会往他脸上丢我手中第一个拿起的东西。在这之后我会问，为什么他会把信息传给我。他真的认为，我对他的狼族很担心，所以我会为此冒险吗？

"但是你不是就这样做了吗。"我内心的声音悄悄地说道，"你所做的一切，正是如他所希望的那样。"

问题是：这次他到底想让我干什么？

我望着那排数字。这不是什么生日号码，也不是什么电话号码。我想不出这六个数字会是什么。

我抱起笔记本电脑，打开浏览器。我把这对号码输入到谷歌搜索栏里面然后按了确认键。十分之一秒的时间内在我面前出现了几百个搜寻结果。我把第一页的结果看了一遍。美国的地址，几个国外的电话号码。

接着我再试了几下，但是我找到的结果跟丹尼尔或是狼山镇都没什么关联。

我有些冒火，把笔记本盖上了。丹尼尔没有回镇上，虽然他应该知道，这里在发生着某些坏事。我总是把许多不讨人喜欢的方面与他联系在一起，胆小鬼这词，我没有想到过他。他从没被怀疑会滥用狼族的职权。

最终我被弄得好沮丧，甚至想往墙上摔东西。我几乎希望，妍妮可以在这里——总之和她在一起能痛快地吵一架。

我站了起来。我望着窗外。月亮当然还没看到，不过尼克说过，这没什么关系。夏天和冬天的月亮周期几乎一样长，虽然月圆的效果不一样。言外之意我理解是，很多狼人不认为月圆是件坏事。他们认为那意味着自由。

今天我很羡慕他们。

我拿出了手机打给了康斯坦。电话响了三下之后，他接了电话。

"我的小麻雀。我正等着你的电话呢。"

他的声音听上去有些斥责口气，但是我没心情抱歉。

"嗨，康斯坦。直接讲我甚至不知道从何说起。情况比我们担心的还要严重。"

我告诉他所有目前发生的和了解到的事情。我从马里塔的处死到丹尼尔寄来的信都告诉了他。

"为什么丹尼尔没有回去？大家都说，比起马尔蒂，丹尼尔的狼形体无比强大。他从没让人感觉是个会避开搏斗的人。要是他受伤了，他应该很快已经康复过来。什么让他拖了这么久？"

"有种办法能让力量和健康最强。比如吸血鬼的血可以修复各种损害并且几乎还能给人类超能力的力量。有可能的是，对丹尼尔来说这是截然不同的事情。也许马尔蒂用了什么计把他困住了。"

我摇了摇头。"那为什么马尔蒂不简单点把他杀掉呢？他已经是首领，完全有这个权力。"

"我们的信息中还有很多空白。我们只能将耐心和注意力集中在我们知道的方面。就比如他给你的消息。"

"我不明白，为什么他会给我信息。我是这个小组里面最没有能力影响狼族的。"

"也许他知道你的某些你自己不知道的东西。"

这让我停止了我所有的想法。

我躺在沙发上。这让我感到是最安全的姿势，因为我开始有点头晕了。丹尼尔当然知道一些我自己不知道的事情。他显然已经做了。然而这次的隐瞒和他做对。我有什么魔法能力，在我知道它到底是什么以及如何控制它之前，对丹尼尔或是其他任何人都没有利用价值。

"为什么他不直接告诉我，他想要我干什么？"我知道这听上去很幼稚，但是我不管。

"因为他不能。"康斯坦温柔地说道，"因为一旦他的计划被暴露在马尔蒂面前，一切都将结束。"

我静静地躺着对着电话呼吸。我知道我得说些什么表现精力充沛的状态，但是我做不了。我根本不知道，我是否有足够的能力接受它的期望。我是否是我被期待的那样。

我用一只手揉着眼睛。"告诉我，你知道关于马尔蒂·海基宁所有的事情。"

"他从没给我留下任何强烈的印象。我一直是觉得，他在狼族中的状态是一种妥协，而不是他的实际能力。"

"就是说，你从没发现他的想法有什么需要让人警惕的？"

"狼人不是太容易能够被读心的，而且马尔蒂是那种特别困难的类型。现在我怀疑，他也许学会了如何关闭自己大脑的思维。不过，就像我说的那样，之前我没怎么注意他。"

"他能'关闭他的思维'？这怎么可能？"

康斯坦列出了一系列的技巧。它们让我想起他给我上的课，我的想法开始迷糊了。不过，在康斯坦结束他的话之前我没说什么。

"我想起一个问题。我给米卡尔拍了张照片，然后我傻傻地把它给斯维特拉娜看了。她没说什么，但是我担心她会说什么。我应该怎么办？"

"让我负责这个事情。她不会和任何人讲的。"

我松了一口气，然后把眼睛闭上了片刻。有时我感到，即使是轻微的厄运也会让我从轨道中滑落。

"你和斯维特拉娜见过面了？"康斯坦问道。

"我把妈妈的相机带在身边，"我解释道，"因为好玩我拍了点照片。我给斯维特拉娜打了个电话请求她使用一下学校的暗房，然后她说她想看一下照片。"

"暗房？你用胶卷拍的？"

"是的。我知道，这非常过时。"我接着说道，然后康斯坦笑了起来。他一定也在胶片相机的时段生活过。

"照片冲印出来了怎么样？"

我很感激，我能讲些熟悉的安全话题。"它们出奇地成功。只是，有一张很奇怪，这得怪米娅。她突然跳到我的相机面前，然后我被吓了一跳。"我心不在焉地转动着丹尼尔的信，"斯维特拉娜也对照片很满意。她说，我得弄个展览。"

"听上去不错。"

我把丹尼尔的信从桌上拿了起来，举在空中。光完美地把纸照透。我把纸往下方拿了一点，让我也能够看到窗户。天空是灰蓝的。这次的夜晚估计看不到月亮了。

我再次看着丹尼尔画的圈。它正好对准月亮出现的一个点。

月圆。

我清了清嗓子。"你能想出些什么来吗，哪里会有六个数字出现？"

康斯坦沉默了片刻。"首先，我会想到的是保险箱的密码。它们一般是三个分开的数字，可能是两位数的。"

保险箱。米卡尔曾经提到过丹尼尔有保险箱。

"我得走啦。"我说道。在康斯坦还没来得及说什么之前我把电话挂了。

我爬了起来。晕眩还没完全消失，不过现在我有新的决定来让自己站稳。丹尼尔的计划很简单，很冒险，还很有才。我丝毫不知，如何应付狂喜过后的我，但是我决定在问题变成实际的之前不去担心它们。我现在要做的是尽可能快点出发。

我换上了牛仔裤，往布袋里装了一些有可能派得上用场的东西。接着我穿上运动鞋，然后从梳妆台抽屉里翻出脚踏车的钥匙。

我已经有了把脚踏车从储藏室里搬出来并且给它的轮胎打气的心理准备，但是令我惊讶的是，它已经在院子里等着我了。应该是在我去拿康斯坦房子那里留下的东西的时候，亚斯卡把它弄好了。我很感谢他能这么把握时机。

我跳上车，然后平稳地加快速度。我还需要骑一个小时左右的时间。我边骑我边想着各种不应该试图闯入狼族首领家的理由。

***

我从不是什么长时间运动的体育爱好者，而且体力也不太够。除此之外一个小时的骑车时间远远超出我原来想象的。也许是因为我知道，车正在一米一米地将我送往那是，这很可能成为我一生中最大的错误。或者，也许我只是不顾一切地去做一件能够改变目前状况的事情，所以踏板的速度更积极了——我不知道。总而言之我到达院子时体内充满了肾上腺素。

我没把时间花在锁车上，而是把它留在一个能够转弯的空地上然后急匆匆地爬上楼梯。我两步并作一步，最后终于跨上正门的台阶，我按了一下门铃。心里数了二十之后，决定试试转动门的手柄。

事实上，门没有锁。我笑了起来。虽然狼山镇最偏僻的住宅区习惯敞开大门——狼人的嗅觉能够让小偷很快被抓住——马尔蒂应该更了解这点。他的嚣张状况似乎并没有被限制。说不定哪一天真的有谁不在乎被抓到而破门而入。事实上我曾经从这里盗取过某样他们永远都不可能要回去的东西：信息。

我直接通过前厅走向二楼。我没脱掉自己的鞋，我没在意是否会留在地上污垢，不管怎样他们会知道我的造访。我需要尽快离开这里。

这个房子我只来过一次，那时这里到处都是参加派对的狼人。楼上我只去过洗手间，我除了随机打开房门以外没有其他方式。

我打开的第一扇房门，把我领到以前丹尼尔和克里斯汀娜的、现在是马尔蒂和里特娃的卧室。第一个令我注意到的是从巨大的窗户看出去的风景。无边无际的森林。我几乎能被所有的绿色淹没。接着我想起身处何处，我的汗毛立马竖了起来——我不应该在这里的。房间内有张巨大的双人床，床上凌乱不堪样子扰乱了我的视觉，让我有了立即要转入第二个房间的想法。接着我有了另外个想法。海基宁知道我来过这个房子——但他们不需要知道为什么，如果我不直接到达我的目的地。出于本能，我坐在了床上然后摸着我附近的枕头。床头柜上有一本翻开的书，我把它拿在手上。我翻阅了几页然后瞄了一眼书的名字。《伏兵湾的荒野游击队》，战争小说看来很合适马尔蒂的品味。另外一边的床头柜上放着一本《滑稽演员》，令人印象深刻的文学作品。

我站了起来往衣柜方向走去。我打开衣柜的门。我随意地摸了摸衣架上挂着的裙子——一部分看上去很有品味，我怀疑它们是克里斯汀娜的。

感觉这些已经足够了，然后我从房间里走了出去。第二扇门是在我背后。是一间办公室。我大口地吸气。第一眼我就看到了保险箱。不像什么007詹姆斯·邦德的电影中，它会被镶入墙壁藏在油画的后面。它看似耐心地在角落的一边等待着我。我感到自己没那么有耐心。我想冲过去，揭示所有丹尼尔对隐瞒的秘密。我又想彻底往反方向逃跑，然后忘记，秘密从来没有存在过。

恰恰相反，我平静地走向房间的中央并且看着四周。丹尼尔的办公室感觉像个苦行僧住的寺院，很无聊。地上铺的是厚厚的波斯真丝地毯，房间被一个实木的书桌占领，桌子看上去像是从哪个东方国家来的。一面墙上挂着一幅很老的地图，我怀疑是手画原版。另外一面墙被满满地装上了实木的书柜。房间里所有的一切看着非常像我认识的丹尼尔，我感到某种放松，至少一部分的印象是正确的。

桌上放着一些账单和其他邮件，上面都写着马尔蒂的名字。我把它们都摸了一遍。我打开了书桌的抽屉。我随意地从书柜中拿了几本书把它们翻阅了一下。我把手伸进了垃圾桶里面，然后坐在办公椅上。当我最终完全确认，我已经足够仔细把气味留得到处都是之后，我走向保险箱。

我弯下腰蹲在它的面前。我不用把丹尼尔的信找出来，因为我已经把号码背了下来。颤抖的手指开始转动数字。右转25，然后左转转回原来的地方。右转24，然后回原位。最后右转32。

锁咔嚓一声打开了。

首先我没预想到保险箱会这么满。其次我没期待过会找到厚厚的一刀刀一百欧元的钞票。

钱的下面放着一堆凌乱的文件。任何其中的一个文件可能就是为什么丹尼尔想让我私自闯入他家的原因。

我把上面的钱推到一边，然后把文件统统从保险箱里拿了出来。我坐在地毯上开始探索我的宝藏。文件堆里有银行信息和其他一些我不感兴趣的，但是我很快找到一份关于丹尼尔公司的文件。文件上面还提到了克里斯汀娜和其他人的名字，不过公司唯一的法人依然是丹尼尔·萨里。狼山镇或是马尔蒂没有在信息里显示，这没出乎我的意料。

另外还有一堆文件夹，我把第一个拿了起来。文件袋已经磨损得很厉害了，要不是它上面贴着的标签的内容引起了我的注意，我还真不想看它呢。标签上写的名字：莱依莎。

我的心扑通地猛跳了一下。我不知道，丹尼尔认识多少个莱依莎，但是我有很不好的预感。

我打开了文件夹，看到我的人生铺展在了我的眼前。

事实上，我能想象到的东西丹尼尔都有：联系方式，照片，一切。甚至我以前画的画。我知道，他在注意我的来历，可是这个……老天。

片刻，我才想起，我究竟在干什么。月圆之日，我闯入了狼族首领的家。我没有时间可以浪费。

我把文件夹放在一边，然后开始继续查看其他的文件。

手指碰到的第一个是一张地图。上面画了狼山镇的区域，不过地图明显往东面继续画下去——围绕着芬兰和俄罗斯之间的边界。俄罗斯部分的区域只看到森林。我不知道，这是什么意思，我也没有时间去想好奇。我继续翻阅其他的文件。我找到了一张里面列着三四十个名字的名单。一部分看上去是俄罗斯人的名字。差不多所有的姓重复出现了几次。令人感兴趣的是有一些名字下画的横线。

我把名单放在一旁，然后把注意力转回剩下的文件那里。某个东西引起了我的兴趣，我把它抽了出来。

这是一个信封。收信人是丹尼尔，寄信人是利沃·萨拉卡，地址是俄罗斯的地址。我把信打开。

2011 年 5 月 13 日

你好，丹尼尔。

感谢您与我们联系。

如果我否认我感到惊讶，那是我在说谎。我同意你对历史的兴趣。然而我有些担心，我搞不清楚，您在寻找什么样的合作方式。我们在卢平过着非常简朴的生活，并且我们的居住范围正在变得拥挤。您告诉我们，你们那里没有相同的问题。您为什么会想到让出您的那部分？或许我们应该努力面对面地继续交谈下去。

此致敬礼

伊沃·萨拉卡

狼族首领

片刻我不知道，我应该想什么。接着思路开始反应过来。另外一个狼族。在东面的某个地方，边界的另外一边，还有另外一个狼族存在着。

我想起了约翰说的故事："最终情况变得很糟糕，狼族分裂了。一半的狼族搬到了东面。另一半留在了这里。"看来旧版的《狼孩》讲的是真的故事。而且丹尼尔用了某种方法已经成功地把事情给弄清楚了。他有个关系到两个狼族的计划。

接着马尔蒂做了他自己的动作。

我看了一下时间。我已经在房子里面待了超过一个小时了。我不知道，马尔蒂和其他人什么时候回来，而且我也没打算冒更多的险。

我把感觉有用的那些文件收集在一起。我想了一会儿，如何处治这些钱。最后我决定把它们都带上。我们需要钱。如果丹尼尔对这个有意见的话，等

140

我们把他救出来并且把他的王国还给他之后再找我们算账吧。我感觉他应该不会这么做。

正当我打算往楼下走的时候，我想起了，还有一间房间我没去过。那是一间我从没去过的房间，但是它让我像一只被夜光吸引住的飞蛾不停地往它的方向前进。

我打开了门。

虽然米卡尔已经好几个月都没住过了，他的气味依然还保留着。

我咽了咽口水。米卡尔的房间看似他本人离开之后一直没有被动过。我没有看到任何属于海基宁或是米娅的东西。尽管如此，房间看上去依然像刚刚住过的样子。桌上放着一个喝过的咖啡杯和一堆很旧的笔记，床上没有铺过，房间里的地毯位置完全没放正。

蓝灰色的墙壁上挂着一张很大的电影海报和阿森纳足球队的球迷围巾。书架上放着科幻、生物和天文类的书籍——我不知道他对天文感兴趣，这只是多了一个证明，我们在一起的时间有多短。

得干活了。

和对待丹尼尔的方式不同，我试图把所有我摸过的东西放回原位——不是为了马尔蒂或是米卡尔。摸索丹尼尔的东西我没感到有什么不自在的地方，但是现在我感到自己是个闯入者。我对自己保证，这一切都是为了米卡尔他自己的利益。我先得找到米卡尔的钱包。衣服也需要找一些。

我从简单的找起，也就是衣柜。在第一扇衣柜的门后面找到了一系列的衬衫。抚摸着黑色的袖子，我不能不去想米卡尔第一次吻我的时候样子，我把门关上了。

我往包里塞了几件T恤、短裤和内衣。钱包从床边放着的书包里找到了。我看着床。我控制不住去摸上面枕头的想法。枕头的羽毛嗖嗖地发出了响声，我不能不去想，有几百次它的上面躺着米卡尔，或是有多少次他抱着它。接着我又去想，有多少个夜晚妍妮曾经躺在这张床上，顿时我感到内心无比的伤痛。我和米卡尔从没有发展到其他普通情侣那样的时候。我从没留在这里过夜。我们从没晚上一起开着车兜过风，也从没在黑乎乎的电影院里接过吻。我们从来没有知道过，我们真正在一起是什么样子。

它让我的胸口好痛，因为我能明显地看到，这是我应该得到的。我的内心某一部分在想，如果我只有两个月的生命当米卡尔的女朋友的话，我会毫不犹豫地接受任何狼族将来发生的问题。在现实中，我不知道。我是否轻易会放弃米卡尔，如果他真的是属于我的？或是它只让一切变得更加复杂？

这时我听到从院子方向传来了声响。

"坏了。"我说道。我把米卡尔的钱包塞进包的衣服堆里面，然后冲出了房间。我轻手轻脚地踏着楼梯往楼下走——我停下脚步片刻，听一听四周，确认一下是否搞错。没有。有谁真的很快就要到达大门的前面了。

我唯一的选择是后门。

客厅的一面墙都是玻璃做的，推开其中的一块玻璃能打开去天井的路。慌张失措之下才发现得把门上的销子打开才能移动玻璃。

大门被打开了，我正好已经逃到了后院。我越过玫瑰花丛然后急速地往坡下飞奔。萨里家的房子建造在陡峭的岩石山坡上面，我竭力从它的上面奔跑下去。一脚踏空，我滑了一跤，然后剩下的路程由我的屁股代替了。我几乎能够确定，我应该和我最喜爱的牛仔裤说拜拜了，不过这时裤子不是世界上最重要的事情。

我往我的自行车方向跑的时候听到了楼上狼的嗥叫。那个声音让我身上的每一个细胞变得冰冷。我一脚踢开脚架，跳上自行车。

我抬头看了一眼房子。从客厅的窗户我看到了光着身子的马尔蒂·海基宁，他正在看着我。

我使出了吃奶的力气，使劲地踩着自行车，然后一溜烟逃走了。这次的惩罚留着以后什么时候再担心吧。

＊＊＊

当我把自行车停在院子里的时候，雾飘到了草坪的上方。光线很均匀地

142

涂抹在天空中，让它变得很难讲，它是从何而来的。我看着亚斯卡房子的门廊、花坛和楼梯，我上次看到它们感觉仿佛已经过了很久距离。

这时我才发现，亚斯卡已经在外面等着我了。

我的心跳到了胸口。我原是希望亚斯卡或是尼克还没有回来——在我自己还没从惊吓中恢复过来之前，我不想看到他们生气的样子。我感到四肢奇怪地发麻，脑袋变得很轻，虽然我几乎能确定，我全身的肌肉在堆积乳酸。

我把自行车靠在墙边。我还是没把它上锁——它不用锁。我往大门方向走去。同时避开亚斯卡的目光。

"你去哪里了？"

我什么都没说。我企图从他的身边溜到前厅，但是他一把攥住我的手腕。我吓了一跳。我试着把手抽回来，但是他抓得好紧。他是认真的。惨了。

他把我的手举到他能嗅到味道的距离。我片刻感到，我刚才的郊游活动被发现了——事实上，他的力道渐趋松开。我乘机挣脱然后从他的身边走过。

他跟在我的身后。"我保护不了你。"

我走进厨房，然后翻找着冰箱里的东西。"我知道。"我说道。我为自己自豪——我成功地让自己的声音变得出奇地平静。事实上我很难对现在眼前的食物集中精力。我说不出它们是些什么东西，我只是深沉地凝视着。

"你打算干什么？"

我知道，他不是在说吃的。这让我感到惊讶。亚斯卡从没问起过我什么重要的事情。

我思考着答案。我想不出什么，能够怎么办。完全想不出来。

然后答案就从我的口中脱口而出。"想不出来。"

"想不出来？"

我摇了摇头。事情做了也就做了。

我的想法也同时影响我的内心，我身体变得放松了。现在改变主意已经太晚——任何事情应该掌握在其他人的手中而不是我的。

他沉默了很久。"也许我们应该只是等一下，什么会到来。"

我最后选择了一瓶酸奶，然后转身。鼓足勇气看着他。他看着我的方式，让我感到很不自在。几个月过后我在他的眼里已经变成大人了。

他把头转向窗外，然后听着外面的动静。"很快你能看到，是否其他人也和你有同样的想法。"

我听到车的发动机声音。

尼克回来了。

***

"我有没有搞清楚：你去了萨里的房子，翻动了一切有可能的东西然后用屁股滑下了山坡，连滚带爬地从马尔蒂眼皮底下逃走了？"

我们坐着车往米科的房子方向开去。总而言之我得告诉其他人我干了什么和得到了什么，并乘现在这最好的时机尽快去做。尼克成为了第一个白老鼠。

"他完全光着身子。"我阴沉地说道，"我得带着这个记忆进坟墓。"

"这有可能很快就会到来。"尼克的语气显然是典型的讽刺腔调，但是我不得不注意这话里的恐惧。我很想做个鬼脸。如果尼克对这个事情很难做出幽默的反应，那我不用期待其他那些人的祝贺。

马尔蒂急着来收拾我咯，我想着。我忍不住想笑。

我们到达了房子的院子里面。这次没有人在外面站岗。室外的小房子那里只放着一件衣服，从里面传出来的声音显示，他们都在房子里面。

尼克打开前门。

"赢啦！"

约翰、妍妮和米卡尔围着客厅的桌子坐着。约翰在嘀咕着什么，听上去很容易理解为他在暗骂一连串的脏话。

"别告诉我，你们还在打牌。"尼克说道。

我注意到桌上放着的一堆硬币。

"我以为所有的钱都是集体的。"

"现在它们是了。"约翰说道。

妍妮坐的位子是脸朝门的方向，她的表情在发光。约翰和米卡尔的表情不能说是同样的，不过从他们的样子可以知道他们比上次要轻松了许多。看来月的周期对他们很有好处。

我看了看尼克。我完全忘记关心他了。我试着通过他的状态来判断，夜晚过得如何。我甚至不知道，他是否一个人还是和其他人在一起。我猜他是一个人。他的外表看上去几乎不错，但是这没让我感到安心。

我盯着他看了好久。尼克扬起了一边的眉毛。

"轮到谁发牌啦？"

我舔了舔嘴唇。"咱们现在得再开个小会。"

米卡尔转身看着我，我立马感到寒冰往我的四肢发展。我吞了一下口水。突然我有些不确定，我是否能够做这个事情。

"在我还没把他们洗劫一空之前不开。"妍妮看了看我们，"一起加入吧。"

尼克哼了一声。"相信我，我已经付了学费。你一直会打到把我的命都抵押给你的。"

"这种事情我不会做。你的贱命不值钱。"

我身体抽了一下。我担心，尼克可别跟她耗上了。

不过尼克的反应出乎我预料，他哈哈大笑。"哈，涅米。我一直以为，你是我所知道的最无可救药的赌徒。"

妍妮做了个鬼脸。

我非常困惑，于是我张开嘴巴说出了我想的第一件事情。"也许你会意识到，赢没有什么意义，当所有的玩家的钱是共用的？"

"看来莱依莎不懂玩牌。"妍妮说道，"米卡尔。重新来一局？"

"我已经没有什么筹码再能打的了。"他的目光依然停留在我这里。他的眉毛都扬起着。

"你可以把你那辆宝马赌上。"妍妮无辜地说道。

米卡尔没有什么反应。"那是什么？"他往我包的方向抬了抬头。他深深地在吸气，我知道他试图分辨出包里的味道。尼克接我来这里之前，我让尼克等了我一会儿，我洗了个澡并且换了衣服，但是这当然不包括包或是它里面的东西。

"那是，现在正好说到钱的话题……"我往桌上扔了一刀纸钞。

妍妮的表情很沉重，约翰凝视着钱的表情像是它们会随时消失。尼克则是扬起了眉毛。

"你从哪里弄来的？"米卡尔用事实上有些吓人的声音问道。我能肯定，他对这个有很好的猜测。

"从你们家弄来的。我去过你们家了，在马尔蒂和其他人在森林里的时候，"我吸了口气，"在你们决定骂我大傻瓜之前，我得声明，这不是我一个人做的。这是丹尼尔的主意。"

我给了他们时间，让他们所有人做出摸不着头脑的表情之后，我继续说："他还活着。我当然不知道他在哪里，不过根据我搞到的信息，我有相当不错的猜测。"

我看着约翰。"你是否告诉过其他人，那个你曾经告诉过我原版《狼孩》的故事？"

他摇了摇头。大家安静地等待着他把剩下的解释出来。"旧版中狼族分成了两派如何对待人类的。一派想和人类一起和平尊重相处，而另外一派觉得人类只是为了繁殖存在着的，不用去获取他们的允许。发生了斗争，结果是一半的狼族搬到了东边。"

我看了看在场的所有人。他们最多是非常感兴趣的表情，我很肯定，他们完全不知道这是什么事情。我投下了一颗炸弹。

"旧版的《狼孩》讲得没错。边境的后面有另外一个狼族。"

第十章

　　我等待着他们的反驳。我确定，在我面前的这四个人其中一人会说："这不可能"。或者是："这只是一本书。"然而这没有发生。他们的表情看上去极为严肃，片刻我明白过来，这一定不是第一次，故事讲的是真实的事实。我已经习惯相信真相和抛弃虚构的假象，我忘记了，他们是真正：超自然的生物。对于他们来讲，任何事实和狼人存在的看法一样都可能是错误的。这个世界在他们的眼里是如此的不同！

　　妍妮第一个张开了嘴巴。"假设，对人类友好的狼人留在了狼山镇。"

　　约翰凝视着桌子。"不，恰恰相反。"

　　"就是说，我们是强奸犯和杀人犯的后代。真是太棒了。"尼克的讽刺总是那么准时。

　　我把手塞进包里。我从里面找出地图，把它放在桌子的中央让大家都能看到它。"这是丹尼尔的文件。我认为，画着红圈圈的俄罗斯区域指的是另外一个狼族的居住地。我认为，丹尼尔现在在那里。"

　　"为什么这么讲？"

　　"他与另外个狼族的首领保持着联系。他们在策划某个合作计划。这都是在马尔蒂闹革命之前发生的事情。大家看看这个日期。"我往桌上放下丹尼尔的信，接着在它的旁边再放下一张名单。妍妮和约翰开始兴奋地研究着它们，我松了一口气。尼克轮流地看了看我和文件。从他的面部表情来判断他无法决定，应该开心还是担心。我坐了下来。

　　妍妮第一个抬起了头。"为什么丹尼尔想要和另外一个首领合作？"

"我不知道。你们说呢。目前什么是狼山镇最大的问题？"

"繁殖后代，"妍妮立马说道，"如果我们不快点繁殖后代的话，整个狼族就要面临灭绝。"

约翰研究着名单。"这些画了横线的名字。它们有可能是小孩的名字。"

"也许吧。"妍妮说道，"他们有好多啊。"

我不能不暗暗自喜。谁都还没提出反对意见。我们手上总算有了接下来需要的所有王牌。我冒了很大的风险，但是在看到我的同伴们兴奋地看着这些新消息时，我完全能够再去冒一次险。

米卡尔是唯一默不作声的那个。我从地上拿起包，从里面翻出他的衣服和钱包。我把它们塞进了他的怀里。他瞄了它们一眼。

"你还拿了什么其他的东西吗？"我摇了摇头。我把我摸过的文件都给了亚斯卡。

"你为什么不能等我们回来之后再去呢？"

"你这个问题问得很傻。整个事情就一个想法，那就是，我在月圆的当天会去你家。下一个月圆的机会我们有可能要等上一个月才会再有。"我警惕着，"你不能否认，这个对我们很有用。现在我们比昨天知道的信息要多得多了。"

米卡尔摇了摇头。"你认为这样值得吗？你是在送死。我们可以把你藏起来，但是早晚马尔蒂把你找出来。那时我们除了抵抗至死没有其他选择。马尔蒂有很大的优势，我们无法赢他。"

"我从没要求过有谁替我去抵抗啊。"

"你真的不懂。我们是狼族。你愿意或不愿意，你都包括在里面。一切你做的事情都和我们有影响。你应该以文明的方式行事。"

"你又不是我爸爸，而且你没有权利告诉我，我应该怎样行事，"我低声说道。

"这不只是关系到你！几十条生命取决与此，而你只感兴趣的是你的自豪。这不是什么探险度假！别在我的领土上玩什么侦探游戏！"他怒喊道。

他真的在怒喊，而且他以前从来没有这样过。片刻，我从他身上看到了丹尼尔的影子，突然间感觉自己的内心就像有只惊慌失措的小动物，唯一的想法就是逃走，逃走，逃走，逃走。然而，我一动都不动。

其他人像是被命令过的那样从椅子上站了起来，但是米卡尔的一个眼神让他们统统坐回到了椅子上。尼克甚至是匍匐在他的面前。我感到厌恶。

我强迫自己张开嘴巴。"我的自豪吗？你们谁都没有做什么。我应该只是坐在家里干等着你来救我们大家吗？"

"你答应过待在里面的。爸爸一直说，测量人类的价值就是测量他们是否遵守诺言。也许这样子就能证明，你有多少价值。"他看着我就像我是个陌生人。不——就像他现在才看到了我，而且不喜欢看到我。就像我在他的眼里是个不知道真正生活是什么样子的卑鄙小姑娘。

我受不了这样的对待。

"你要么马上给我赔礼道歉，你要么给我滚出去。"

米卡尔没吱声。

我手指向大门。"出去。"

大家谁都不敢动，连呼吸都不敢。我真的气得眼睛里直冒火。没有谁能用这样的语气和我说话，甚至是狼山镇的首领也不可以。

我没有软弱退让。"出去，或者我会做些会后悔的事情。"我的声音在颤抖，这不是什么好的迹象。

"你应该照她说的去做，"妍妮严肃地说道，"被她打会很痛的。"

我直视米卡尔的眼睛，我一丁点都不在乎他的狼形体将要出现。可恶，我会控制他的狼形体，如果可以这样子的话。

"你给我出去。马上。"

片刻我们的目光锁定了对方。接着他转身走了出去。速度不慢也不快，而是平稳地走着，我知道他比以往任何时候更生我的气。我现在不管这么多。

"你是怎样做到的？"尼克把门关上后问道。

我一屁股坐到沙发上。片刻之后有谁递给我一杯水——约翰——我一把抓起了它。一口气把水喝了下去。

"他不应该这样说我，"我低语，"他应该把嘴巴闭上。"

"他活该，"妍妮说道，"必须承认，我很羡慕你。这是我看到过的最不可思议的举动。"

我看着她——我不能相信她会接受我刚才对米卡尔做的事情，把他赶了出去。我隐隐约约地意识到，我做了一件在她眼里是惊天动地的事情，但是我过于气愤让我没真正意识到它的存在。

＊＊＊

"我认为我知道，咱们目前应该做什么，"尼克说道。过了一刻钟的时间大家开始恢复正常状态。或许米卡尔也是吧——他没回来，虽然我知道我应该担心的，但是我只是在感激一部分的。

"那应该是什么？"我问道。

"统统喝醉。"

我想了想我现在的状况。米卡尔觉得我是在找死。同时我在他那里失去了尊重。他给我的感觉是我付出的一点用都没有。我的付出，完全是为了他和他的狼族。

"行啊。"

"妍妮，约翰呢？"尼克问道。

"反正我们有钱买。"妍妮说道。她往空中抛起了那刀纸钞。我没敢把其他的钱给他们看。

"不用去买。"尼克把一大瓶伏特加放在桌上。我好奇地看着他。"我老爹的收藏品。"

他给我们找来了各色各样的杯子。他几乎给每个人的杯子里倒了三分之一的伏特加，然后加上橘子水。我们慢慢聚集在桌子的四周，选了自己的杯子。

"为了什么而干杯？"妍妮问道。

"这个喝酒会吗？可以是为了莱依莎的半条命。"

妍妮被尼克的话逗乐了。"或者应该是为了莱依莎的健康而干杯。"

"我们为你的入学而干杯吧，"这是我这段时间内记得的唯一顺利、纯粹正面的事情。

"祝妍妮读书顺利。"尼克说道。

"干杯。"

尼克咕咚咕咚地把杯子星酒喝干了。"我来开音乐。"

***

尼克试着调试米科的老式收音机的频道。最终从滋滋沙沙的声音开始变成了人类的讲话声。当我听到有谁在唱"不停跳动的心脏"，然后拿起了酒杯一口气解决掉。尼克显然为他找到这瓶酒而兴奋。他开始随着音乐唱起了歌，我摇了摇头。

"干吗？这音乐可是很经典的哦。"

"这是探戈。"我抗议。

"那又咋样？谁不喜欢探戈呢？"

"很难讲，我从没关注过。"

"你不关心桑拿，你不会滑雪还有现在这个。你真的不是个芬兰人。"

约翰走了过来。"你认为，我应该去找米卡尔吗？他已经去了好久了。"

"等会再说，让他去吧。"

"几个小时以后我们就没法再找他了。那时我们估计已经喝得烂醉。"

我叹了口气。我更喜欢尼克的计划。但是约翰的计划比较实际。我更喜欢尼克的计划是因为：我尤其对现实感到过敏。但我依然说："好吧。咱们问一下妍妮的看法。她去哪里了？"

"外面抽烟去了。"

我走了出去。

妍妮站在门廊那里，用手肘靠着围栏。我走到她的身边，我又一次发现，她有多么娇小。真是奇怪，她的个性时常让人感到她比她外在形象要强大得多。

她穿了一件灰色的连帽衣，衣服在她身上显得很大。金色的头发在衣服里面熠熠生辉。

空气中弥漫着烟味还有雨水味。太阳在云彩里面闪烁着光芒，把外面的金色变得有些人工化。我看着天空和地平线如何从亮丽的蓝色变换成了暴风雨的灰色，我想，我对日常的事情和天气多么缺乏了解。

"你来干吗？"

我叹了口气。"听到这种口气我的回答是：不干吗。"我抬起脚转身准备往回走。

"我真的是几乎一直都在惹你气你。"从我背后传来了声音，"这到底是什么原因？"

我知道，这不是她真正想问的问题，但是我依然回答了。

"米卡尔。"我认识的妍妮，一生都是围绕着米卡尔打造的。不管她的问题是什么，都是会回到米卡尔那里。即使是条弯曲的路。

她哼了一声。"这当然是你第一个猜测。你真的是依然完全地爱着他。"我张开了嘴巴，但是她用烟做指示动作让我不要说话，"别想抵赖。我从你的脸上已经看到了。"

我不知道，如何对这些话表达意见。这是那个我从不想提到的话题。

她把烟头灭掉了，然后重新拿出一根来。"来一根？"

我摇了摇头。"我不喜欢烟的味道。"

"如果你认为人类为了烟的味道而吸烟的话，你的想法完全错了。"

我决定试探一下。"某种程度我不能相信，你可以放得下我和米卡尔对你做的事情。你一定在恨我们。"

妍妮叹气了。"我真的努力过。但是这已经是很久的事情了。这已经过去了。"

"你还想把他要回去。"

"不，我真的没想过。"

某种原因我相信她的话。

"我一直喜欢我是狼人。但是现在我想问我自己，这一切是否可以变个样。"

我不知道她在说什么，不过我认为我理解她的问题的本质。"愿望可以给人类的，只有特定的地点。"我低语。

"能说给我听听吗。"

房子里面谁把收音机调高了音量。

我跟在妍妮后面走到了客厅。我不相信，我以前听到过这么响的探戈音乐。我担心邻居的抱怨，但是我想起，这里他们不存在。

尼克站在沙发上并且自信地在空中挥舞着手，像是知道在干吗。

"这里到底在干吗？"我问道。

"我和约翰决定了今天晚上的主题。"尼克说道，并且从沙发上跳了下来。约翰的表情是，他第一次听到这事。"芬兰之夜。芬兰的探戈和芬兰的美食。百分之一百的难受和折磨。我们值得拥有。你说呢？"

"你指的究竟是什么样的芬兰美食？"

"那些冰箱里有的一切东西。"

"我上次瞄了一下那里是，里面有微波炉速食比萨饼和啤酒。我不会称它们为芬兰美食的。"

"我反对，其他哪个地方会有微波炉转热的速食比萨饼。再说，谁在乎。看你也不会在乎的。给，啤酒。"

他从桌上拿起一瓶啤酒扔了给我。我除了接住它别无选择。正正好好我把它给接住，我暗暗自喜，还好接住了。这时我才想起，缺了什么。

"我怎样把它打开呢？"我问道。

"这样。"尼克抓起酒瓶用牙齿咬住酒瓶盖，我赶忙闭上双眼。我听到可怕的咔嚓声，酒瓶盖打开了。等我睁开眼睛的时候，尼克已经把三分之一的酒喝掉了。

尼克继续示范给片刻之后被逗乐的妍妮看。我得承认，他很合适制造欢乐。我挑了一块最入眼的比萨饼吃。虽然我不太同意尼克对我们能吃的东西的看法，至少尼克还是记得给我买了一个没有肉的比萨。整个狼山镇包括尼克在内都很难理解我是素食者的状况，不过我相信前几个月他开始习惯了。

我和约翰一起静静地吃着。啤酒很快就喝完了，我给自己倒了新的喝的东西。

"要吗？"我问约翰。

"不了，谢谢。我还没喝完。"

我真的想不出其他什么话可以和他说。状况变得很不自在。

惊讶的是约翰居然先打开了话题。"我问了一个在报社工作的朋友我能否为你的展览写篇报道，"他说道，"他们说可以的。"

我不知道该说什么好。我真的很惊讶他能记得整件事情。"真的是太好了。不过我还没来得及找展览的场地。照片也还没拍齐。"

"这不是什么问题。等这一切都结束后，你甚至可以在狼廷旅馆里面办展览。卡亚尼市中心也能找到合适的场地。"

"也许你知道，我不是什么真正的艺术家。"

他看上去真的很惊讶。"你当然是的。这里所有的人知道你画得有多好，你的照片一定也非常的棒。"

从来没有谁用一句承诺相信过我，并且没有任何局外的理由。我不能不去想，我是否太谦虚了点。

我的想法被打断，当尼克觉得我们已经坐得太久了。

"莱依莎，把约翰带上，来这里。探戈班开始了。"

"谁教呢？"

"自学。不过，我敢打赌，你最好的步骤在你的记忆里面。"

"为什么不呢。"这句话我更多是在说给自己听。

"妍妮，约翰？"

"我还是算了吧。"约翰反对。

"别这样。莱依莎会教你。"

我不是什么职业舞者，但是我和妈妈一起上过很久的莎莎跳舞班，我跟着节奏会跳舞。我试着让尼克来当我的舞伴，但是他不愿意。

我听了一会儿音乐，让自己感受的节奏，然后我开始重复以前学过的舞蹈的脚步。尼克开始努力模仿我的样子，虽然他看上去依然很逊，我用飞快的速度跟住他。我惊叹到，妍妮也开始跟随着音乐一起舞动，而且跳得不赖。尼克抓住她的方式，像是在比个什么舞蹈比赛，而且她马上竭力配合。她的信心让尼克的舞蹈技术变得更强了。

约翰依然困扰地站在一旁，我没有其他选择除了跟随尼克的样子。我抓起尼克的双手，把它们放在我的腰上，然后搭住他的肩膀。

"你应该比我更记得这个。"我说道。

"我只跳过一次，在毕业舞会上。你跳了三次了。"

狼山镇的高中很小，所有人每年都参加舞会。"咱们先试试慢速度的。"

"我不太确定……"

我勇敢地微笑着。"你是狼人。这不是什么你一生中要做的最恐怖的事情。"

他的表情依然完全代表着反方向的想法。

"跳舞毫无疑问是女孩的最好的方式约。用这种方式保证能成功。"

约翰的目光往妍妮的方向飘去。妍妮正对尼克的舞步哈哈大笑。

我以为，终于能让约翰开始跟着节奏迈步了——他先是非常小心和集中注意力，但是过了一会儿明显胆大了。当他最终开始领舞时，我笑了起来。

"你跳得很好啊，"我说道，"你的舞步本质上很稳健。"

这话让他再次紧张。这让我想摇头。我近看着他，我确认了一些我对他的认识：他长着一张娃娃脸，但是有成熟男人的身躯。某天他会懂得去利用这个长处的。

"咱们试一下难点的动作如何？"

我想起初级的步伐以外的转身动作和弯腰动作。我快速地示范给约翰看一套动作如何行动。几次尝试后他的动作开始变得好多了。

"不公平。"妍妮说道,"我也想试试那个动作。"

"我可以把约翰借给你,如果他愿意和你一起跳舞。"我说道。尼克在妍妮背后做着手势意思是妍妮真爱唠叨,约翰看着忍不住扑哧一下笑了起来。他意外地引导我做了个新的转身动作,我开心地笑了起来。尽管我们四个人时不时地会有各种的动作差异,不过舞伴之间配合得还是很不错的。

我不禁感到无比内疚,当我意识到,我没注意到米卡尔不在这里。尤其是,当他这时走了进来。

他浑身湿透了,然后他眨了几次眼睛,习惯一下灯光。这时我才反应过来,外面下雨了——由于里面的音乐太吵,听不见外面的声音。我往窗外望了一眼,天空已经变得很暗,好像深秋的样子。

"我是来赔礼道歉的。"雨水把他的声音降得很低,"我太过分了。"

"没什么。"我回答道。我感到很内疚,想到我有多么快地把整个争吵事情忘记了,而他还在为这事困扰。

"一起来跳舞吧。"尼克叫喊道。

"不了,谢谢。我不太有这个心情。你们继续玩吧,我还是出去一下。"

"但是外面在下大雨。"我反对。

米卡尔耸耸肩。"我已经湿透了。相信我,雨水已经没什么感觉了。"

我好想提醒他,他会着凉的,而且更严重点他会感冒的,可是我把整个反对意见咽下了肚子。我的想法应该很幼稚,他是狼人,他对大自然有相当大的免疫力。另外,是我把他赶到雨中去的。

当然,接着那个是让我在意的,穿着湿透的 T 恤和牛仔裤的米卡尔看上去是那么迷人。上衣紧贴着他的肌肉,让我想起他的身材是有多么的棒。变得苍白的肤色更加衬托他那双炯炯有神的眸子。他企图甩干头发上的雨水,使头发凌乱得正正好好。这个发型非常合适他。我看着,当一滴雨水从他的头上流淌到他的嘴边,我几乎有种冲动想扑倒他的身边把雨滴舔掉。我克制住了,往其他的方向看去。

"这里还有些吃的哦。"约翰想让他留下来。

"不了。等一会儿再说。"

说完他往门外走。

我转身发现，其余的人都盯着我看。

"干吗？"

"你就眼睁睁地看着他为了你站在倾盆大雨下面吗？"

"下雨又不是我的错。"我狡辩，"我有什么办法？"

大家看着我的方式，就像在说："莱依莎，这很简单就能解决的。"

"你们不会吧。"但是他们的样子看似就是这样的，"为什么是我去？"

妍妮急了。"为什么是你？莱依莎，你心里明白。"

我的心一沉。我转身并拿起沙发靠背上的连帽衣。然后往雨中的米卡尔的方向追去。

当我到达外面时，他不在前院，我决定往房子的后面去找他。我紧紧地抓着连帽衣，但是雨下得真的好大，不一会儿浑身就又湿又冷。如果再找不到米卡尔的话，我决定不再往前面走了，因为再往前走是陌生的森林，雨中在森林里面迷失方向可不是什么好主意。

然而，米卡尔没有去森林。他背对着我站在后院的中央，雨水冲洗着他往天空仰望的脸。我有些害怕走近他的身边。也许我的陪伴是他这时最希望的。但是同时我很担心，我会强迫自己往他的身边走去。

在他的身边我停住了脚步。我把双手插进了口袋里面，然而我发现，它们也已经湿透了。

"对不起。"米卡尔闭着眼睛低语。

"你已经说过了。"

他叹了口气，把头低了下来。他睁开了双眸，我松了口气。"我知道。不过这次是包括全部。"

"我认为，你又一次高估了我的推理能力了。"我开玩笑，"我一点都不懂你在说什么。"

我希望他能笑一下，但是没有。"你不会在这里的。如果我没有去赫尔辛基，事情会完全不同。"

"在你还没出现在我家的以前，丹尼尔已经把我搅入到狼山镇的事情中了。"我想起了那封我离开狼山镇之后几个星期以后收到的信，"很早之前。"

丹尼尔曾经肯定，我还会回到镇上——如果不是为了米卡尔，我也会为了我自己的。我觉得现在好可笑，最终我回来的原因是由于丹尼尔。

"为什么你会选择离开？"

我凝视着前方。那些事情在我的脑海中浮现，我意识到终于我避免不了了。我再也想不出什么理由隐藏真相。"丹尼尔和我见面谈过话。我失去控制说了一些我知道会惹他发怒的事情。然后他发怒了。"

接下来我听到的，是我没指望过他会这么讲的。"你应该来我这里。甚至给我打个电话。"

我说不出话。

"我能保护你。保护你的一切。"

我的心阵阵激动，我不能再看着他。我忽然发现我的脸上淌着流水。我好想好想相信，这是真的。我知道这不是。有些事情，是他不能保护我的，因为那些事情是他带来的。

"你为什么没有变成狼形体？"我问道。从逻辑上来讲，比起忍受他自己的情绪，雨水应该更容易一些。

"我想要思考事情。"他回答，"狼形体的时候是不可能的。"

"有什么你特别的想要说的吗？"

"没有。"

我同时感到轻松又失望。

"或者，也许。"

再次轻松又失望。

"谁都没有我妈妈的消息。"

这不是他真正想问我的事情，但是我还是选择了回答。"是的。"

米卡尔深深地吸了口气，这让我把他看得更仔细了。我看到了：恐惧。

不是他自己的那部分，而是一切他被培养成应该照顾的那些事情。如果可以肯定能换来所有其他人免遭伤害，他会牺牲他的生命。这让我想尝试一切我能想的到的办法来安慰他。

"她一定是和丹尼尔在一起。"

"也许吧。"他听上去不是特别肯定。

米卡尔不会有任何错觉，关于他的爸爸和他的妈妈之前真正的情感是怎样的。我一直好奇，克里斯汀娜·萨里为什么会和丹尼尔这样的男人在一起。我能猜到的唯一的理由是，钱和地位，但是克里斯汀娜没让人觉得她有这么大的虚荣心。

我记得斯维特拉娜提到过克里斯汀娜的背景。"你母亲是从俄罗斯那里来的。我认为，她是从另外一个狼族那里来的。她一定一直在协助丹尼尔与他们联系。当然他们一起过了边境。"

他闭上了双眼，叹了口气。我看到，他在颤抖，我知道，这不是寒冷的原因。事实上，这时我感到我完完全全又一次认识了他。我"认识"他。

"谢谢。"

"不用。"

他睁开双眸，他的样子回到了熟悉的搏斗欲望状态。金黄色在他的双眸中闪烁，而且它让我想起所有的那些我看到过的同样闪烁的时刻。我感到我的脸颊在冷的同时也在滚烫。我们两个都不想动一步。我们站在雨中，直到雨水让我的牙齿开始上下打战。我企图隐藏，但是他早已发觉。

"过来。你需要变得暖和。"

他抓住我的手，把我带回门廊。他的触摸像刺痛一般往我的手臂延伸。我不知道，当他放开我然后打开门的时候我在想什么。

其他人显然在我和米卡尔在外面的时候，结束了派对，睡去了。灯都还亮着，餐具还在桌上，但是没有了人影。

"我猜，轮到我们洗碗了。"米卡尔说道。我同意他的想法。不过，我想先摆脱身上的湿衣服。我找到了我给妍妮准备的一条睡裤和背心，我把衣服换了下来。米卡尔去烧水。接着我们一起默默地处理餐具——我洗，米卡尔擦干。全部干完的时候我好想马上睡觉。

而那个，我没准备过的是，和三个狼人一起分享睡床。我很难相信我眼前看到的，妍妮、约翰和尼克蜷缩着身躯睡在同一张床上。他们的表情看似很开心，这让我几乎感到惊慌。

"这里到底发生了什么事情？"

"我们把另外那张床搬到这里，"米卡尔解释道，"这样更加安全。"

"但是他们都睡在一张床上？"

"狼是群体动物。我们喜欢靠在一起，"他把上衣脱了，"你可以睡在床上剩下的空间，我去睡地板。"

"你没说笑吧。"

"别抱怨啦，来睡吧。"尼克躺在床上嘀咕着。"这比五星级酒店的床更好。"

床上的角落还是空着的，我意识到，我真的得将就这个了。我爬到了尼克的身边，然后他翻身抱住了我。任何一个人都会因为这个姿势而睡不着。而尼克依然是尼克，我感到放松。

米卡尔躺在了地板上。我以为他会变成狼形体，但是他还是用人形体躺在那里。我在想，他也许想要体会他这时的一切感受，所以不想放弃人形体。我不可以指责他为什么不变身。

他睁开双眼，我们的目光碰撞。

"晚安。"我小声地说道。

"晚安。"

我应该是很快睡着了，因为接下来我被闷热弄醒。在同一个床上与三个人一起睡，没有我以为的那样不舒服，不过就是缺少个空调。我轻轻地把正在打鼾的尼克的手臂从我身上拿走，然后坐了起来。我竭力不把其他床上的伙伴吵醒，但是米卡尔把头抬起来了。

"一切都还好吧？"

我点了点头。"就是有些热。"

我望了一眼已经打开的窗户。看来对它是没什么指望了。

"你介意吗，如果我也睡地板？"

米卡尔把毯子往床边靠近，我慢慢从床上滑到他的身边。我们面对面地躺在地毯上。窗帘没有拉，升起的太阳正好把光芒照在我们这里。

"你可以去床上睡。"

"不了。"因为还是晚上，黑乎乎的，而且其他人还在睡，他解释："我得一直观察大门。阿尔法的特征是保护群体，我必须是第一个对付从大门闯入者的人。"

"我不知道，这会这么久。"我低声说道。

"我知道。有时你不知道的话会更简单一点。"

我不知如何接上这句话。我们久久地看着对方。最终，米卡尔打破了沉默。

"你应该睡啦。"

"你也是。"

"如果你睡，我也睡。"

我翻了个身，背对着他，然后试着尽量找个舒服的姿势。我闭上了眼睛。

＊＊＊

米卡尔在睡梦中叹息。他在我身上缠绕着的手臂松开了，抽了回去。

我眨了眨眼。我没有睡着。我也没有转身看他。我只是躺在米卡尔的身边，静静地听着他的呼吸，深深地吸着他的味道，让他的手放在我的腹部上面，虽然我知道，他会立刻把它拿开，只要他醒过来。

老天爷，我真的好困扰。

第十一章

　　清晨米卡尔第一个出去放哨。在我还没吃完早餐之前他已经出去了，我不禁感到解脱。

　　虽然我没有宿醉，但是我的身体对昨日依然有所记忆。我的背和肩膀非常僵硬，我的脑袋有着很奇怪的轻飘飘感觉。当我的大脑总结了二十四小时前发生的事情，这种怪异的感觉不断地增加。我现在已经被列入了马尔蒂的黑名单——换句话说是我进入了危险中。还有我对米卡尔的感觉……我不可以让自己想那个。

　　天气看似会变得比昨天更加好。我想去冲印照片，但是我明白，目前的形势下去做这个事实在是太危险。我们目前的藏身之处是最安全的。

　　我试着打给康斯坦。对方没有应答。接着我试着再打给亚斯卡，但是那里也是同样情况。这立即让我的想象力飙升，不过我推掉了一切担心的想法。等有了一定的原因我再担心亚斯卡吧。

　　妍妮和约翰占领了整个沙发，他们在看电视。从他们的话题判断，他们对今天电视里的节目不是太看好。

　　我拿着我的自然杂志悄悄地走到门廊，然后坐在了楼梯上面。昨晚的雨痕依然在地面上处处可见。我把目光转向蜷曲的树枝和被灌木遮盖的车道。许多人一定会讲米科的这个完全没整理过的院子像个野草丛，但是我有不一样的看法。细看可以发现树木、草甸和灌木丛是按照光和影的规律生长的。沿着木屋的墙边往阳光照射方向延伸的茂密草甸是碧绿色，而其余被太阳直晒的草甸则变成了金黄色。大自然的规律要比人类的雕琢更加精彩和巧妙。

正当我把耳机插入耳中时，尼克从我身边走了过来。他的头发留着淋浴后的湿度。他的手上转着车的钥匙。

"你去哪里呀？"

"去奶奶家。她为我准备宿醉早餐。"

我疑惑地看着他。

"干吗？我们需要食物和汽油。如果我遇见马尔蒂，我会替你向他问好的。"

"真有意思。"

尼克离开了，我换个心情集中精力画画。我想做什么没有特别大的计划，只是想让我的手来指引我的思维。

忽然，有谁碰了我一下。我抬起头，发现面对着一匹巨大的狼。约翰，我猜一定是他。它张开嘴巴伸出长长的舌头，看上去像是他在向我笑。

妍妮在我的身后出现。"我和约翰去跑一下。同时我们会让米卡尔离开岗哨。"她回到屋内，过了一会儿她出来时已是狼形体的样子。约翰嗷的嗥叫一声，然后他们两个一起窜入树林。他们消失在丛林之前，我看到妍妮试着舔约翰的鼻子。对方跳了起来接着扑了上去。

我笑了。

我继续画我的画。画纸上开始出现脚爪和鼻子的曲线，最终我发现我在画狼眼的轮廓。

有什么东西在我的身边一跃而过。

一匹狼在我毫无准备的情况下突然出现在我眼前。我被吓得惊叫了一声。我摸了摸自己的心脏确定是否被吓出心脏病，然后狠狠地瞪了一眼这个冒失鬼。

"米卡尔，你要干什么，你想吓死我吗？"

它咚咚地用前爪在离我两米的前面蹦来蹦去。我几乎能肯定，他在笑我。

"看来某人心情很好啊。"

他把上半身匍匐在地上，尾巴高高地翘起。虽然我从没养过狗，不过我知道这是什么意思。

"我现在没心情和你玩。我要画画。"我往四周看了看。门廊角落一堆柴火，我从里面挑了一根细小的树枝出来，往树丛里丢了过去。"去捡！"

米卡尔歪着脑袋看着我。如果他能说话的话，他一定在说："你不会吧。"我给他做了个鬼脸。

"谁让你像只小狗一样在我身边乱转。你现在匍匐着别动，我马上把这个画出来。"我飞快地素描画出耳朵和尾巴的轮廓。我检查了一下画的样子然后向米卡尔点了点头，好啦。他从我身边跳跃过去进了室内。等他再次出现在门廊的时候，已经是穿着整齐的人形体的样子。他调皮地向我笑着。

我不记得上次是什么时候看到他这么开心的笑容。我撇开脸往其他地方看去，但是已经太晚；我的肚子里有一堆的蝴蝶在飞舞。

"你现在一个人？"米卡尔问道。

我点头。"尼克去买食物和汽油了。"

"你现在饿吗？"

"嗯，但是我不相信，我们现在有什么吃的。"

"我们会有法子的。跟我来。"

我除了爬起来没有其他选择。我跟着他走进房子里面。我们一起开始寻找储藏的食物。最终，我们找到了一个苹果、一些麦片、一点饼干和一罐已经过期的肉末青豆汤罐头。我不吃肉，所以米卡尔负责解决那罐汤，我负责其他东西。咖啡没有了，我们煮了点茶。

一小时里我们静静地吃着食物。终于，米卡尔问我："你昨晚睡得好吗？"

我沉默了好久。"不是太好。"我不想透露是什么原因，所以我又说，"睡地板不太合适我这种身体太硬的人。"

"身体太硬的人，"他觉得好笑又重复了一遍我说的话，接着他看似在思索这句话的意思，"肩膀僵硬了吗？"他问道。

"有点。"我承认。

"我帮你解决一下这个问题。"

米卡尔站了起来，然后走到我的背后。他轻轻地把我的马尾从我肩膀上撇开。我还没来得及问他究竟要干什么的时候，他的双手已经抓住我的肩膀开始慢慢地揉捏我的肌肉。我身上穿了一条系在脖子上的连衣裙，整个肩膀和上半身的背部肌肤都暴露在外面。我皮肤好像被针扎了一下，而这跟肌肉紧张毫无关系。然而，他的手第一次触摸之后，我感到，肩膀真的需要按摩一下了。我的肩膀已经僵硬得任何一个轻轻揉捏都让我哇哇痛的喊疼。然而，米卡尔很确切的知道他应该用多大的力道来给我按摩，避免弄伤我。过了一会儿我感到整个背部渐趋发热，舒服极了。

换句话讲，感到有些危险。

我刚想张嘴要求停止，米卡尔已经抢在我的前面。

"我感到，你的身体有多么僵硬。你需要的不是仅仅一丁点小小的快速按摩。"

他的声音在我耳边是那么的温柔。声音几乎和我的全身在一起共鸣。

我继续跟着话题。"看上去今天大家的心情好像都很好。"我说道。

"心情在一个群体之中是很容易被感染的。这就叫作群体的情绪感染。我们在一起生活的时间越长，这个感染率就会越大。"

我还想问他更多一些这方面的问题，但是我已经不能细想了。上半身背部温暖的热度已经开始慢慢向身体其他部分起了作用。诱惑让我忘记了一切，只是尽情地享受这个时光。

沉浸在宁静的几个时段之后。我试着让自己的大脑再次运转，但是集中注意力在某件事情上比张开肩胛骨更加困难。我闭上双眼，安逸地吸气吐气。这时米卡尔抓住了我绑在发丝上的发圈，慢慢地把它拉开。

我眼睛睁了开来。

"嘘——相信我。不要想其他杂念，全身放松。"他在我耳边小声地说道。

我又闭上了眼睛，放松。他轻轻地给我头皮按摩了一段时间之后抓起了我的双手让我起身。我一点都不知道他要带我去哪里，直到我们在床的前面停住了脚步。它在吸引着我。我知道，我应该反对，但是这么温柔的护理，让我放心地趴在了床上。我向自己确定，我信任米卡尔。我信任他，他不会做我不想做的事情。

床垫轻微地晃动了一下，米卡尔的双手又放在我的肩膀上。他按摩了片刻之后说："我把脖子上的带子解开啦。"

我的大脑又一次延迟了。我还没反应过来他在做什么的时候，他已经把脖子上系的蝴蝶结给解开了。等待我的是惊讶、恐惧，某种越界动作的感觉，但是这些都没有发生。我更加感谢的是，他接下来按摩我的脖子。

按摩停止了片刻，米卡尔换了个姿势。床垫又晃动了一下，他跨坐在我的身上。我知道，这对他是个最好的姿势，但是这也意味着我被他压在他的身躯下面。他的两腿分叉在我的腰旁，他的身躯跪蹲在我的身上。我的心脏紧贴着床垫扑通扑通地狂跳，感到就像我体内开始融化。他的气味围绕着我的全身，让我的思维能力变得更加困难。我只能祈祷，米卡尔没有发觉到什么。他的双手回到了我的肩膀，然后继续缓慢地在我的背部一路往下寻找每一个僵硬的部分。他的动作平静地保持着，但是一切都有着催眠的节奏。

米卡尔从我身上爬开。我松了一口气。

接着他揉捏我的腿部。这次他是从下到上，捏到我的膝盖后窝位置。我正想要痛得喊叫时，他换了另外一只腿。接着他的双手回到了我的背部。

"米卡尔。"我说道。我的声音非常的含糊，甚至我相信狼人的听觉都听不清楚我在说些什么。

"嘘——"

我渐渐地陷入了放松的状态，这是我好久好久都没经历过的。我不知道，米卡尔哪里学来的按摩技术——我真的不想说也不想知道——总而言之他的技术很好。好神奇。过了一会儿，我发觉他的抚摸力度慢慢地变轻了。他的一根手指沿着我的皮肤画着没有规律的线，然后在我脊柱左侧某个部位停住盘旋着。

"让你后悔吗？"

"唔——？"

"这个文身。你后悔刺了它吗？"

片刻之后，我才回答。"没有。"这听上去有些傻，我用嘶哑的声音又说，"我喜欢它。它很漂亮。"

"是的。"接着他又说道，"你也是。"

我屏住呼吸，一秒、两秒、三秒。然后我把它松开。

"你从没对我说过这样的话。"

米卡尔的手停了下来。

"是吗？"

"是的。"我低语。

他继续轻触我的背部。"也许是我以为，你已经知道这个的。"最终，他说道，"你是那么的美丽，不时地让我心口好痛。有时甚至看着你都让我好难受。"

他说得那么地直白，让我感到背部顿时从上到下嗖嗖地发凉。或者是由于他的手指在我皮肤上滑动的方式。我用鼻子深吸着他的气味，我感到渴望在我体内有多么拥挤。

也许米卡尔感觉到了这个。总之，他温柔地把我翻了个身，背部朝下。冷冰冰的空气迎接着我的胸腔，这时让我想起，若不是之前我无力提出我的想法也不会导致：连衣裙已经不在我的上身。

我睁开眼睛发现，米卡尔低头看着我。

"我认为，我们说好了，只是朋友。"我说道。

"我们是这么说好的。"他用非常平静的声音说道。

我沉思了一会儿他说的话，接着得出的结论是，我没必要去知道，他是什么意思。他开始轻轻地按摩我的上臂，让我无法去想其他事情。我知道，我应该说些什么，做些什么，但是唯一，我能做的是，闭上双眼，感受不断在我全身加强的美妙酸痛感。

米卡尔的手指滑到了我的锁骨。我听到他如何在吸气。我感到他向我弯下身，接着他的嘴唇触碰到我的嘴唇。

我把他推开。

这不像我希望的那样发生着：我的头撞到了他的额头，我把连衣裙拉起之前他已经看到了我身子的好多地方。

我起身想离开，但是摔倒在往门口的方向，同时米卡尔从床上跳了下来。

"原谅我。你的味道——还是算了吧。你不用离开，我走。我不应该——"他的话说了一半，因为他的手抓住了我的手腕。它像电流一般直通我的全身，在我的体内点燃了某个，片刻能让我燃烧的火焰。

米卡尔深深地在吸气。他的鼻孔在睁大，接着他用狼人的金黄色双眸看着我。

我吻住了他。我吻他的同时也抓到了他的衣服，我把他拉近我的身体。米卡尔懂我的意思：十分之一秒的速度之后他用他的身躯把我压在墙上。我的手指最终找到了他衣服的边角，我在真正反应过来之前，已经把衣服从他身上脱掉。

我把手指深入他的头发中并且亲吻他的脖子。我感到他的脉搏在不断加速，这让我的呼吸也变得急促。我用手顶住他的身躯准备离开他。我能感受到，他往后退的同时是有多么地想要我。我凝视着他金黄色的双眸，同时用一只手在他胸膛上滑动。我发现，我的手在颤抖——或者，是他在颤抖？我不知道。一切理智的声音已经从我的大脑中消失。唯一剩下的声音几乎已经听不见，它仿佛说了一句："就这一次。"

米卡尔吻住了我。接着一次又一次地狠狠地吻我，仿佛他的生命缺少不了这个似的，而我被他的吻深深地迷住。我感到我简直快要变成一个疯子——就像是在同一时间内第一次我明白过来，我是谁。

他把我推向床。同时，他做出了如何处理已经被解开的连衣裙的决定。他的双手在我光溜溜的身子上面。咔嗒一响，我知道我的无肩带文胸打开了。

我后退了一步，坐在了床上。我仰望着米卡尔。

他看着我的目光，是在欣赏。不——是爱慕。就在此刻我感到拥有了世上所有的力量。

* * *

我醒了，从沉沉的睡梦中猛然惊醒。我的心跳立刻飞快地怦怦加速，我甚至不知道这是为什么。接着我的马拉松思维回到了目前的状况，我清楚地想起了，这是为什么。

我把我的第一次给了米卡尔·萨里。

而且不仅仅这些：我赤裸裸地躺在床上，头放在他的胸膛上。从他的呼吸能够判断，他还在沉睡，这让我极大的松了口气。我慢慢地爬了起来。我甚至不敢看他。我从地上捡起我的衣服，接着在他还没醒来之前往门口走去。

但是，当然他会醒来。

"你要去哪里？"

声音很软很低沉，我的嘴里则是传出了一声叹息。不过这听上去更像是在哽咽。

"莱依莎？"

我没有回答。我不能——泪水已经占据了我的嗓子和脸孔。

我立马站在门的对面，快速地把衣服穿上。接着跑了出去。

然后几乎撞上了尼克。

"莱依莎，怎么啦？"

我的回答是控制不住号啕大哭了起来。

尼克深深地吸了口气，我几乎一瞬间能够看到，前几个小时发生的事情在他的大脑中显现出来。他的目光看着远处，嘴巴紧紧地闭着。他躲开我从我身边走过，然后往楼梯走向大门。

我往他的身后跑去。

"不，不要，不要往那里走！"

"我就是要往那里走。"话说完他把门一把甩开。

米卡尔站在他的面前。让我宽慰的是，他已经穿上衣服，而且没有看着我。

"你一定想和我聊聊。"

"对。就像你刚才和莱依莎聊过那样。"

"这是我和她之间的事情。"

我听到他用第三人称称呼我，虽然他也知道我在场，这让我的血液再一次沸腾。我不想听到，他们如何谈论我的性生活。我大步往木屋的另一边走去，打算直接进入树林。然而，木屋的窗户是开着的，我碰巧走到那边听到了尼克接下来说的话。我停下了脚步。

"我真的希望，这是值得的。事实上，我想把你给宰了。"

"你没有理由这么做。"米卡尔非常平静地回答道，"这不是你的事情。莱依莎不属于你。"

"比起你，她更属于我。"尼克喊道。"莱依莎属于我的族群。我保护她就像你保护你自己的族群。"

我看着天空。云儿们从木屋这里往远处飘走。风的方向对我是个优势，因为里面的狼人们现在嗅不到我的气味。我的内心某一部分感到内疚，我在偷听他们的谈话，但是另一部分感到我完全有权听他们在讲我的事情。

"这不是计划中的事情。她想要我，而且她的味道实在太强烈了。一件事情导致了其他的事情。她有些低沉，我想让她变得开心。我狼人的部分……"

我用手捂住了嘴巴。我忘记了，米卡尔的嗅觉是那么的强大。他有多久知道我仍然想要他呢？从第一天开始吗？

"哦，不错啊，她现在真的感到很开心。"尼克讽刺道。

"我不知道，她是怎么了，但是我会搞清楚的。我去问问她。"

"不。你不用再去弥补什么。你不要再接近她，听懂了吗？等马尔蒂一被赶出狼族，这个镇上就会有无数个女孩准备陪你玩。在这之前把你的裤子拴拴牢。或者别拴——我一点不感兴趣你和谁滚床，总之不要是莱依莎就可以了。"

"你知道的，现在的话题不只是仅仅谈论什么性爱问题。"

"是，当然是因为你爱她啊。"尼克的语调是那么的嘲讽，"你的爱似乎连一坨屎都不值。你一点都没为莱依莎着想，而且这个已经证明，她最好不要接近你。"

"为什么？"

"假设，你们之间的恋情又恢复了。不——假设，你们从没分手过。你觉得可以持续多久？"

"我不是太确定，这个和目前的话题有什么关系。"

"当然有关系。我告诉你：莱依莎不是什么妍妮。她永远不会成为你的小媳妇，光荣地来帮你洗内裤。她也不会只为了你搬到狼山镇。她永远不会这么做，做的话也不是出自内心。"

"我也从没想过强迫她那么去做。"

"那你是如何考虑发展你们之间的关系？你搬到首都去吗？你我都知道，这是不可能的。"

"我对这个不会这么肯定。"

"让我告诉你一些现实：你很快会死掉或着成为将来的首领。你别以为会有第三个选择。即使有的话，也不会改变什么。你是个阿尔法。你比我们几个加起来更需要狼族。主要是你比我们任何一个都需要'狼'。如果你幻想，莱依莎足够陪伴你一辈子的话，那你是在欺骗自己。"

我停住了呼吸。这就是原因，为什么狼人和人类之间的爱情从没有持续很久。和米卡尔我从没谈过此事，我也不知道他对此事是什么想法。

"她当然足够。"

"但是你的脑袋有没有想过，也许你配不上她吗？她是那么的有才华。甚至连她自己都不知道她有多么的有才华，然后配你这种傻瓜，你懂吗？"

"我当然知道。"

"不。你完全不知道。你听到过斯维特拉娜是如何称赞她的吗？她很肯定莱依莎将会出名，就像我一样。在你发觉之前，她甚至不仅仅已是在芬兰出名。她会周游世界，去任何她备受赞美的地方。而你只能在家中凝视她画的画并且惊叹，从画里还能看到什么其他东西。更可怕的是，你开始对它们产生仇恨，因为是它们使你变成了一个人。"

我知道，尼克是对的。我一直担心米卡尔不会完全明白艺术对我意味着什么。我的梦想在坚持着什么样的牺牲。然而，这并没有让事情听上去变得更容易。我的一只手捏着我的胸口。我和米卡尔已经分开了很久，但是我相信，直到这一刻我真的意识到，这将是一去不复返。我们永远不会有可能的。

米卡尔应该也意识到，因为他没有说什么。不管他脸上的表情显露出任何信息，传达给尼克的只是长长的叹息。

"好吧。告诉我，你用了套子。"

沉默坚持了很久不用再去寻找任何答案。

"你不会吧。"

"我没提前想过这些。除此之外，莱依莎在吃避孕药。"

轮到尼克沉默了。

"她还留着那些避孕药？"

我留着。痛经的原因我在用那个。不过，我在歇斯底里的边缘。我不知道，我对此应该是哭，是笑还是大叫。尼克是第一个在大脑中出现这个问题的。包括我在内。

"我怎么会知道。"尼克喊道，"你应该是非常高兴，如果没有的话。你和你老爹不是一直在算计着——让莱依莎怀孕吗。"

"这不太公平。"

"你做了什么，这一样公平。"

"对，我可以完全负责地说我们没有避孕。但是我没想过她没有留避孕药。此外，莱依莎知道狼人没有什么传染病。"

"是啊，否则你毫无疑问会有所有的那些。你不会在乎她现在可能往地狱中送死。你给她的生活带来这一切乱七八糟的事情，而且你一点都不觉得脸红。"

"你可以说任何我的不是，但是你不可以否定，说我不在乎莱依莎。"

"你不在乎莱依莎。"

"要是我是你的话，我不会这么讲。"

"你不在乎莱依莎。你认为你在乎，但是如果你真的在乎，你很早之前就应该不去碰她。你应该让她生活在人类的生活中没有这些所有的狗屎，这些任何不属于狼族的人不应该知道的事情——更别说是参与其中。"

"那你呢？你认为你可以在这摊烂泥中保护她吗？"

"我已经做到了。"尼克回答道。他的声音发生了一些变化，是那种我辨认不出的变化。

"我不相信。是莱依莎从狼族中把你保护起来了，甚至保护了你狼人的部分，而不是相反的。她能够做出自己的选择。"

"她和你的关系不会做出什么选择。我们大家都知道，你是她的煞星。"

"如果那样的话，她也是我的煞星。"

接着我听到了一种让我耳朵提起来的声音。它听上去不像人类，也不像动物——我更加关注的是，接下来某种物体倒在地上的声音。我不知道，是米卡尔的话还是他的动作让尼克变化了，但是总之我能确定，尼克又失去了对他狼的部分的控制。

米卡尔是绝不可能向他屈服的。

我的大脑还没完全反应过来这意味着什么之前，我已经开始飞奔。我跳上楼梯，甩开大门的同时喊道："不要伤他！"

米卡尔惊讶地看着我——其他时刻我会想，他会不知道我会听到，但是现在不是时候对我自己的小聪明沾沾自喜。

事实上，我甚至不知道，对他们其中的哪一个我更加担心。

尼克转身看着我，我马上看到，他的眼睛已经不是他自己的双眸，而是狼的双眼。

我吞了一口唾沫。

"是我，莱依莎。你应该和我一起出去。"

"莱依莎，停下来。"

我没有理睬米卡尔的话。"跟我过来。我们走吧——只有我和你。一切都还很好。"

我祈祷着，真会这样下去。有可能只有希望，离开能让他平静。

尼克，或者说是狼，先看着我，然后再看着米卡尔。嘶吼从他的喉咙里发出。

"莱依莎。出去。"

"我不。"

"现在！"

米卡尔一把抓起我没用的腰，抱起我往门外走。这一时刻我牢牢站在地面上的那双脚，突然间被悬挂在空中。接着我的屁股被放在门廊的地板上面。最后，在米卡尔还没把门踢上之前，我看到了他暴露的胸膛。他准备变身了。

我听到，有什么撞到了门上，接着是悲痛欲绝的刺耳的叫声。

不好了。要出事情了。

我需要帮助。

我随手抓起门廊上放着的衣服往树林里跑去。

"妍妮！约翰！"

没有任何动静。

"快来帮忙啊！"

我望着树林，试图决定，往哪个方向奔跑。我一点都不清楚，他们去了哪个方向，我纯粹在乱找。也许他们已经走了很远，我永远都找不到他们。

"妍妮！约翰！救命啊！"

我又开始奔跑。我不时地呼喊他们的名字，同时我祈祷着甚至他们其中的一个能出现在我眼前。

最终，我还是停下来喘口气。我蹲了下来靠着自己的双腿，接下来我该怎么办才好。我不能确定，我还能找到回木屋的路吗。

这时候，从我左侧传来了声音。树林里出现了一匹狼，而且它看上去不是太高兴，我打扰了它放松开心的时刻。

"喂！"我喊道。我爬了起来。片刻我得出的结论是，这条狼应该是妍妮——约翰的体形应该更大些。我递给她我手中的衣服。

"我需要你的帮忙。"

狼狼狠地瞪了我一眼，但是还是一把拿起我手中的衣服。接着她从我眼前消失。我焦急地等待着，直到妍妮变成了人形体穿着衣服回到了我的面前。她从灌木丛中出现时，我的眼睛不停地眨着。

慌忙中我拿的是睡袍。它是一件枣红色的绸缎睡袍，在森林的中央看上去真的好傻。

"你存心的。"

"你穿什么衣服现在不重要。"我说道，"尼克失去了对他狼部分的控制，米卡尔在那里。他们会把对方杀掉的！"

"我无能为力。"妍妮说道，"米卡尔是唯一能够压制尼克的。我们只能让他去做这个事情。"

"我们只能在一旁呆看着吗？"我满腹猜疑地问道。

"我们最好是在离观看距离更远的地方。"

我凝视着她。显然她没在说笑。妍妮对这事不做什么，我也没有时间去寻找约翰。我得靠我自己了。

我大步往我认为是对的方向走去。妍妮像闪电一般急速地挡在我的前面。

"我不能让你过去。"

"随你的便！"

"我不能！这有多么难以理解吗？米卡尔是我的狼族的首领。我不能反对他，虽然我很想。"

我对这一遍又一遍的啰里啰唆的话已经受够了。我依然不肯相信。那时妍妮在他们分手的时候，曾经是一点都没什么问题地辱骂过米卡尔——为什么她现在不能反抗他呢？

"你也不要反抗你自己。"我内心细微的声音在对我说道，"你从没这样尽力过，但她依然能够绕过你的围墙。"我对自己保证，这不是同样的事情。

"不是吗？"

我叹了口气。

"你应该知道，我是什么意思。"妍妮的表情有很多话要说。我意识到，她有可能已经嗅到了整个事情的经过。我是多么地关注目前正在进行的厮杀，而忘记了它的起因。我感到，一切都回来的感觉：耻辱、泪水和胸口的疼痛。

"我以为，你们只是普通的朋友，但是，唔，发生了那个。"

我又羞又急。我真希望能把那个当成一夜情对待。把那个当作任何失误那样一笑而过。然而，事实是，那个不仅仅是我的第一次。那个不仅仅是多年以后能够忘记的毫无意义的的性爱。现在我才知道，我失去的是什么。我永远不能得到的。它粉碎了在我心里遗留下的对它的那些残片。

"就这一次。"这有多么可笑。

我企图切断所有的对它的想法。没用。我的人生中有了它成功了的那一时刻，甚至我妈妈死后我可以装作地球一样正常运转。为什么现在它会那么难呢？

关键字：米卡尔。

"事实上，我和米卡尔很早就已经结束了。你没有妨碍到任何人。"我的流水在脸颊上流淌。

"喂。你到底是怎么啦？"

我想着，米卡尔的双手是如何抓住我的腰。他如何亲吻我的有着淡粉红色疤痕的手臂，就像他能够抹掉一切那些我准备伤害自己的原因。他的手指如何抚摸我的皮肤，就像我是那么的脆弱和珍贵。我确切地想起，他就像以前那样看着我。

我想起，他如何低声呼喊我的名字。这让我感到无比的高兴。

这只有一个解释：我依然爱着他。最有可能的是我会一直爱着。

而这就是问题。

"那是我的第一次。"我哽咽地说道。我说完之后马上开始感到好奇，我为什么会告诉妍妮这种事情。

"在这之前你和米卡尔没有发生过关系？哦，老天爷。"

"这并不是说，我们对你有某种偏见。我现在才明白，我们对你干了些什么蠢事。这应该让你感到非常不好受。我们的举动把你的将来都给毁了。"

我一直以来认为妍妮只是一个讨厌的漂亮傻妞，现在我意识到，这是她的自我保护意识。如果我考虑过假设妍妮是个有主见有感情的人类，我将不得不接受我曾经做的事情。就像我介入了她和她男友之间时，她曾经有多么挣扎。我们先是隐藏整个事情，后来我们强迫她为了狼族的利益装作一切都没发生，即使那不是事实。

"那你们就这样做吧。"妍妮说道，"而我应该相信自己我有新的未来。"她一屁股坐在地上，并且拍了拍她身边的地面。我可以看到她睡袍下面穿着尼克的内裤。

我在想，我别把自己的连衣裙弄脏了，但是我很快觉悟到，这是我最后应该去考虑的事情。我毫无怨言地坐了下来。

妍妮深吸了口气。"好想来一根烟。"

"你什么时候开始抽烟的？"我问道。

"米卡尔把我甩了之后。"她自嘲地笑了笑，"我讨厌吸烟。所以我也就开始吸了。现在同样的原因我想把它戒掉，当然这还没有成功。"

她看了我一眼。"你不会是对我的尼古丁的依赖性非常感兴趣吧。有件事情。我想要征求你的意见。"

如果有谁告诉我，我坐在树林里和穿着睡袍的妍妮一起交流她人生的经验教训的同时，尼克和米卡尔正在撕咬着对方，我应该不会理解的。现在，眼前的状况，我认为应该认真对待。

"你想知道什么？"

妍妮想了一下。"我目前在想一个人。我还不知道，这将会有什么结果，不过我真的希望，会有结果。"

我的第一个想法是，她在说约翰。我差点想问她，但是妍妮把话继续了下去。

"他是我在奥卢认识的第一个男的。"

不是约翰啊。我很高兴我没来得及张开嘴巴。

"刚开始的时候我对他的态度非常不好。我很惊讶，他没有离开。接着我们开始正式地交流了起来，我现在满脑子都是他。"她往某个方向直视，我利用这个时间看着我的四周。太阳几乎直晒在我们头顶，这意味着时间应该差不多是中午十二点。树木的枝叶在微风下轻轻地摆动，一会儿把阳光遮住，一会儿又让阳光出现，让它的光芒显得更加亮堂。我用手挡住眼前的阳光，但是过了一会儿我放弃了，并且开始探索我们坐着的周边生长的植物。我发现我们坐在蓝莓灌木丛的上方。果子们还没开始成熟，不过再等几个星期之后这个地方应该长满了蓝莓果。

我想，几个星期之后也许没有谁会来采摘它们。

妍妮发出了一声叹息。"我和米卡尔……当其他人问我的时候，我会说，我爱他。作为一个十几岁的青少年会是这样的。然而，这不仅仅是我们两人的事情，还关系到其他。狼族的以及一切其他的，在我们周边的事情。我现在才明白过来。"

我等待着。我一点都不知道，她的目的是什么，但是不论是什么，我想知道。她让我感到好奇。

"那时你是怎么想的，当你得知米卡尔是个狼人？"

就是这个问题吗，我心想。我忘了妍妮的生活中包含着实际的问题：她是个狼人。即使是她新生活的城市中有可能有很多狼人，她的问题是，她喜欢的人不是狼人。

"我当时当然很惊讶。"我回答道，"而且保持怀疑。其次，这解释了很多我感到疑惑的事情，同时我感到几乎完全的解脱。当我第一个夜晚看到他的时候，我不知害怕，之后我也从没感到害怕过。"

轮到我提出问题了。"在狼族的首领还没准许之前，你是不是不能告诉他什么？"

"是。"妍妮承认道，"有可能的是，这个准许永远都不会存在。"

"如果这取决于米卡尔的话，我很难相信，他会否决。"

"大概吧。但是，这有可能会太迟了。"

我没法否认这个回答。"你最好提早告诉你喜欢的人。如果你是真的信任他和关心他的话。"

"我担心，米卡尔会是其他的想法。"

我想了想。"那么，总之你可以不用去等什么准许。"

她摇了摇头。"这意味着被狼族驱逐了出去。"

"这是你自己的选择。"我说道，"在你愿意的时候你可以建造你在奥卢市的生活并且停止去想自己是狼山镇的一部分。你可以得到与任何人类一样的一切，只要你决定这么做的话。"

"除了孩子。"

"你可以去领养啊。"

"狼人们需要狼族。我不知道，接下来的一生能否放弃它。"

"你已经脱离狼族生活了几个月了。"我说道。

"而且很多其他人也已经这么做了。在狼山镇你完全是跟着男人们在转。如果仅仅按照能力和特质的基础来定义，你应该是在顶端。现在的你和你的男朋友一样坚强。我从没理解过，像你这种人如何可以忍受狼族。"

"我从没想过这些。"妍妮带着轻微复杂的声调说道。

"那么，也许你应该试试。"

我们安静了下来。

"是否还有可能，你和米卡尔恢复恋情呢？"

我惊讶地看着她。

"相信我，我知道的。因为这个你才悲伤，而不是什么其他原因。我知道，米卡尔对你很温柔，而且他不会强迫你做不愿意做的事情。"这是我不想听到的信息。

我叹息了一下。"会有可能。我放弃一切我的梦想，然后来到这里留下来。或者是，米卡尔放弃了整个狼族，搬到赫尔辛基，然后完全疯掉。"

"我知道，我告诉过你狼人和人类之间从没持久过。"妍妮说道，"为了我自己，我还是希望那个完全是瞎编出来的故事。"

"总而言之，我和米卡尔之间已经走到了瓶颈。"我看了一眼妍妮，"我真的希望，你们会很顺利。"

"谢谢。我也希望，你的事情也会很顺利。"

我苦笑了一声。"我不知道，这个世界是怎么了。什么时候开始，一切让我幸福开心的事情变得都是错的了呢？而且做正确的事情为什么会感到那么难受呢？"

"欢迎加入超能力组织。"

"我只是想挺过去。以某种方式。"

"你会挺过来的。这只是需要一些时间。"

我希望她说的没错。

"你觉得他们两个男孩哪方会赢？"

"很难讲。我不知道，他们哪个会存活。如果米卡尔不再的话，我的问题会解决。所以我说，比如是尼克。"

妍妮笑了笑。"别太担心啦。米卡尔不会伤害尼克的。要是他不小心让尼克扑到他的脖子上，这是他的事情。"

"你是指，我根本不需要惊慌。"

"答对了。"

妍妮轻巧地跳了起来，而我则是用笨拙地方式爬了起来。我把目光往森林的四周张望。

"你一点都不确定，你是从哪个方向过来的吗？"

"完全不知道。"我承认。

妍妮哈哈笑了起来。"你除了跟着我走之外，没有其他选择。"接着她看都不看我一眼轻快地踩在小丘和帚石楠的上面，我应该跟上她还是不跟呢。

她说的没错。我真的没有其他选择。

这么久以来，第一次感到这是最好的选择。

当我们很快到达房子的时候发觉尼克和米卡尔已经不在了。他们留在房子里的只有被弄得乱七八糟的痕迹。没有发现哪里有血滴，这是个好的迹象。然而，当我看到地板上掉落的到处都是的东西、皱得一塌糊涂的地毯和横七八竖被弄坏的一块块椅子碎片的时候，我一丁点都不想参与这个清理工作。

"你可不可以送我去亚斯卡那里？"我们在检查损害情况的同时我问妍妮。

"我明白。你不想在这里等米卡尔回来。"

我得承认，这是最大的原因。但是我只是向自己承认。"亚斯卡应该已经担心我会发生什么事情。"

"好吧。不过我只送你到第一个十字路口。"她叹了口气，"某一天你会去考驾照吧。"

"也许吧。"我嘀咕道。也许如果我知道我还会回到这个旷野中。然而这时我很肯定我不会再回狼山镇了。我会回我的家，然后留在那里生活。

我只能希望，我的心懂得跟随我的样子。

第十二章

就像妍妮答应我的那样，她把我送到第一个十字路口。去亚斯卡房子的路程我揣测还要三公里。天空开始积聚起乌云，我真的好担心，在到达目的地之前我会被淋湿。

我的判断是错的。一滴雨滴或任何类型的困难都没有遇见的情况下我毫发无损地回到亚斯卡那里。整个路途上我看不到一个人，这是一个很好的征兆，显然我还能活着的原因是，马尔蒂还没能够成功地找到我。

妍妮应该知道这点。总之，她答应了我的计划。我摇了摇头。我不知道，我应该对她决定不用考虑狼族的利益而感到受伤还是快乐。我知道，尼克会说什么，如果他知道我冒了这样的风险。米卡尔就更不用提了。

我紧闭了一下我的双眼。甚至想到他的名字都让我感到有奇怪的反应。

脑子里显示着可恶的想法：如果我离开房子就只是为了报复米卡尔呢？

"自相矛盾"不够描述我的感受。

亚斯卡的房子已经出现在我的面前。我站在一旁。院子里停了一辆城市越野车。我知道有一个狼人会开城市越野车，但是我非常害怕，我的运气不会这么好：实际上，这个狼人是丹尼尔。我的怀疑证实了，在前段日子另外一个狼人偷走了这辆车。

我应该可以转身，用我的双腿飞速地奔跑。我没这么做。我以为这是我的勇气，但是实际上是自我保护意识让我站住了脚。我看到了门廊前，让我血液停止流动的某个人。

"嗨，莱依莎！我爸爸希望我能和你聊聊。"

米娅·海基宁靠着大门旁的墙壁站着。尽管她在笑，而她的存在呈现，她非常不高兴。她看上去瘦小和极为没有攻击力。尽管我迫切地想装死。

我竭力让我的表情看起来非常地轻松，虽然我知道我脉搏在出卖我。"嗨，米娅！你在院子里干什么呢？"

"呼吸一下新鲜的空气。我们最好还是进去吧。"

我被盯住了。我没有其他选择，除了去面对马尔蒂。

马尔蒂坐在客厅的一个沙发上，亚斯卡坐在另外一个沙发上。亚斯卡的表情很紧张，我一点都没感到惊讶，我发现，桌上的咖啡杯已经完全喝光了。马尔蒂应该已经在这里有段时间了。

两个人的脑袋转向我们这个方向。

"嗨。"我轻轻地说道。我的脉搏怦怦直跳，如果有可能的话，它会变得更疯狂。我恨死这样了，因为所有其他人都能觉察到，我有多么紧张。

"你或许知道，我为什么来这里。"马尔蒂的声音听上去像是一位在责怪小朋友乱开糖果罐的爸爸。我一直认为，谁都不会像丹尼尔那样让我反感，但是我有可能要改变我的想法了。

"我私闯了萨里家的房子，"我脱口而出，"也就是你们家的房子。我很抱歉。"

"这听上去很好。但是我依然想知道，为什么你这么做以及你拿走了什么。"

"没有拿走什么不属于我的东西。"

"这能解释清楚，只要你拿出来你从房子里拿走的东西。"

没有一点机会让我这么做。我不能透露另外一个狼族的信息，以及丹尼尔在和我联系。另一方面，沉默不是一种选择。时间拖得得越久，马尔蒂越会怀疑。

该是测试我谎言大师本领的时候了。"我拿走它是因为：我不想让其他人看到。它是私人物品。"

我想着我和米卡尔，所有的那些只有我们两个人的时刻。我绝不想把它们分享给其他任何人，尤其是马尔蒂这种人。

"如果是那样的私有物，为什么它会在我的家里面？"

我眨眨眼。荒唐，我是不会有胆量把抢来的房子称作自己的家的。不过另一方面，我也没有胆量去抢人家的家。

我把注意力集中到极点。"它是个礼物，"我很快地回答道，"在米卡尔和我还在一起的时候，并且他住在那个房子里的时候。当我听到你们现在住在那里，我的反应是，在任何人还没看到它之前我得把它拿走。"

我确切地知道，我的解释听上去是什么：我给了米卡尔某个见不得人的东西，比如像是自己的一些裸照，我担心的是，照片会散布到整个马尔蒂的镇子里去或者某个他的家庭成员会不经意发现它们。单单想着那些就感到很蠢，不经意地让我脸颊通红。

不过这也有利于证实我说的话。

"看来，你真的有很好的理由私闯我们的家啊。"马尔蒂说道，"你肯定，你没拿走其他的东西？一些，你不应该拿的东西？"

"没有，我肯定。我能发誓。"丹尼尔指定保险箱里的东西是给我的，而米卡尔的毫无疑问是他的东西。

显然马尔蒂相信我了，因为他往沙发的后面躺，并且看上去极为放松，"告诉我。你前段日子在忙什么呢？"

我捏着包。我试着不要紧张。我是怎么和米娅讲的，我来这里干吗的？来见朋友和亲属。我的一生都没探访过亲戚，我也完全不知道，那是什么样的情况。

接着我想起包里的相机，我顿时有了答案。"我在狼山镇里拍照。我和美术课的斯维特拉娜老师已经有了一些小小的计划，等到照片拍到一定数量时办个展览。"

"在狼山镇拍照？什么样的照片？"我听出了他警惕的语调，我片刻有些慌张。接着我意识到他是担心，我拍的是些他不想让人类看到的照片。

能够确保我无辜的唯一的办法，是给他看我拍的照片。我从包里拿出放在最上面的两叠照片，我把它们递给了马尔蒂。他用双手把它们同时接住，双手同时翻动着照片。左手的照片上是亚斯卡，右手的照片上是狼山镇空旷的大街。当亚斯卡发现他在照片上时，他皱了皱眉头，但是没有说什么。

我祷告着，马尔蒂不会要求再看其余的那些。我对它们没有一点准备。惊讶的是，他把照片递给了他的女儿。"看看，米娅。这些拍得真不错。"

"爸爸，它们真的非常漂亮。"米娅说道，"它们是狼山镇的。"她看着照片许久，而我则是第一次这么仔细地观察着她。她一直是穿着那种，称为狼山镇风格的服装：鲜艳颜色的名牌运动服。这次全身上下是一套粉红色的网球连衣裙。妍妮说得没错：不穿运动服（或者是衣服的关系）米娅看上去很疲劳。她一定是不仅仅在做旅游商品销售员的工作。

总而言之，我得感谢她的支持——尤其是，让马尔蒂忘记了我私闯他们称为家的房子。

"展览可能会是个好主意，"他低语，"给镇子一次用照片的方式真实地显示出来的机会。"

我愣住了。首先我真的不知道，马尔蒂觉得什么是狼山镇"真实的照片"。其次我不能相信，他会赞同我的艺术追求。

"此刻我对镇上的居民特别感兴趣，"我说道，"我觉得会是件好事，如果我能把他们都拍下来的话。"

"所有的居民。唔，"他抬起了头，直视着我，"为什么你要拍我们？"

这个问题我真的没准备过如何回答。

"我没想麻烦大家。"我结结巴巴地说道。

他歪着脑袋。"私闯我的家已经构成麻烦了。你至少能做的是让一个年长的人开心，为他拍几张爸爸和女儿的照片。"

"您的意思是，我可以拍你们……现在吗？"

马尔蒂的表情渐渐变得不高兴起来，我知道我让他讨厌了。

我看了一眼亚斯卡，我几乎能确定，要是他会心灵感应的话，他会在我的脑袋里喊着："快点拍！马上拍！"

我别无选择。

"你想让我在室内拍还是室外拍呢？"

马尔蒂耸耸肩。"你说。你是摄影师。"

很显然，这是我从没遇见过的危险的拍照状况。我不想拍马尔蒂，一点都不想。直接讲是，当我只想着如何尽快把他甩开时，我很难找到他哪里是发光点。然而，我意识到，很有可能我得把最终的结果给他们看，而且我付不起不尽我所能的责任。就这样，我优美地拿起了相机，然后开始调试合适的光圈大小和快门速度。

第一张是海基宁父母都坐在沙发上，面无表情地看着镜头。我原先整个摄影的想法是拍狼山镇和它本身的生活：很多拍得好看的照片是巧遇或者运气好。每一张照片我都没计划过，并且照片中的人物一般都是在不知情的状况下抓拍到的。所以它们看上去更加真实。现在我不能利用上这些。

最后，它给了我一个灵感。

"我要分开拍你们。如果合适的话，我想在楼上拍马尔蒂。"

***

二十分钟以后我拍好了马尔蒂和米娅。当我们的客人准备离开的时候，亚斯卡还没有完全放下他惊恐的表情。"那么，事情已经搞清楚了，我们该回家了。"马尔蒂说道，"探戈舞会节快开始了。"

我得记得告诉尼克，他和马尔蒂有着共同的爱好。

他们站了起来，先是马尔蒂接着是米娅，然后他们向亚斯卡握了握手。对我马尔蒂则是在离开之前举起了帽子。米娅飞快地向我微笑了一下，这确切的含意是表示在抱歉。

当我确定车已经离开院子之后，我立马松了口气。接着我哈哈大笑。我不能相信，我会这么容易解决了这个事情。马尔蒂甚至不是太可怕。最重要的是，我还活着。

"你现在马上收拾你的行李。我送你去火车站。"

"干什么？"我不相信我以前看到过亚斯卡如此生气。

"什么什么？我不是说过，我保护不了你。你得马上回赫尔辛基。"

"一切都安啦，"我对他保证着，"马尔蒂对整个事情表示友好。我知道，去萨里家的房子是个大冒险，但是所有都是值得的。"

"我很高兴你是这么想的，"他大吼道，"但是为什么你来到这里全身上下都是米卡尔的气味？"

***

我怎么会这么蠢。

我没有换衣服，更别说洗澡了。早上发生的事情，毫无疑问，马尔蒂会闻到米卡尔的气味。

"现在大家都知道了，我和他在一起。"我看着左边。甚至坐在方向盘前面的亚斯卡也知道。我是那么羞愧，我都不知道，活着是不是件好事。

但是，比这更糟的是，马尔蒂知道了，米卡尔在狼山镇。我辜负了米卡尔的信任。不，我做了件更加可怕的事：我把他推向了悬崖。只要他离镇子太远，他不再安全。我们谁都不安全。

"我们去哪里？"这是在十分钟以后亚斯卡说的第一句话。

"有谁跟着我们吗？"我问道。

亚斯卡毫无表情地看着我，我好想变为透明的。"没有。"他最终说道。

"接下来往左转。"

我让亚斯卡把我放在熟悉的十字路口。他的样子看上去非常低沉，不过，当他发现我有多么惊恐时，他的表情稍微温和了一些。

车到达了目的地，我打开车门。

"到了。你自己小心点。"亚斯卡说道。

"我一直都这样。"我回答道。目前这个状况它是个非常烂的笑话。

我许久看着车，直到它的灯光还能在树丛中分辨出来。接着我沿着小路直走。我拿起手机按下了尼克的号码。

"我很高兴，你还活着。"当他最终接听时我说道。总之，目前我心里是这么想的。

"你最好过来，"他说道，"这里接下来要发生可怕的事情。"

"我已经在路上了。如果有谁能把我从路上捡回去的话，会更快一些。"

尼克哇哇吼了一下，然后把电话挂了。差不多五分钟以后一辆车出现在弯曲小道上前。

"我觉得这是结束的开始。"他阴沉地说道。

我望向窗外。"希望是这样。"

***

当我们到达房子时，会议已经没有耐心等待缺席的成员开始了。我的第一印象对出席情况是：约翰是防卫的状态，妍妮是战斗的状态，米卡尔是担心的状态。我甚至不敢猜想，我接下来把自己的炸弹丢出去，会是什么样子。

"我把事情搞砸了。"我说道。

"我觉得听上去是，你和妍妮一起把事情搞砸了。"米卡尔阴沉地说道。

"我已经道过歉啦！其他的还要我说什么呢？我和莱依莎聊了很久，我习惯了她的气味。我忘了提醒她。而且这不仅仅是我的错。如果你们没这么笨，为了莱依莎开始打架——更确切地讲，如果你和莱依莎没有滚床的话……"

米卡尔打断了她的话。"发生了什么事情？"

他看的是我，所以问题是指向我的。"在你和尼克开始打架的时候，我去找妍妮帮忙。我们开始聊天，所以我忘了气味的事情。"

"你们两个到底在聊些什么？"

尼克的问题很能让人了解，但是我依然忽视它的存在："我不想待在这里，因为米卡尔会回来，还有亚斯卡真的很担心我。我想见到他，在还没……在我们还没非常艰辛之前。"我不想说我害怕也许再也见不到亚斯卡了。

"现在亚斯卡知道了，米卡尔在镇上。"

"不只是他，"我说道，"还有马尔蒂。"

尼克的下巴脱臼了。妍妮的嘴唇闭在一起。约翰看似完全没有听懂我的说的话。米卡尔的表情非常阴沉，这让我马上往其他地方看。我已经忘记，他会有多么可怕。

"就像我说的那样：我搞砸了。我回去的时候，马尔蒂在亚斯卡那里。"

"然后他放你走了？"妍妮难以置信地问道。

尼克恢复了他挖苦人的习惯。"让我猜猜：你们一边喝着茶一边吃着小饼干把事情搞清楚的？"我把事情经过想了一遍。"这离事实不太远。"

妍妮耐不住了。"他说了些什么？"

"他想知道，我为什么私闯他的家。我骗他说房子里有属于我的东西，他接受了我的解释。然后他要求我帮他和米娅拍照。"

一片沉默，所有人的脑袋在滴答滴答响。

最后，我受不了了。"我真的很抱歉，"我说道，"我知道，我让大家都陷入了危险中。如果我能以某种方式弥补目前的情况——"

"现在自怜没用，"妍妮打断了我的话，"我不太肯定，我是否还能理解这个。大家想想。为什么丹尼尔会把书寄给莱依莎？"

"他担心这书会落入坏人的手里。"我悄悄地说道。

"是的，那又为什么呢？"她强调道，"为什么他这么想把这本书藏起来呢？"

"所有搬到镇里的人类，"约翰开始讲话了，"嘿，他们全都是女性啊。"

过了一段时间之后我才找回自己的声音。我为什么之前没有对这个有所反应呢？"这不是什么碰巧的事情。"

"马尔蒂想用自己的方式来解决狼族繁殖的问题。"

"我觉得是丹尼尔的方式更加先进点。"我低语道。

"马尔蒂讨厌一切新事物，"妍妮说道，"从滑雪中心建成的一开始就是了。他在那里工作，但是米娅一直在讲，她爸爸如何抱怨那些游客。"她吸了口气，"而且他不是唯一的。这里有很多人讨厌整个冬季那些愚蠢的人类在镇上转来转去。"

"对马尔蒂来讲，旧版的《狼孩》书中的故事是狼人们勇敢的行为，"尼克说道，"他想复原很久以前的样子。"

"爸爸不想让任何人滥用历史的记录，"米卡尔大声说道，"所以他把书藏起来了。他一直讲，这个镇上有太多的人留念过去，不敢面对改变。现在我明白，他指的最主要的是那些不想与人类一起生活的狼人们。他不想给他们以前的生活样式。"

图案开始慢慢清晰，不过拼图上还缺了几块图块。

妍妮开始在房间里来回踱步。"我是以为，丹尼尔担心马尔蒂和其他人把《狼孩》给销毁了。他想自己告诉狼族真实的历史，但是想要等待正确的时刻。书是唯一的证据，证明有另外一个狼族。也许马尔蒂已经了解到，丹尼尔计划让两个狼族连接在一起。也许他是那么地厌恶这个想法，导致他采取夺位的举动。"

"唔，如果马尔蒂讨厌人类，那他当然也讨厌俄罗斯人，"尼克说道，"这是理所当然的。"

"我们现在怎么办？"约翰问道。

"我们应该找到丹尼尔。这意味着，我们得找到另外一个狼族。"我轻轻地说道。

"如果那个真的存在的话。"尼克说道。

"现在的状况我们没有其他选择，"米卡尔说道，"但是我们大家不可以去。这会发出错误的信号。对方会误认为是个威胁。我是唯一对这件事情真正可以负责的。我去。"

"我觉得谁都不可以一个人过去，"约翰说道，"如果你在陌生的地方失踪了呢？我们再派接下来的一个吗？"

约翰说得没错。我不想让米卡尔一个人过去，绝不可以："好吧，有谁一起去？"

"你。"约翰提议。

"我？为什么？"

他直视着我的双眸。"你不属于任何一个狼族，而且你不是狼人。这会是个有用的地方。"

"不。"米卡尔立马反对。

"这没有任何意义，"我说道，"我跑不快。"

"你在这里没有任何活动危险，"约翰说道，"你是个太容易的攻击目标。马尔蒂一定猜得到什么时候你企图逃到南边，然后把你给抓回来。但是东边，他肯定没想到过。"

"去俄罗斯不是想去就能去的。去那里需要签证。"

"我们没有时间弄这个。如果米卡尔能够变成狼越过边境的话，你也可以。"

尼克的表情变化了："非法越境？你真会想啊，约翰。"

我一个个地看着他们：先是约翰，接着妍妮，然后尼克。最后米卡尔。他们对事情有着同样的想法。我想得越久，越是会被我的内心说服，他们的想法有可能是对的。重要的是，我不想和米卡尔去俄罗斯是因为米卡尔。其他的原因在这之后才会有。如果我现在能把自己的感情放在一边的话，那么我可以帮他把他的家和家人要回来，我对这个应该准备好了。

"好吧。"我说道。

"我们剩下来的这些干吗呢？"妍妮问道。

我对这个有主意。"大家都是同样的想法，丹尼尔得回来。这是唯一的办法。他得把他自己的位子夺回来，虽然这破坏了纪律。我们可以试着把事情变得简单一点。不必要的情况下，谁都不用去牺牲生命。只要让足够的成员相信，丹尼尔更加合适当狼族的首领，这就够了。"妍妮张嘴抗议。"我知道狼人们不懂民主。根据你们的法律，只有一个人能得到权利，而那时也只是使用暴力取胜。但是在这个情况下为什么我们要得按照纪律来做呢？虽然我们大家都知道我们是正确的。"

"你有什么建议？"妍妮问道。

"我们，也就是你们，去找增援。"

"怎么找？"

"尽可能寻找站在你们这一边的狼人们，越多越好。我们一定不是唯一不喜欢马尔蒂把狼山镇搞成这个局面的群体。"

妍妮看似对我的提议不是特别感兴趣。

"我现在就能知道，马尔蒂会对这个怎么说。说米卡尔没有足够的胆量挑战他，所以他得依靠人类的方式。"

"如果整个问题解决的方式只是需要米卡尔挑战马尔蒂的话，那他很早就应该做了，我们也不需要在这里为此抓狂，"我说道，"但是米卡尔还不是狼族的首领，丹尼尔才是。"

"莱依莎的战略应该可以用。"约翰小声地说道。

妍妮瞪了他一眼。

"这是个游戏，"约翰解释道，"要是我们开始不认真玩的话，我们不能取胜。"

"尼克，你什么想法？"妍妮问道。

"我不相信，我们可以再躲藏着。"

我转身看向米卡尔，其他人也跟着我这样做。最后的决定取决于他。

在还没回答之前，他沉思了一会儿。"正如大家所说的那样，时间不多了，"最后他说道。"我和莱依莎去找爸爸。在此同时你们去聚集所有能跟随我们的群体，希望，有足够的群体。"

他飞快地望了我一眼，然后我知道，他违反了一切狼族的纪律来决定信任我的判断能力。我只能祈祷，我值得信任。

＊＊＊

接下来的几个小时我们把计划重新讨论一遍。直到太阳总算下山的时候，房子里的气氛明显改变，话题讨论结束了。表面上的宁静下面隐藏着惊险的气泡，那是每一个人理解的方式：尼克变得更加爱挖苦人，妍妮变得更加坚定不移，约翰变得更加逻辑性。唯一难以搞清楚的是米卡尔，我怀疑他的内心在思想斗争。让其他人与他一起冲向前线不是他地方式，而且我只能想象，多少次他向自己保证，他做的是对的。

前往前线的当天，时间在滴答滴答地响。

妍妮、尼克和我玩起了扑克牌。尼克给自己开了一瓶啤酒，对这个谁都没有意见。我注意到某种宁静在接管我的大脑：我们总算到达了那个我们一直等待着的、我已经准备好面对一切的可能的事情的时刻。我没问我自己，我能承受得了吗。我知道，我必须承受这让我内心感到平静。

纸牌玩到第五圈、妍妮赢了三次时，我看了看时间。

"等——等会儿。"尼克突然说道。

二话不说我站了起来。尼克去拿他奶奶那里的一些需要的东西。我把所有必要的东西装进从安妮奶奶那里借来的野营双肩包，然后片刻想起了些什么，我把照相机塞进双肩包侧面的口袋里。它已经当过我去敌人军营的通行证。接下来说不准会发生什么。我希望，将来某一天当有谁在欣赏照片的时候能够明白照片拍摄者做了些什么——不管是好是坏。突然间感到简单的事情也重要了起来。

米卡尔看了看我的相机，但是没说什么。他拿起沙发上的一块大毛毯然后等待着，我们的司机准备完毕。

妍妮最后一个从桌边站了起来。她拿起了挂在椅子背后的包，然后悄悄地走到门口说道："我不知道，什么时候我会回来，我会给你们打电话的。"她简直就像去购物。我必须对她的情绪控制能力感到佩服，虽然同时我又担心，这会给她适得其反的作用。少量的谦虚谨慎不会对她有所损害，考虑到她打算去做什么。

妍妮打开车门，米卡尔转进了后车位。我们把他盖起来，让他在毛毯下一点都看不到，然后我们坐上了车。

当妍妮发动引擎，我感到我就像重新觉醒，有了新的活着的方式。她把她那边的车窗放了下来，新鲜的夜间空气飘进车内。我望向窗外闪过的树木以及它们后面一丝丝金黄的光芒：日落残余。天空很清澈，在星星还没消失在弯曲的小路之前还能看到一颗、两颗，甚至五颗。它们看上去就像一颗颗小小的钻石在夜幕降临的丝绒中闪烁。小路、树木、云朵——我找到了它们所有颜色的某样我不想失去的东西。我不能。

所有我人生中坐过的车程这次是最为深刻的。

片刻我心中有了想法，我拿起相机，透过窗户拍了几张照片。我知道，它们会不太清楚，并且分割线也会是很不好，但是没事。照片的时刻比照片的本身更加有意义。

路途持续了一个小时左右，并且需要经过小镇的中心。虽然已是晚上，我们尽力防范着，除了我们是否有其他人在活动。妍妮及时把车窗关好，那样米卡尔的味道不会从车内溜到外面。我不清楚现在是星期几，当到达镇中心时我判断应该是星期五的夜晚。其他日子镇上不会有这么多的人——无论是不是马尔蒂的统治，狼山镇的年轻人不会放弃娱乐。

"当我夜晚站在他们的面前，看看我妈和我爸会说什么。"妍妮嘀咕着。她自告奋勇地做了我们的说客，她告诉我们她会从自己的父母开始劝说。其余人都认为是在冒险，而我理解她想直接面对他们。她面临最大的危险，而我们需要增加当地的盟友。妍妮毫无疑问是我们五人之中最合适这个工作的人。

"你相信，米科的房子还安全吗？"我问妍妮。

她歪了歪脑袋。"很难说。总而言之我让约翰和尼克防着点。"

我的大脑开始马上传送给我危险的画面：我们离开房子之后如何被包围了。但是我决定，不去担心那种连我自己影响不了的事情。约翰和尼克知道危险性。他们会根据时机来行动。

主干道上的交通非常拥堵，就像所有去参加家庭派对的、去卡亚尼市玩的或者只是在闲逛的车都在同一时刻出现在这里。我们的速度根本开不快，我们被发现的概率几乎百分之一百。我发现了几个高中熟人在往妍妮的方向看，然后很快又转移了目光。显然没有人清楚地知道，如何去面对。

除了乔尼和佩卡。

"这是当然的。"我低语，他们向我们吹着口哨并且做些猥亵的手势。妍妮向他们举起了中指。

主干道的另一端明显车少了许多，我几乎可以喘口气。谁都没阻拦我们。我们没有遇见马尔蒂或是其他想知道我们去哪里或是什么人在我们后车位上。我们几乎通过了第一个关口。

"呀，完蛋了！"

我跟随着妍妮的目光，我准备收回所有我乐观的想法。事实上，远处的人行道上站着米娅。

她独自一个人。她站得不是太稳，这让我怀疑，她大概是喝醉了。她的衣服完全不像参加派对的，但是也可能不是去参加家庭派对，只是想在那里逛一圈结果在那里待了几个小时。

妍妮开始踩刹车。

"你要干吗？"我悄悄说道。

"我不能就这样从她身边开过。她会马上知道，我有什么瞒着她。"

"那气味呢？"

"风是朝我们吹的。如果她不把头伸进车里，她不会发现什么的。"

我没时间反对，因为我们已经来到米娅的前面。我让自己的脸快速显出友好的微笑，然后把车窗放了下来。

"嗨，米娅！你好啊。"我说道。

妍妮在我转向米娅之前瞪了我一眼。"嗨。我应该给你打个电话。"

"看样子你又回来啦。"米娅听上去不是太惊讶。

"是啊。我听到了奇怪的消息，这里发生了什么，我想自己过来看看。"

"好吧，希望你能喜欢你看到的。"

"说这些太早了。"

"你们去哪里？"

"康斯坦要搬家，"我说道，"我们帮他搬东西。"

"是啊，要不然我们可以搭你一段路，但是后车位上已经满了。"

我的心脏几乎跳到嗓子眼。妍妮真的好会扯。

"没事。我喜欢走路。"她的目光转向了我的相机，"你拍得如何了？"

"很不错，"我回答，"我在这个路上也抓了几张照片，看吧，它们会是什么样子的。"米娅面无表情地看着我，这让我想起，她以前有多么奇怪被拍下来。我把她带到亚斯卡堆满钓鱼和捕猎用具的仓库里面，想让她在那中央显示出某种脆弱的感觉，但是没有一张让我满意的。出于某种原因我选择了相机错误的调试。这给我留下了烦恼。

"那就好。"

我们向对方说完了拜之后继续前行。

我们两个谁都不说话，米卡尔也不敢冒险通知大家自己在毛毯的下面。我不能不对他感到同情，整个路程他得用非常不舒服的姿势匍匐着，并且不能保证将去的目的地情况会转好。

我从没去过俄罗斯的边境，我也不知道，等待我们的是什么。我应该意识到，芬兰没有特别设计过非法越境的道路。然而，当妍妮通知我们，她会把我们放在离边境四公里的地方，剩下的路要用脚走时，我的耐心变得不再平衡了。

"你开玩笑吧。"

"这是唯一的一条这么靠近边境的路。"妍妮反驳道，"这是你自己的事情了，现在你是难民。你的任务是把自己从自己的国家驱逐出去。"

认命吧。

我从车上走出，米卡尔也掀开毛毯爬了出来。从车中走出后他观察了一下天空。

"我们得快点了，如果我们不想迟到的话。"

我们大步往森林前进，没有等妍妮先离开。我没敢多说什么或是往背后看——感觉就像一个细小的举动可以把霉运变出来，让我们所有人都遭受毁灭之灾。可以说是，这让我的脑海中有了在刀尖上跳舞的新的联想。

我不让自己想起我和米卡尔之间发生的事情，但是在他身后枯燥的行走没能给我其他机会。

我在一天前还是处女。我以为我已经完全处理了所有对米卡尔的感受，让我离开家，没有给我带来任何问题。现在我知道了，我这是在欺骗自己。离开后给我的是伤痛。甚至比我敢于面对的更加严重的伤痛。最可怕的是，我很有可能对我的选择后悔了。艺术对于我一直是最重要的，但是我不能确定，我能否为自己制造出一个职业替代爱情的人生。

或者是截然相反的。

它看起来是那么强烈，以至于我根本无法取胜。幸运的是，米卡尔保持沉默。一方面我好想听到，他关心我，爱护我；一方面我又想，那天对他来讲没有和我有着同样的意义。

然而一切那些关于拯救狼山镇以外的事情，我都竭力地从脑海中去除。我深吸一口气，然后慢慢地吐出来。我集中精力看着四周，然后听着鸟儿们唱起了早上的歌声。这没像我刚才想的那么困难。

但是随后时间开始变得不一样了。

"我们差不多要到了。"米卡尔说道，虽然我觉得还需要再走一段时间。

随着自信心的稳定，我开始看到树木的后面出现了树被砍伐后的空地。我们的脚步停在了树林的边缘。

第十三章

"就是这里吗？"

"是的。"

树林当中有一条几米宽的围栏，两边的树桩被漆过颜色，能明显地分辨出领土的界线。芬兰的这一边用的是铁丝网。我不能不去想，这有多么无聊。人和人的之间就这么建造了藩篱。

"我需要变身。"米卡尔说道。

"你觉得这里会有摄像头吗？"我问道。

"我很怀疑，但是我还是想冒这个险。"他往后退了几步，躲进了树荫下。

"看来，我只有躲起来的份了。"我嘀咕着。穿越边境少不了我被摄像头拍到的可能性。

我望着面前宽阔的景象。太阳正在从东方升起，它的背景让小树枝看上去也像在庆祝着什么。简直就像另一边的树林企图想表现出不同的一面。

"也许你应该先走。我可以帮你过境。"

我摇了摇头。"如果这里真的有摄像头的话，我们得确保我们其中的一个能到达目的地。他们不会喜欢狼的，"我看了他一眼，"你先走，我可以帮你拿衣服。"米卡尔看了我一会儿，然后开始脱衣服。

我把头转到其他地方。我知道，狼人们很习惯不穿衣服，我也应该没有理由害羞。但是我还是避免不了想起，我昨天才替他脱掉了衣服，这想法立即令我感到全身发烫。

我闭紧双眼，虽然这没有让画面从我脑海中消失。我睁开眼睛直到米卡

198

尔已经变成狼的模样，在用他的鼻子顶我的腿。

我弯下腰捡起地上的衣服。米卡尔依然用观察的目光看着我。

"你还等什么呢？越过去吧。"

狼从我身边消失了。我紧捏着我胸前的衣服。我看不见也听不见米卡尔了。我想象着在清晨的太阳照射下他越过了长久分割两边狼族的围墙。我没有任何问题去相信，他轻而易举地穿了过去。反过来我对自己很没信心。

我把米卡尔的衣服塞进双肩包。我戴上连衣帽。连衣帽在这个天气戴着感觉有些闷热，不过这是有原因的：盖好之后只被蚊子咬过一次或者两次。我希望帽子能把我的脸遮住，我感觉像电视上看到的用尽办法遮掩自己的罪犯。

我使劲地低着头走向围墙。我先把双肩包扔到围墙的另一边。片刻我难以置信地看了看围墙。铁丝网就像是一根根荆棘。它看似容易，抓起来真的好困难。担心最坏的情况是我被它勾在空中。

我知道，现在没有时间怀疑我自己的能力。边防站警察随时都有可能赶过来。我现在必须翻越过去，句号。

我把手藏进衣服袖子里面，然后扶着铁丝网边上最近的一颗大树的树杆。我先摇晃一下大树确认是否扎实，让我欣慰的是，树杆没有怎么摇晃。我把一只脚踩在网上，接着把另一只脚顶住树杆，用力往上方蹬。

片刻之后我的两腿都踩在了铁丝网的顶端，我保持了一下平衡，然后一跃而过。膝盖弯曲双脚着地。我一把抓起双肩包然后往前方奔跑。我先穿过蓝白色的芬兰边境木桩，接着是俄罗斯的红绿色木桩。然后我躲进了树丛中。

此刻我已经变成了罪犯。

***

过了一会儿，米卡尔回到了我的身边。我猜到他会去侦查周边的情况，以免我们遇见措手不及的意外。从他回来时的轻松表情来判断，至少现在没有什么危险。

"你准备变回人的形体吗？"

米卡尔看着我的方式，仿佛感觉我在揶揄他。不，他当然不想变身啦：森林是狼的王国，而且使用狼的感官在这里活动明显要轻松得多。

我给他看我手中的指南针。"我从没使用过这个。有你在我就不需要导航了。"

如果米卡尔现在是人的形体的话，他一定会对我摇头。我伸手递给他衣服，然后看着其他方向等待他变成人的形体。

片刻之后他对我说："你不用再看树木啦。"

我红了脸。我强迫自己看着他。他的表情在告诉我，他觉得我既好笑又无语。我感到自己好幼稚。

"你似乎不太习惯和光着身子的人在一起。"

"为什么我得习惯呢？我没必要习惯。"我反驳。然而，我几乎马上怀疑起了自己刚刚说的话。看到狼山镇的居民们个个都裸体当然会感到很古怪。但是这跟我不想看到米卡尔全身光溜溜完全是两码事。

"你在怕我。"他说道。他的声音听起来很惊讶。

我在害怕？

"你能否检查一下，我们是否走得正确？"我塞给他地图和指南针。他拿起它们看了一会儿。

"我们需要的是尽量往东面直走。这里的地形对你来讲不是太好走，不过最坏的状况是我们在明天晚上之前到达。"

我点了点头。我从没经历过徒步旅行，但是我的动机很明确。明天我们会找到丹尼尔。我们可以得到结论，他发生了什么事情。他将会去挑战马尔蒂，然后恢复原先的首领权位。一切都会回到以前的样子。尼克可以再次用他自己的方式安静地生活。我可以回到学校，然后忘记米卡尔·萨里和他深蓝色的双眸。

我们继续静静地走着。躲避树枝的刮伤和寻找能够踏脚的地方夺走了我很多注意力，沉默不语没有影响到我。往前走的专注在某种程度下让我感到思绪平静。另外加上树枝被风吹过的沙沙声，感觉说话就是在犯罪。

某段时间之后我发觉地形开始变了。树木长得和刚才的不同，地面也感觉不一样。

"沼泽地。"米卡尔在我身后说道。我被他吓了一跳，因为他的声音靠得我好近。

"怎么办？"我用嘶哑的声音问道。

"当然是走过去。但是要小心。我可不想让你掉进水潭里面。"

我扬了扬眉毛。会发生这种事情？我不知道。我对森林和沼泽地的地形不了解，更别说我是否应该害怕什么。

我脑海想起《狼孩》中一遍又一遍的语句："狼向沼泽地的方向跑去。"

我转身看着米卡尔。"你是在开玩笑吗？"

他做了个鬼脸。"抱歉，这是必须的。我们从右边绕过去。"我们穿过一个个看似可疑的球状凸出来的沼泽草土堆，躲开各种上面没有生长任何植物的地面。我正想要利用一棵白桦树的小树苗支撑一下身体的时候，我看到某种物体在沼泽地的另外一边。我不是太确定，我看到了什么：那是一个淡咖啡色的动物，长得高高瘦瘦的，而且它长着大耳朵和乌黑的眼睛。

"狍。"我喊道。

"驯鹿。"米卡尔纠正我。

我无声地望着它。它在巡查自己前方的地形，然后抬起了头。它的目光望着我。我们凝视着对方。这个持续了一小段时间。片刻，看上去它几乎想走过来。最终，驯鹿发出了一声低沉的吼叫声，转过身体，消失丛林中了。

"你赢了这一切，"米卡尔说道，"你就像个猎人在捕猎。总有一天我会明白，你是怎样办到的。"

"我做了什么？"我问道。

但是他只是对我摇了摇头。"走吧。我们还有很长的路需要赶。"

***

我们决定休息片刻。我们拿起水壶喝了一点水，吃了一些我带的食物：

水果和野营用的袋装汤。然后我们继续前进。我模糊地意识到，太阳已经到顶并且继续着它往地平线的路线，但是我没太仔细去注意它。我没往后面或是侧面看。我集中精力看着往前面走的脚步，而不是想着终点会有什么在等待着我们。终点有可能离我们只有几分钟或者还有几个星期。

最终，我还是感到累了。我首先注意到一点，米卡尔的背部出现在我的面前。他试图站在我的后面或是我的侧面，但是等我放慢了速度的时候他会尽量站在我的前面。

我着迷地望着，他的背部肌肉在薄薄的Ｔ恤下面若隐若现。阳光的照射让汗水把衣服和皮肤粘在了一起，这并不影响他的外表。

我深深地呼吸。我竭力集中精力看着我的腿，但是很失败。我的鼻子被撞到了。

米卡尔转身看了看。"你还好吧？"

"嗯……嗯。"

声音没有像我希望的那样自然地发出。米卡尔停下了脚步，看了看我。然后又看了看，我能看到他很警惕。

"怎么啦？"我问道。

米卡尔没有回答，只是转过身继续往前走。我跟了上去，胸口感到一阵焦虑。有什么不对劲，但是我不知道是什么。我看了看四周。周边没有发现什么可疑的情况，我也没感到什么。如果有什么危及我们米卡尔的反应会非常不同。况且他看了看我。

"你这样做，我很难办。"米卡尔低语。

同时我意识到他是怎么了。换句话说：我知道了，我是怎么了。我想抱紧他。而他能够觉察到。

我不知道我是否应该感到羞愧还是傻笑。我们在危机之中，我的某个感觉可能导致狼人死亡。我的脑子里却想的只是米卡尔和他的身材。我到底在干什么呢？

天空总算开始显现出越来越黑的迹象。我的一直勇敢地活动的肌肉现在也开始累了起来。我把它当作一个提醒，我们该结束今天的路程了。

米卡尔同意了我的要求。我翻开了双肩包。感谢安妮还借给我一个帐篷。我还借了米科的东西，我们需要的睡袋，从味道和式样判断它们应该是很早以前参军用过的。（注：芬兰满十八岁的男孩都有参军的义务。）我还从包里面找出一个薄薄的垫子，希望能够弥补地面的凹凸不平。

"我变一下身。"米卡尔说道。

"又变？为什么？"我马上感到自己的问题很傻，所以又说，"我是想我们能够吃一点东西。"

米卡尔叹了口气。"今天我唯一能够控制自己的是，我们保持一些距离。我们两个谁都不想让最近的灾难再次重演。"

我起先没反应过来他指的灾难是什么。接着当我明白过来的时候，我立刻感到心如刀割。"那个一开始对米卡尔来讲就只是性爱，"我内心可恶的声音说道，"然后你过去了，配合了演出。"

我强迫自己说话。"听着。我对昨天的事情完全负责。但是那些发生的不会改变什么。我们依然只是朋友。"

"相信我，我已经很明白了。"他转身走开了。

我装作在解开系在帐篷袋子上的绳结。我低着头直到米卡尔变身为狼在我的面前扭来扭去。我把绳索解开了，接着开始为如何把帐篷搭起来而感到抓狂。我先装错了一些部件，过了不多久米卡尔听到了我中等长度的骂声。我内心的一部分甚至准备责怪米卡尔，他为什么要变成狼的形体不来帮我，但是我知道我只是在过分拘泥于细节。

这让我回想起我曾经抱怨米卡尔的礼貌绅士风度，他如何替我拉门，突然间我不得不感到自己有多蠢。

最终，我把帐篷建好了。我坐在帐篷的进口处。我把吃的东西拿了出来。米卡尔立马跑过来闻了闻东西的味道，然后匍匐在我的前面就像是一只乖巧的宠物。我忍不住开怀大笑。我的食物里面没有什么东西是荤的，不过奶酪应该能过得去。我递给他一个奶酪面包。他含入嘴里啊呜几口就把面包给干掉了。

他又抬头看着我，但是我向他摇了摇头。"抱歉。我们得省点吃。"

他一动不动地看着我，我想他是不是已经吃饱了，还是准备戏弄我一下。或者他是不想让我独自一个人在森林里面，这让我感到事出有因。

我往帐篷的里面退了一下。

"你是不是想到这里来？"我猜他是想在外面守着，但是他用脑袋顶开帐篷的盖子，爬进帐篷躺在了我已经铺好的睡袋的旁边。

我检查了一下帐篷的拉链全部已经拉上——我可不想醒来时脸上到处都是被蚊子咬的包。我钻进睡袋里面。它依然留着怪味，尽管我把它放在外面用风吹了吹。我躺下开始望着帐篷顶部闪烁的星星，慢慢地数着它们试着睡着。我平常都会有睡眠问题，特别是在不熟悉的地方。

然而，今天太累了。我很快入睡，梦见了狼和狍。

***

我醒来时听到一阵阵唰啦唰啦声。是帐篷里面的声音，米卡尔在动。

帐篷里面比昨晚暖和多了。我好想在睡袋里面再躺一会儿，不过米卡尔的脸出现在我面前。"早上好。"

"你变成人的形体啦。"我含混不清地说道。

米卡尔向我做着鬼脸。"我很高兴你发觉了。"他已经穿好了衣服，脸上挂着准备面对今天任何事物的表情。

"我们已经走到比我想象的要靠近得多的地方啦。我刚才去转了一小圈，并且闻到了他们的味道。"

"谁的？"

米卡尔几乎用怜悯的表情看着我。"你真的需要每天清晨喝杯咖啡才有能力做出最简单的判断。"

我想了一下。"这听起来很有道理。"

我爬了起来准备从睡袋里爬出去。米卡尔给我让了路。我穿上鞋子从帐篷里钻了出来。

我站直了身体伸了伸筋骨。"这里有你爸爸什么迹象吗？"

"没有，但是这不意味着没有。"

"是啊。"我同意。我尽量让米卡尔的想法保持乐观。

"你吃点东西之后我们继续赶路。"米卡尔说道。

我想反对，但是肚子给我了反应。我饿了。我带的食物实在是太少了，我希望等我们到达目的地的时候能立刻解决这个问题。我没有期待热情款待，不过我确定我可以买一些需要的东西。

"是啊。你也得吃点东西。"

"我已经吃过一只野兔了。"

是的，这是当然的，我心想。他是狼人。他可以像狼那样吃和做。这没有什么错。尽管如此我感到有些恶心。

"这是另外一个应该离他远一点的理由，"一个声音在悄悄地说，"你们实在是太不一样了。"

我让想法回到丹尼尔那里。"你觉得另外一个首领会是什么反应，当我们出现在他们那里？"

"这个很难预测。我想，他们至少会有些警惕。"

"你认为，他们的狼族运行方式会和狼山镇的一样吗？"

"他们有可能是不一样的，但是我不相信，狼族有什么根本性的差别。他们是狼人，就像我们那样。他们的存在依靠同样的能量。"

"你指的是……魔法？"

"人类大概是把它叫作魔法吧。我们狼人存在和其他那些无法用科学解释的事情一样都是个谜。这没什么不自然的。"

他片刻沉默了一下，然后继续说："狼族是整体，一切它的成员和它的领地都关联在一起。它不只是什么意识层面的协议，本能和情感也包括在内。我还没想出其他字，除了能量。凭我的想法是狼族经常通过物理方式联络，就像有电场或磁场。"我的表情应该看上去被吓到了，因为他笑了起来，"你可以这样想：一个成员影响全部，全部连接在一起。我们平衡彼此。所以驱逐狼族是一件极为严重的事情。没有了狼族就是变得不平衡了。"

"你是指，切断狼族的裙带还需要其他的，不只是离开？"

"不是。距离和时间在做它们的工作。真实的理论中狼族首领至少有可能加快流程。首领手中掌握着所有代表狼族成员的连接线，"他停顿了一下，"可笑的是，我们不知道什么是真正的狼族能量。它一直被视为神圣的东西，至今我们没有人敢去研究此事。"

我迅速把最后的一盒食物解决掉，然后我们一起拆掉帐篷。很明显，拆除比建造容易得多，很快我们又开始继续往前走。

天气再次爱戴我们，微微的风把沾在脸上的头发吹干。我的肌肉经过昨天的长途跋涉感觉还是有些僵硬，但是刚才的热身让它们很快康复。对于将要面临的事情我总算开始感到有一丝紧张，同时让我停止去想米卡尔。他今天的状态看起来不再像昨天那样的困惑。

我能感觉到他的警觉性，关心和兴奋——如果他一开始就怀疑我的理论的话，他应该不会肯定另一个狼族的存在性。而且不仅仅是这些：如果我是对的，他今天就能见到他的爸爸。直到现在，我开始看到，米卡尔有多么想证实，丹尼尔还活着。

第一个迹象显示，我们已经很近了，在树荫那边有一栋被遗弃的小屋。很快，我们开始分辨出其他的建筑物：它们彼此靠近。一层薄薄的烟雾飘了过来，散布在空中，然后混入了积云中。

米卡尔放慢了速度，直到完全停住了脚步。

我的心突然间跳到了嗓子口。

"就是这里吗？"我问米卡尔。

"是的。"

"现在我们该怎么办？"

"我们去见他们。他们已经知道我们来了。"

我们肩并肩地走着，米卡尔很平静很肯定，我努力模仿他的样子。第一个建筑物后面又露出了一些建筑物。它们看上去全部没有涂过颜色并且很简单，我不能不觉得，仿佛时光在倒流。

我看着我们踏过的沙子路，这时我总算发现，不仅仅只有我们两个。路上聚集了接待小组：三个女人和一个男人。小组的脚下躲着一个小男孩，他被其中一个女人要求离开但依然不愿走。

我们很快站在了她们的面前。"你好。"米卡尔说道。

男人站了出来，来到我们的面前。"你想要干什么？我们不认识你。"他看上去在无视我的存在，不过我决定不用去管这些。

"我是狼山镇的米卡尔·萨里。我希望见一见我你们的首领。"

狼人们互相看了看。我不知道，萨里这个名字对他们是否有影响力。

当情况看似没什么进展的时候，我说："我们在找丹尼尔·萨里。我们想他或许会在这里。"

米卡尔用刺眼的眼神看了我一下。我相信这个意思是，他希望我闭嘴。

"我们只希望和首领见个面。"他重复道，"然后我们立刻就走。"

"那就见吧。"其中的一个女人说道，"事实上，他从那里过来了。"

她指向我们的背后，我们急忙转身望去。

虽然我之前只见过一位狼族首领——不是马尔蒂那种——在脑海中已经形成了首领已经是什么样子的。一个穿着法兰绒衬衫和牛仔裤轻松迈着步伐的男人符合所有我的标准。他没有像丹尼尔那样打扮，不过这是他的优势。首先，他有宽宽的肩膀。我可以想象，他在他年轻的时候爱好自游泳。其次，他走进时我可以看到，他的脸上没有疤痕或者棱角。他的目光很尖锐，我知道，他轻松的脚步中也包含着谨慎。

我看了一眼背后。小组完全伫立。

"让他们过来吧，"他说道。他向米卡尔伸出了手，"伊沃·萨拉卡。"

"米卡尔·萨里。"

"你真的很像你的爸爸。"

过了一会儿我才敢说："就是说，您见过他了。"

"我当然见过。看来我们有好多感兴趣的话题要说。"伊沃说道。

***

伊沃带着我们进入一个现在已经很少见到的红土颜色的房子里面。窗框和门廊是淡蓝色的，房子上方的三角形状的楣饰同样也是这个颜色。我马上猜到这是镇上最大的建筑物，这当然没什么让人惊讶的。

客厅很亮堂很宽敞，但是不宽阔：大型的粗糙木头雕刻的家具，以及剩下的空间挤满了孩子和大人。我注意到，很多人穿的衣服更多的是二十世纪九十年代的风格。墙上挂着的是某种钩编花边壁挂装饰。没有什么是特别新的，但是很干净。房子本身散发出一种永恒的气氛，它使我的思绪平静下来。

伊沃坐在桌旁，然后指指另一边让我们坐下。

"安妮，来几杯咖啡。"

一个年轻的女孩马上行动了起来。我皱起了眉头。

"我得说，我很好奇，你们看起来很像芬兰人。"

"以前卡累利阿人全部都属于芬兰人啊。"伊沃说道。（注：卡累利阿是芬兰的一个少数民族）他用一只手肘扶着桌子，然后观察着米卡尔。

"我刚听你们说，丹尼尔失踪了。"

"正是。"

"你们觉得我们和这个有关系。"

他的语气和刺眼的眼神在表达，他怀疑我们在怪罪他。刚开始他的防守状态让我惊讶，但是接着我明白过来问问自己，我们是否有理由怀疑他。我们不知道他的任何事情。是否有可能伊沃对丹尼尔做了什么。我从没想过这个。我从没想过，伊沃也许比马尔蒂更可怕。

当然，伊沃能够看透我的想法。他放松了起来。

"你们告诉我，你们为什么会到这里来。"

"莱依莎找到我爸爸的文件，里面显示您和我爸爸保持着联系。"

安妮端来了咖啡。我耐心地等着她把所有的三杯咖啡倒满。

"在丹尼尔失踪之前他给了我这个。"当安妮离开之后我立马继续。我的双肩包靠着凳子。我把上面的睡袋拿下来。然后把《狼孩》拿了出来。我把书放在了桌上。

总算，伊沃的脸沉了下来。他摸了摸书的表面然后疑惑了片刻之后把书打开。我紧闭嘴唇。

他开始小心翼翼地翻阅。"我已经好久没看到过这本书了。"他低语。

"您认识这本书？"

"我认识。我的妹妹离家出走之前把这本书从我家的书房里拿走了。"

我觉察到了某件事情。"您的妹妹叫什么名字？"

"克里斯汀娜。"

米卡尔倒吸一口气。"妈妈。"

伊沃快速地看了他一眼。我把身躯往前靠，看着伊沃。"这个非常重要。前三个星期您是否看到过克里斯汀娜或是丹尼尔？或者有没有和他们联系过？"

"没有。我很抱歉。"

沉默。我们所做的一切都是在浪费时间。我的猜测是错的，虽然我一直认为，这很有可能，遗憾依然爆发。遗憾和惭愧。我辜负了米卡尔。没有丹尼尔我们什么都没有。没有人能够做到他能做到的。狼山镇很快将要被毁灭。

伊沃的声音温和了许多。"你们应该继续往其他地方寻找。也许你们应该接受丹尼尔不再是首领的想法。"

"现在的问题是，狼山镇发生了一些坏事。"我得对自己承认，我听上去很着急，"前第二把手准备把丹尼尔打造的一切毁灭掉。有一个狼人已经送了命。我们现在需要丹尼尔而不是明天。"

如果我是想引起这位狼族首领的共鸣的话，它完全失败了。伊沃的表情丝毫没有变化。"听上去非常遗憾，但是我们无能为力。我们不能去干涉另一个狼族内部的问题。"

"很快问题不会再仅仅是狼族内部的问题，"我说道，"在我还没解释更多之前，我希望，您能够告诉我和米卡尔，您和丹尼尔达成了什么。"

"如果丹尼尔不再是首领，那个就不再有效了。"

"那个可以有效。"我说的同时，米卡尔开始了，"我爸爸答应您的什么，我来继续。"

我和伊沃同时感到惊讶。

米卡尔看着伊沃，不只是双眸，而且是近距离的。"我会用尽全力，让你们的狼族发扬光大。我现在只需要你们为了达到这个目的协助。"

他们久久看着彼此，让我只能保持住自己的耐心。最后，伊沃沉下眼神然后看了看我。"我看到，你和你的伴侣是认真的。好吧。我告诉你们，我如何决定与丹尼尔·萨里见面，以及对话的内容。"

我看了一眼米卡尔，他的表情非常专注。我尽量不去管，我们不是情侣。

"丹尼尔先联系了我。我完全不知道，他是从哪里得到我的狼族的情况信息，但是总之，他提出了可以帮助我们双方的建议。"

他又停顿了一下，我可以看到，他不是太习惯把自家狼族的弱点告诉神秘的访客。也许丹尼尔喜欢隐藏秘密的偏好不单单只有他有。

"我们目前这里的状况相当困难。这里很穷。但是我们从来没有发生过真正的问题——我们已经习惯物质缺乏的生活。前几年想利用采矿、采伐和旅游来促进经济，但是这些项目都不能融合我们生活的方式。我们捕猎、捕鱼和种植。我们会把多余的食物卖掉，但是现在我们的东西钱。我们不拥有我们住的土地——实际上我们不拥有任何东西。现在我们热爱的家园的森林大部分已经被砍伐。而且还继续被砍伐。狼族永远得照看好自己的群体，但是工作的缺乏导致我们很难负担肩上的担子。我们没有学历文凭——谁都不敢离家太远，去加入人类的群体和其他语言之中，而且我们不能失去我们的劳动力。我们语言和文化不是那么简单能够和俄罗斯人沟通。"

"还有更残酷事实，我们的区域不断有捕狼行动。与芬兰不同，在俄罗斯捕狼是完全合法的。到现在为止，我们保持一起的活动，但是我们害怕这只是刚刚开始。我们没有未来。我们唯一有的是彼此。而这个就是丹尼尔感兴趣的地方。"

笑容，从伊沃的脸上显露的是某种苦笑，这个不能怪他。

"你指的是什么？"米卡尔问道，虽然我已经察觉，他几乎对这个有了很好的理解。

"我们有很多孩子，"伊沃回答，"还有几个小婴儿。我知道你们的狼族最年轻的成员是十二岁。"

米卡尔严肃地点了点头。我惊讶地发现，我没有花过时间去过，上一次是谁出生在狼山镇。我很早就已经知道，镇上没有小孩，但是直到现在听到严峻的形势之后我才意识到，为什么丹尼尔想让我成为狼族未来的一部分。

十二年中没有一个小孩。这不是好的迹象。

"我们有金钱，"米卡尔说道，"还有自由。也许是太多了。很多狼人不再愿意考虑生养孩子。"

"我们很多男性的伴侣是人类。长期以来都是。"

又是这个话题，我心想。

"丹尼尔和我已经达成了最终协议，但是我知道，他有着坚定的意图把狼族合并。他觉得如果卢皮尼搬回狼山镇，对大家都有好处。"

"卢皮尼？"我问道。

"这是我们狼族的名字，"伊沃回答，"取自于这个地方的名字。"他再次看向米卡尔，"我对这个提议有所保留。但是我不能否认，我对它感兴趣。"

"这个提议依然有效，"米卡尔说道，"我只需要你们的协助。"

"那么，这个协助包含了什么呢？"

米卡尔的眼神表示，是谈判的时候了。我们同时深深地吸了口气。"我们必须用任何必要的手段把马尔蒂从权位上拉下马。"米卡尔说道，"我们的希望是，能够找到我爸爸并且把他带回狼山镇。很显然，这不太可能了。时间已经不多了。马尔蒂知道，我们在谋划什么。"

"如果你想更换首领，为什么不直接挑战现在的那个呢？"伊沃问道。

"这正是我想要做的。"他说道。

"什么？"我听到我内心在说。

我看着米卡尔。

我的内心正在麻木。"这不是真的，"感觉它在这样讲，"米卡尔没有宣布过他会挑战马尔蒂。"

"不。你不可以。"

这不公平。挑战马尔蒂不包括在我们的协议中。他从没提到过，这是他的计划。

米卡尔保持着平静。"只要我的爸爸还活着，首领的位子依然属于他，"他说道，"这是拯救狼山镇的唯一的办法。问题是，我得有和马尔蒂面对面讲话的机会。他是竭力想让我在此之前死掉。"他瞥了我一眼不情愿地说道，"另外我们怀疑，他使诈赶走了我的爸爸，在我们还不确切地知道那个骗局是什么之前，我们猜想，他会使用同样的方式对付我。"

"使诈？不诚实的方式？这个违犯了我们最重要的原则。"

我不是百分之一百地确定他在说什么，但是我能肯定地说，他的愤怒不是没有道理的。

"马尔蒂歧视人类，"我悄悄地说道，"他在短时间内给镇上送来了很多人类女人，她们一点都不知道狼人的存在。狼孩很快又会变成现实了。"

"你们想让我们做什么？"

"我们想让你们协助我们抓住马尔蒂，那样我能挑战他。"

我等待的是伊沃立马的反对。我如果是他的话，会这么做的。然而，他没说什么，虽然我也看到，他不是太赞同这个想法。终于他张开了嘴巴吐露他考虑之后的想法。

"几时？"

我看着米卡尔。很久。我知道，是时候让他来控制局面并且做他觉得是正确的事情。米卡尔违背规律决定相信我对丹尼尔目前居住地猜测，而它被证实是错误的。现在轮到我跟随他的想法了。狼山镇是他的家和族群，无论他决定为它付出什么，我都会牢牢地留在他身边。

我做得很差。我的喉咙里卡着什么，我能做的只是控制不让眼泪流出。

米卡尔依然保持冷静。"很快，"他说道，"我们希望很快能够做出这个决定。"

***

最终，伊沃答应考虑此事。他希望在他考虑期间我们能留在卢皮尼。米卡尔拒绝了。他说或许会等到挑战马尔蒂的时刻，但是当他的家园正在遭受巨大的毁灭时，他不愿意留在这个村。我在米卡尔之前的决定记忆犹新的震惊之中，我甚至不知道，我对迅速回去是怎么想的。我的大脑根本没有更新过。我偷偷地希望时间能够停止片刻，那样我能解开我大脑中的结，清理自己的思路。现在，我机械地还处在着米卡尔的身后。突然间很难让他离开我的视线。

米卡尔有可能很快就会死亡。

伊沃开着他的像灵车的旅行车把我们送到边境的附近。路程继续了两个小时，我一直闭着眼睛装作在睡。其实，我根本睡不着。所有之前害怕的感觉与现在的感觉相比根本不算什么。我不理解，整个车程米卡尔怎能如此平静地与伊沃谈话。当我们达到终点的时候，米卡尔温柔地摸了摸我的肩膀。我强迫自己睁开双目。

我们拿起自己的行李然后感谢他。米卡尔和伊沃再次交谈了几句，但是我没怎么注意。我凝视着我们前方的森林。我原以为，情况曾经很严重，那些我们曾经做的事情很困难和危险。现在，一切都将以全新的视角去解决。迄今为止所有仅仅是个开始。

我还没准备好。我没有。

离围墙还剩两公里。米卡尔背着野营双肩包，我们到达边境时他没有说他会变身。他只是说先帮我越过边境然后他自己再越过去。

我像在梦游。米卡尔把他的双手手掌交叠在一起给我做了个人力台阶，让我能够直接踩在上面翻过围墙。我不再害怕围墙和翻过它后将要面对的任何处罚。我会得到什么样的处罚呢？罚款？有期徒刑？

就像是这些都不用去关心。

米卡尔正要越过围墙的时候，我听了某种咔嚓声。

接着我听到了一声枪响。

第 214 页"狼孩"短语中的"狼向沼泽地的方向跑去"摘自芬兰凯努地区民族诗歌选集。

第十四章

"边防站警察！"这是我第一个反应。

"不是，"米卡尔说道，"快跑。马上！"

他在我身后猛地推了我一把，除了撒腿就跑让我没有其他选择。

我茫然地往前跑，忽略了方向。我越过能够越过的草丛和树根。树枝树叶打到了我的眼睛，我只听到耳边不停地转来自己的喘气声。

过了一会儿，我才觉察到，米卡尔没有在我身后。这让我几乎停了下来。几乎。事实上，我了解他。我知道，他在计划什么。他把追踪者引到与我不一样的另外一个方向——这可能导致他自己被抓住。

最后，我再也继续不下去了。我的眼前一片黑暗，我的双腿也僵硬了下来。我被什么绊倒，一头栽向地面。等我反应过来之后我让自己及时爬起。我必须往前跑，要不然他们会抓住我。他们把我抓住，一切就会完了。我恐慌地听到有谁在我身后。我转过身。然后再转向其他方向，但是没有人在我身后。我连续转了至少两遍。直到感到天空在我眼前晃动。我才反应过来，我被吓到的细小声音是我自己发出的。

森林里一片宁静。

我瘫坐在地上。

我一动不动地坐了很久，直到小黑点点在我视野中跳舞。接着我爬了起来。片刻之后，我几乎能确定，我没有晕倒。

我开始往回走。我得去找米卡尔。他在森林的某个地方，我需要知道，他是否平安。我必须相信，他已经脱离了危险——别的办法是没有的。

就这样，我往前走。每一步我都幻想着我能看到他，我幻想着他跑到我的面前或者在大树的后面露出他嘴角翘起的微笑。我强迫自己看到他就像我可以指挥他回到我的身边。

地上有某种红色的东西。

我向它走近。双肩包面朝下躺在了蓝莓灌木丛中央。米卡尔的上衣留在了二十米远的地上，其他的衣服也在那个附近。他已经变身了。这个能讲得通：狼的形体能让他活动得更加灵活，更能保护好自己。无论是谁在追捕着我们，对方是用人的脚在活动。

松了一口气的浪潮把我全身穿透。米卡尔应该超出了他们搜寻的范围。

我蹲下身把衣服塞进双肩包里面。我寻思，该怎么办。最后我得出的结论，我应该停在我现在的地方。我不知道，米卡尔去了哪个方向，而且我完全不清楚，我怎样找到回去的路。我只有等待米卡尔来找我。

直到我听到背后呜呜的嚎叫声，我开始怀疑有什么不太对劲。

然后我知道，是有什么不对劲了。森林里传来了一种我永远不会搞错的声音。

狼的嚎叫声。

我不相信，会有其他一种能让汗毛竖起和血液停滞的声音，除了狼的嚎叫。它听上去不是在悲伤或试探，而是对大家的一种非常确定的通知——我不需要狼让我明白，我们被追踪了。感觉声音直接震颤我的骨头，虽然它听上去离我不太近，我知道，我怎样做都已经来不及了。

违背常识，我往森林叫声的方向跑去。那声音感觉是在左边，我跟随着跑了过去。片刻之后那些声音从各种方位传来，我很快变得束手无策，狼究竟在哪里。很有可能的是，它们的数量应该不止两条。

接着声音完全停止了。

我停了下来。我试着平静我的呼吸同时努力细听声音。风轻轻地吹着沙沙响的树枝，但是我分辨不出其他的东西。

寂静持续得越久，我的脉搏在我的耳边敲得越是急促。

然后脉搏声片刻完全停止了，当远处又传来一阵枪响。

在我甚至明白过来，我在做什么之前，我已经停住了脚步。我的双腿飞快地带着我跑向声音的方向，每一步我都在祈祷，我的担心不会变成现实。

"老天爷啊或是任何一个神啊，能否听到我在和您说话，请您留给米卡尔一条活路吧。"

任何我的人生路途从没有感到像这样长过，虽然回想一下我甚至没有喘气。树叶飞快地在我眼前闪过，我在疯狂地奔跑，跑向那个是我心脏的地方。

我跑得太快，当看到地上有一个躺着的物体时，我急速地刹住脚步。还没完全停下之前我不顾一切往地上跪倒，我的膝盖擦破了皮出血了。米卡尔匍匐在地上，头部在前腿的下方。他的臀部有一个伤口，鲜血不断地往下方腿的方向流淌。

然而，对我来讲最重要的是，他的眼睛是睁着的。他还活着。他受伤了，但是他还活着。

但这不意味着，他能坚持住。

我深深地吸气。我轻轻地摸了摸他的背部，他顿时发出痛苦的呻吟。

"米卡尔。是我，莱依莎。你能变身吗？"

他看着我，不知怎么的，我马上能知道，他现在不是米卡尔——狼的眼神中没有人的存在性。

"米卡尔。"我又叫道。没有反应。

我急了骂道。应该是有原因的，为什么他没有变身。变身能够给狼人产生新的细胞组织并且修复几乎所有的伤害和疾病——所以一般的子弹对他们是没用的。唯一的解释，我能想到的，是银。

银是狼人的毒药。所以很多狼人会在枪保险箱里放一般的子弹还有银弹。住在狼山镇里的任何一个都有可能随时被体内的野兽控制身体，准备这个很有必要。

从来没有谁和我解释过，银毒是如何起作用的，以及它的解药是什么。我完全束手无策。

"我不知道我怎么办才好。他们随时会回来的。"

他们会回来的，我知道这点。现在我能明确相信，追踪我们的不是边防警察。边防警察是不会在警告之前开枪的。他们的警犬也不会像狼那样吼叫。马尔蒂应该处于这事情的元凶。

我不敢相信，他会用枪来杀人。

我找出了手机。

我先打给尼克，他没有接，再打给妍妮也没接。等我选择了亚斯卡的电话号码时，米卡尔有些恢复了理智抬起了一点点头。他先看了看他的后腿，然后看了看我。

"怎么啦？"

他挪开了自己的前爪，能让他把我看得更清楚一点。他再次看着受伤的后腿，又看着我。最终，他发出了低沉的呻吟。他一定很疼，但是我知道，这不是因为这个。我能看到，想试着告诉我什么，但是我完全不懂，而且时间也来不及了。

我做出了决定。

"我们得去哪里躲一下。我去看看，这附近是否有能藏的地方。"我知道，找到那种地方的概率不大，我不相信，武断慌张有出路。尤其是，我得同时扛着米卡尔。我正要转身离开时，米卡尔开始痛苦地挣扎，想要站起来。

"喂，你这是要干吗？"

我不需要问。米卡尔不想让我一个人离开。除此之外，他看上去已经有了往哪里去的想法。他试着用三条腿站起来，我急急地跟在他身后。看着他都感到心疼。才走了一百米他已经完全精疲力竭了。对他真的很不容易，他在被击中之前已经围绕着森林跑了半个马拉松长度的路程。

最后我看懂了，他想带我去哪里。几棵树的后面出现了一块巨大的石头，它至少能保证我们不被从每个方向攻击。接着我还看到了更好的，石头的后面有条又深又宽的土沟，经过迷迷糊糊思索之后，我认出这是一条以前的战壕。这让我大大地安心，几乎感到我们安全了。

米卡尔跛着腿顽强地走到终点，滑入了战壕中。我跟着他也滑了下去，坐在他的身边。

若是追踪者们，我丝毫没有抵抗能力。我愚蠢地没有带任何防卫的武器，我也想不出什么办法把我们的气味遮盖掉。米卡尔滴在路上的血，连一般的人类也能找到我们。什么会发生，将会发生。我唯一无能为力的是，米卡尔。

我轻轻地摸着他的头。"告诉我，我应该做什么。"

米卡尔又呻吟了一下，接着用鼻子往弹孔的方向抬了抬。然后他看着我。

"我不明白。"我说道。

他用鼻子顶了顶我的手指。

"伤口，我的手……"我明白了他的意思。

"不。完全没有可能。"

子弹依然在伤口里面。那是颗银弹，得挖出来。

现在唯一能派上用场的是我的手指。

我又拿起手机。我深吸一口气，试着再打给尼克。

没有应答。

我衡量着现在的选择。我可以把米卡尔一个人留下去找帮助。但是这不能保证我能找得回来——或者米卡尔不会跟过来。

我不知道，我有多少时间，但是不会太多了。米卡尔开始休克。已经没有其他机会，只有我把手指伸进伤口，然后祈祷，在我把子弹挖出来之前他的血没流干。

一想到我马上应该做什么，顿时我的泪水哗啦啦地流淌在了脸上。我不想这么做。我完全不想这么做，但是我总结了所有其他的办法，我深深地意识到，没有其他办法。

"对不起。"我嗓子里堆满了哭泣。米卡尔用鼻子顶着我，仿佛是在鼓励我，但是没有起太大的作用。我会把他弄得很疼，而不是一点点。整个想法让我担心紧张。

"坚持住，很快就会过去的。"

我深吸口气。闭了闭眼，想着一切目前的事情：马尔蒂的统治，伊沃狼族的困境，尼克在狼山镇的压抑感……和米卡尔的逃亡。很快他就会回到家。他会去做他应该做的：住在自己的家里，开着自己的车，经营公司和统治狼族。他会再次回到属于他的地方。

我呢？我会被美术学院录取。

米卡尔歪着脑袋。

"我想我得告诉你一些刺激的事，"我说道，"你应该仔细地听着。"我把左手的食指移动到了伤口的旁边。"事实上，事情是这样的，我也许不是我们家唯一存活下来的。我有可能还有个弟弟。"说话的同时我把手指伸进了弹孔。

我等待的可怕的叫声没有出现。米卡尔抽搐地像被触了电那样，不过他几乎没有发出太多声响。我迅速地继续讲着我的故事同时我在找子弹。"在春天的时候我得知了这个消息。我当然先是很怀疑，但是现在我想我相信了。"我感到，从伤口中冒出来的鲜血有多么的温暖。我不知道，米卡尔还能够坚持多久，包括我自己。我试着把手指挖得更深，即使这让鲜血冒得更多，并且米卡尔开始重重地喘气。

接着我的食指找到了某个硬邦邦的东西。"我得感谢你爸爸，能让我认识他。"我试着把手指转到子弹的下面。"在那个我离开狼山镇的夜晚，他告诉了我所有的这些。"

我用另一只手按住米卡尔，让他不要乱动，接着我努力勾住子弹。我开始把它往外挖。

子弹滑掉了。

米卡尔发出了低沉的呜咽声。他的眼皮变得很沉重，我知道这不是什么好兆头。我几乎感谢战壕，这里很暗——我不能够看到他失去了多少鲜血。

我把手指伸向深处。"我完全不知，他会在哪里，但是我还没放弃找到他的希望。"我说道，"虽然我完全不知，那会是怎样。你可以想象，这个年纪第一次见到自己的亲弟弟有多么奇怪。"我勾到了。这次我成功了——子弹从米卡尔的身体中飞出，然后从我的肩膀飞过。它掉落在我的身后某处，但是我不再对它感兴趣。血开始哗哗地喷了出来，随地都能看到。

为了应付这样的状况我能肯定最好是去上一堂急救课，想着的同时我把自己的上衣脱了下来。我所有的急救知识都来自于电视上的医生电视剧，我妈妈曾经有一段时间对此非常着迷。

我把衣服按在伤口上面，然后用两只手按住。

我凝望着草和青苔上方的天空，心里想到，为什么什么都没有对我暗示过，我和米卡尔的事情有可能在这个点上结束。每一次的视线、笑容、触摸、每一句话或者没有说话留下的语句会是这样的导致结束。第一次见到米卡尔的时候我甚至不知道，他的存在——他那时是个狼的模样，我那时还不知道狼人的存在——但是某种感觉告诉我，某种大事要发生。但是我根本不能相信它甚至还没有真正地开始过结束在战壕中。

闭上双眼我依然可以看到一切——我不仅仅看到那些，我怎样想起他，并且也看到自己，坐在地上，米卡尔的鲜血一直往我的手臂流淌。就像有谁拿着摄像机在场，记录着我的记忆中的隐藏物。

这不是我看到的唯一画面。脑海中的影片把所有的那些镜头都播放了一遍，那些让我和米卡尔渐渐开始明白，我们之间会是什么。萨里家院子里凳子上的夜晚。我们一起的滑雪假日以及我们曾经在雪坡上接吻。我确切地记得，每一个细小的触摸是什么感觉。刹那间我感到是多么的幸福，它是多么让我胸口疼痛。

我的想法变成了空白，几秒过去了。

米卡尔在我的手掌下面动了一下。我揉了揉眼睛看到，他在看我。我小心翼翼地把手从伤口抬起，我发现，血被止住了。

我渐渐把背部贴在墙上。突然间，我感到好疲乏。

"我的护理义务到此结束了。"我说道，"从现在开始你得靠自己活着，好吗？"

米卡尔眨巴着眼睛。我希望这是在说"好的"意思。

我往他的身边躺下。战壕中的石头和钉子在不断刺戳我身上暴露的皮肤，我爬了起来从包里翻出米卡尔的T恤。我把它穿在身上然后又躺了下来。我把额头埋入米卡尔的皮毛中并且吸着它的气味。

"咱们休息一下吧。"我说道。

***

我一定是睡着了，因为我醒来时听到米卡尔的声音。仿佛声音是从很远的地方传来，接着我反应过来他就站在我的附近。我缓缓地坐了起来——睡在地面上的缘故，脖子变得僵硬——接着我爬了起来。

我揉了揉眼睛。太阳已经升了有段时间了。米卡尔只穿了条裤子背对着我，在用我的手机说话。

"路上碰到了些状况。不过我们很好。是否有谁能来接我们？"他沉默了片刻，接着，他说："谢谢。"他关了电话。

"有谁会来接我们吗？"我问道。

米卡尔把身体转了过来。我认出他身上穿的是那条还没变身之前脱在森林里的裤子，不管怎样，他看上去已经恢复到原先的模样。谁会知道，之前几个小时他还躺在我的手腕上离死亡不远。

"我安排好了。你的头发上有好多松针。"

我立即摸了摸自己的头发。接着我马上停止了，因为我发现我摸的话会让它们变得更糟。某一天我最烦恼的事情会是，我的头发看起来什么样子的——但是今天就别管了。

"你感觉如何？"我问道。

"很好。"米卡尔不假思索地说道。他显然不想详述那些让我不悦的事情。

"我很感谢。"他看了看我的表情后又说道，"我很抱歉，我把你给吓到了。"

"没什么。"我答道，"你知道那些是什么人吗？"

222

"我只来得及看到乔尼。"

"哼，真的是太棒了。"

"这只是更进一步地确定了我的判断，马尔蒂不想让我活着回去。这事会变得更加难看。"他的表情变得紧绷，几乎是痛苦的感觉，"你应该离开狼山镇。今天。"

"如果你这时认为我会答应的话，你太不了解我了。"

米卡尔叹了口气。"我没这么想。这只是一个建议。而且是个有根有据的建议。"

我笑了起来。"我觉得，你和我有同样的毛病。"

"那就是，完全不会听从另外一个人说什么？毫无疑问的死脑筋。"

他微微笑了笑，我感觉，仿佛我能够呼吸了。

我转身想要捡起留在地上的露营双肩包。

"莱依莎？"

"嗯？"

"那些，你把子弹挖出来之后你想的事情……我都看到了。"

我停住了脚步。

"那是你的天赋，不是吗？画面。你和康斯坦一起训练的东西。"

"是的，"我把想说的说了出来。我的喉咙突然间感到好干。我不知道，这是不是因为我再次对我的能力做了某种我不想做的，或是，米卡尔称作天赋的能力的关系。我一直准备着面对我周边对我的指责，当我使出了真正的特质能力。我已经学到，一种类似于超自然的能力，但这不意味着所有的超自然都能被容忍和接纳。所以我不急于把自己不一样的地方告诉任何人——甚至那些，我真的关心的和他们也关心我的人。我考虑过这整件事，主要是我不想把谁放在需要在我们的友情和自己的原则之间做选择的位置上。我没有很多朋友，我也负担不起失去他们的力量。在我确切地知道我的能力是在往哪个方向发展之前，我最好不要把事情说出来。

我第一次想到，我也许是低估了他们。

"我完全不知道，我们在哪里。"我承认，"我认为，我们现在在很北的地方。"

我提起双肩包走回米卡尔的身边。我们默默地迈开步伐不慌不忙地往道路上前进。我不知道这条路走得是否正确，但是我相信米卡尔。树上的鸟儿在唱歌，微风使我勉强回到这个我们无疑要面对的浑水中去。我们的任务完全不能根据艺术性的规则来完成，我们也推测不到，其他人是否会有更好的运气。也就是说，我们不能百分之百地肯定，狼山镇是否存在。

我思考着，其他小组成员在我们离开的时候会得到什么成果。尼克打算和他的奶奶联系，并且安排镇上尽可能多的人类居民在接下来的两天内离开那里。狼山镇里会发生什么，显然是一些他们无法接受的事情。如果状况变成公开的骚乱，那么他们自身的安全也不能保证。

约翰有两个任务：第一个任务是他得让狼山镇上拥有银子弹的数量变得越少越好。盗窃会是很容易的事情，因为很多狼人不会锁自己的家门。另外一个任务是，他得协助妍妮的——至少那是我自己预测最困难的任务——说服狼人们。我们需要每一个支持我们的狼人。卢皮尼镇的居民当然给我们带来了非常重要的数量，但是只要当地的居民一个都不敢离开马尔蒂，我们就没有希望。不过，经过前段日子的学习，我感到妍妮的能力不可低估。她令人信任并且更能影响对方。我曾经觉得她是以自我为中心和肤浅的人，但是我得承认，那已经是过去式。我现在能够意识到，我信任她。她会用尽全力，而绝不是只有微小的力量。

我们终于到达了出发时的小路的边缘。我觉得这地方看似和前天妍妮把我们放在这里时一样，但是这也可能是一公里以外的地方——所有的路和树林看上去都差不多一个样子。我双腿交叉坐在路旁。米卡尔踢着路边的松果。他看似很烦躁，我不能指责他什么。在接下来的月圆之日之前。好多大事将要发生。

我可能会回到赫尔辛基的家，继续那里的生活。然而，米卡尔不会是同样的方式。他要么将失去几乎所有的——也许还包括性命，要么他挑起肩膀上一般狼人不能承担的重担。两个选择之中第二个当然更好，但是我不能称它是个很赞的选择。

米卡尔才只有十八岁。无论哪个方式，他也许永远不允许自己的年龄。

他抬起了目光。片刻我在想，他不知如何成功地读出了我的想法，我的脉搏开始加速。很快我明白，我应该是让他闻到了我力量中至少是我想法的一部分气味。我想向他保证，他不用担心——但是我如何可以做到一点都不显露，他是我忧郁的原因呢？

当一辆熟悉的车呼啸着朝我们的方向开来的时候，我放开了自己的困扰。我花了片刻时间，才发觉，这辆"熟悉"的车不是康斯坦的车。车猛地在我前面刹住的方式，让我知道，谁在驾驶这辆车，尼克。

"你偷了亚斯卡的车，还是——"

"就像你希望的那样。他是自愿把这车借给我的。"他狠狠地对我们翻了翻白眼，"快上车吧。"

我们跟随着指示上了车。车愤怒地往前飞奔。

"镇上开始疯掉了，"我们还没来得及问，尼克已经说道，"妍妮已经积极行动了。这里将会发生更多的事情，我讲我要讲的话。我不知道，会发生什么，但是能肯定一定会发生。"

"这很符合我们的希望。"我说道。我瞥了一眼坐在身旁的米卡尔。"事实上，我们需要小小地变更一下我们的计划。"

"你们找到丹尼尔了？"

"没有。但是米卡尔想出了另外一个法子。"

"那是……"

我的声音有些颤抖。"他去挑战马尔蒂。"

尼克片刻沉默了下来。"我不能说，这个我很早以前已经想过。"他叹了口气，"这对结束一切是非常的好或者是非常的坏。"

我靠着车窗，然后望着外面。"甚至也许同时是好也是坏。也许。"

***

当我们靠近狼山镇的时候，我用尼克带来的毛毯又把米卡尔遮盖好。我不记得，什么时候我曾如此紧张过。我只希望，马尔蒂相信米卡尔已经死亡，并且不再花心思去寻找他。

我们终于就像狗偷偷地刨了个地洞那样在没有人发现的情况下逃脱了。谁都没拦截我们——事实上甚至没有人往我们这个方向看。看上去，他们需要的是想其他的事情。

需要注意的是，已经习惯了狼山镇井井有条的小镇次序，目前看到的场景可以用混乱来描述。商店没有被抢劫，也没有喷漆涂过的墙面，但是我看到了更微妙的迹象，某些事情正在发生。首先是，几乎所有的店门已经关闭。很多窗户已经拉上了窗帘，并且街上走的一部分狼人明显是在往某个方向赶路。我说狼人，至少我的视线之中找不到他们之中的任何一个人类——安妮应该已经藏了起来。

他们全部不是在往家赶。我看到路边的两群狼人，他们看上去不像是往哪里走或者特别做什么。

"那个是什么事情？"我问尼克。

"经典的僵持局面。"他回答着，"一群是我们这边的，另外一群是马尔蒂那边的。他们监视着对方，不让对方做什么动作出来。"

"这个我很惊讶，在这种情况下我们如何知道，哪派是我们的，哪派不是。"我嘀咕着。

"嗯，妍妮在解决这个问题，她分发放给被说服的自己人一条这种样子的碎布。"他举起手腕。我看到，他的手上系着一条看上去非常眼熟的碎布片。

"你别告诉我，这是我的连衣裙。"

"那我不告诉你。"

"你同意让她这样做的？"我感到头晕。尼克至少应该维护一下我对我最爱的衣服的权利。

"爱情与战争，或是那个怎么说来着。别担心，我会给你做条新的，等我们回家了以后。"

那条裙子会是什么样子的，我当然没把这句话说出口。我还是把幼稚的生气话咽了下去。

"目前的状况是怎样的？"

"很难讲。妍妮的行动比我想象的要有效，但是她已经很危险了。现在为止她已经两次差点被抓住。"尼克看了看倒车镜，"一件事很明确。如果米卡尔不快点出现，我们没有人再会相信他还活着。"

米卡尔在毛毯下动了一下，我小心翼翼地把手放在他的身上。

"我们尽可能地等一下。"

我告诉了尼克，我们和伊沃说了些什么。

"我们有更多的支援部队啦。"尼克说道。

"我们给了伊沃三天的考虑时间。我们现在只能等待和希望，他们会来。"

三天不是很长，但是我担心，等待依然是那么漫长。

当我们开过学校，我看到了熟悉的身影。

斯维特拉娜。

"她在这里干什么？不是所有的人类都已经撤离这里了吗？"

尼克耸耸肩。"她不想走。"

斯维特拉娜看到了我，开始向我挥手。我也举起手向她打招呼，但是她的手势没有停止。有什么不对劲。

我开始恐慌了起来。"尼克，停车。"

"我不能。我们有一个重要的货物需要运走，你不记得了吗？"

"那就把我放下然后你继续前行。我得和她说话。"

尼克按照我的指示做了。但是米卡尔开始反抗，我没给他那个时间——我把双肩包抱在怀中然后跳出了车。在他还没从毛毯下出来之前我把车门甩上了。尼克踩了一脚油门把米卡尔一起带走了。我松了口气。在众目之下米卡尔不会冒险从飞速的车中跳出来。

我背起双肩包然后走到斯维特拉娜那里。

"你好，莱依莎。你来了真好。我有事和你谈。"

"你不应该在这里，"我说道，"你要马上离开这个镇。这里很快会发生非常可怕的事情。"

她平静地笑了笑。"我已经听说了，而且我知道，狼族的内部将会有一场血战。然而这个与我无关：我是人类，狼人们对我没兴趣。我会照顾好自己。"

"我不相信你搞明白了这个事情。"

"我有打驯鹿的猎枪。还有银弹。"

我不知道说些什么。

"跟我来，咱们进去。我得告诉你一些事情。"

我同意了她的建议。我跟在她后面走进学校大门，然后通过走廊到达美术教室。

那里等待我们的是乱成一团的教室。这个地方第一眼看上去像个垃圾场。我眼睛看到了无数只装满了各种颜色各种东西的塑料袋。桌上撒满了纸箱，油漆瓶，画笔，铅笔，布料。一部分书架上是空的，地上放着一堆纸板箱。洗手台的前面堆着一大堆铁质品、弹簧和齿轮。

斯维特拉娜老师是个非常典型的美术老师：其他人的垃圾是她的宝藏。

"抱歉。我是想在我收集需要的物品的同时重新整理一下教室。一切都还没完成，而且离开学已经不远了。"

是的，不远。我不能去多想我的人生半个小时。

"你有没有和康斯坦联系过？"

"近期没有，"我回答道，扬起了眉毛，"怎么啦？"

"我昨天给他打了个电话。我在想那张你没有拍成功的照片。它让我想起一件康斯坦曾经告诉我的事情。事件严重地困扰着我，我想寻求他的看法。他有一个他认为可以帮助你的理论。"

"我不太明白。"

"康斯坦没有仔细地解释给我听。他说他会在太阳升起之前联系你，但是显然他没来得及。他说，那个对你很重要。我不知道，我应该如何告诉你这个……"

"请你告诉我。"

"康斯坦不认为，那张照片是有问题的或者是碰巧拍坏了。他的说法是，有某种能量，有不一样的魔法形状，人类的眼睛是无法看到的，但是可以在照片上看到。当某个能量在积极地使用魔法，它们的流动可以在照片上看到。"

"这是什么意思？"

"意思是，米娅·海基宁也许不是她看上去的那样。"

"她不是看上去的那样。"一秒过去了，接着两秒，然后三秒，然后我才明白她的意思。

所有的，我认识的，他们不是人类、狼人就是吸血鬼。我不知道我自己是哪个，但是我能确定，那个应该会有自己的称号。就像我朋友那样有自己类型物种的称号。我的大脑从没想过，也许不是所有人都能找到自己的称号。有可能某人会拥有一种以上的超自然能力。

"我们如何肯定？"我问道。

"你看过她其他的照片吗？"

"没有。"我住在狼山镇的时候也没和她有什么关联，更别说之后了。

接着我想起来，"我给她拍过其他的照片。那些还没洗出来。"

"你带着那些胶卷吗？"

我点了点头。我打开双肩包的最大的口袋，然后拿出相机。

"只有一种办法可以搞清楚此事。"

我们同时走向暗室。我把门关上的同时斯维特拉娜开始把各种罐子从柜子里拿到桌上。

她接过相机，把胶卷卷入显影转盘，然后放入罐子盖好。她仔细又快速地量了液体，速度的一半我都没达到过。若不是我迫切想知道结果，我一定会羡慕她那训练有素的动作过程。现在我能做的是不要阻碍她的行动。

我们说得很少。时间煎熬地过着，很多次我想终止她转动的罐子并且加速流程。我们唯一需要的是一张负片，可以证明康斯坦的理论是正确的。

虽然其他的胶片会被弄坏，但这我就不管了。

然而，斯维特拉娜很有耐心。显影，停影，定影，然后她冲洗胶卷，至少十五分钟之后，同意把它泡进快速能让它变干的化学药水中。

仿佛已经等了太久后，她把负片放入放大机中，然后打开了红色灯。我在它旁边弯下腰。

"圣母西尔维亚。"

我从见到过这样的。照片上米娅四周看得到的背景的光波就像米娅的存在是在强迫它离开。她自己在照片中央完全曝光。

我没有用过闪光灯。那些光波也不可能是这个引起的。

唯一我能想到的是："米娅·海基宁不只是个狼人。"

她是什么和这是什么含意，我没有一点头绪。

"就是说，这是真的。"

我吓了一跳。我已经忘了，斯维特拉娜站在我的身边。我点了点头。

我很惊讶，她说："我不会留你太久。我知道，你应该去某个地方。"

难道她知道，我是如何在关系到狼族的未来的中心位置上？难讲。

我说了一声拜，然后离开了。学校走道上我拿起手机。我犹豫了一下。我知道，我应该打给尼克，然后让他来接我。我只是不太确定，这是否是个最好的主意。我已经习惯了我们的对手是马尔蒂的想法。但是米娅……

我对她一点都不了解。米娅高中时是在妍妮的圈子里活动的，而且有着很明显的原因，我避开了她们。米娅一直看上去是她们圈子里最安静的一个——也许她比其他的稍微聪明一点，但是我依然觉得不太确定能否分辨出来。我不记得她在哪里特别耀眼过，或是做了些什么让我有印象的事情。我从没感到她特别针对哪件事情感兴趣。她和其他人都相处得很好，但是不与任何人是好朋友。我不记得她是否有过男朋友。

我不相信，甚至有谁会怀疑有巫术。

一件事能肯定：不能让她接近米卡尔。在我们还不了解她会什么之前，我不能让她接近我的任何一个朋友。要是她会用魔法使我们互相对战怎么办？或者控制其他狼人？

　　那样我会无法原谅自己。

　　我决定了。我选了号码。铃声响起之后电话转到了语音信箱。"妍妮，是我。当你收到这个留言的时候请你立刻去亚斯卡那里。我重复一遍：立刻。不管你现在做什么事情，这个更重要。"

　　我结束了通话。我往亚斯卡的房子方向走。我知道，我比较胆怯再次转回到亚斯卡那里，可是我需要藏身之处。我需要安静地想一想并且得有信心，这次马尔蒂不会在客厅里等着我。

　　妍妮知道，应该怎么办。她比任何人都了解米娅。同时我知道她不会浪费她的感情。她不会对米娅表示同情。

　　我感到内心一丝阵痛，我想起，我如何浪费了妍妮的宝贵时间去做那些我个人做不到的决策，但是我将事情想过片刻之后，我决定不再去想那些不必要的。我们承受不了任何失败。

　　而正是这个原因我没打给米卡尔。我无法猜测他对米娅能力的反应。我只知道，他不会撤回向马尔蒂挑战的计划。他不会把自己的生命给其他任何人。

　　最终，我到达了亚斯卡的院子。车不在，我很快想起它在尼克那里。我爬上台阶走了进去。

　　"亚斯卡！"

　　没有人回答。我往前走，进入客厅和厨房间看了看，但是没看到亚斯卡。我站着听了一会儿，也许他会在上面，但是没有听到任何地板的嘎吱声。

　　接着我感到了一股气流。我跟随着它走到了后面。

　　门是敞开的。

　　我的唯一的想法是，亚斯卡应该是在后院。我走了出去然后把门留了缝。我走了只不过才三步的时候，有谁向我扑了过来。

第十五章

我被猛地从背后按在了地上，我看不见是谁攻击我。我的脸朝下重重地摔在地面，眼睛漆黑一片。红色的星星一直在我眼前跳舞。我被对方反攫着双手和头发，揪了起来，。

"帮我给你那位相好传个话。"有谁用嘶哑的声音在我耳边说道。

我舔了舔嘴角，那里有鲜血的味道。"传个什么话？"我尽量用讽刺的语气问道。

乔尼站在我的前面。"这个。"

接着他一拳打在了我肚子上。

我跪倒在了地上。有谁接着推了我一把，然后我再次摔倒。我听到的比感觉到的更多，我身上穿的米卡尔的衣服从背后被撕开。声音感觉就像割开我身上所有的保护层，让我彻底瘫痪无力反抗。片刻，我想的是，他们要强奸我。光天化日之下在我住的内院里他们竟然要对我做这个，而我反抗不了他们。

我宁愿去死。

然而，他们没有再继续扒我的衣服。接下来我感到一只很大的手掌在我的皮肤上——或者是锋利的爪子，我的背被它狠狠地抓破。

我疼得放声惨叫。

有谁踢了我一下。我开始明白，攻击我的人有四个：三个人形和一个狼形的。我辨认出乔尼和佩卡的声音，并且刚才的一瞥看到了我怀疑的前高中体育老师。那条狼我没有认出来。

我几乎很快明白，甚至我不用尝试爬起来。我的身体缩成一团，用双手挡住头部，但是除了这些我根本挡不住他们想干的。我的眼睛布满了鲜血。我紧紧地闭住双眼希望这样能够阻隔所有可怕的事情。

我等待着接下来的拳脚，但是它没有发生。至少五分钟的时间过去之后，我终于睁开了眼睛然后把双手放在草地上。

我的左眼肿了起来完全睁不开。我试着用我的右眼细缝看清楚眼前的画面，但是我很快放弃了。

我的手机在附近响着。感觉永不终止的时间之后它再次停止了响声。我想要和自己抗争，看是否能够动一动还是永远躺在这里，直到我听到前院有一辆车开进来的声音。车门砰的一声关上，接着瞬间无声。然后有谁从沙子小路上往我这里飞奔过来。

"别动。"很快有个声音在我身边说道。是妍妮。

"我也不想动。"我沙哑地说道，虽然老实讲，她刚才的话让我感到有些震惊。这话一般是给那些已经伤得不轻的人听的。我看上去应该没那么惨。

"哪里疼？你能感觉到你的四肢吗？"

我必须佩服她的淡定。"每个地方都好痛，包括四肢。"

"好。"她脱口而出。她用一小段时间检查了一下我的伤情，然后在没有任何提示的情况下猛地把我抱了起来。

我疼得哇哇大叫。

"抱歉，但是现在真的没有其他办法了。"她朝后门的方向轻松地走去，仿佛我的身体重量她一点都没有感觉到。

"谁会相信，我会在你的怀里。"我低语。

"真的有谁会信啊。"

手机在什么地方开始再次响了起来。

"是你的手机响吗？"

"是的。"

"等一下再去管它吧。"

我们走进了屋内，开始妍妮想把我放在沙发上。她及时反应到，我不可能躺下，接着成功地把我翻了个身让我趴着。回到了安全的地方我感到放心但又感到疼得要死。肾上腺素开始从我的身上消失。

　　"我的急救知识到此结束了，"妍妮说道，"一般在这种情况下我们会变身。"

　　"感谢你的提醒。"我的声音不能正常地工作。我感到身体在发抖，然后我花了一段时间让它平息。"你需要知道一件事情。这是我刚刚才听到的。"

　　"什么？"

　　"米娅是某种女巫。她在帮助马尔蒂。"

　　"啥？"回答真的好快，就像自动式的回答。我看不到她脸上的表情，所以我只能凑合着接受这样的回答。

　　"我知道这听上去很荒谬，但是我们有足够的证据。"

　　"我打小就认识她。"

　　"所以我先打给你电话。在米卡尔还没挑战马尔蒂之前我们得做些什么。也许我们可以想出什么办法，让米娅放弃整个事情。"

　　"她会放弃整个事情的，只要我能足够地接近她。"妍妮沮丧地说道。

　　这正是我所担心的。"你还没明白。她会巫术。最坏的情况是她能控制你。强迫你让你跟着她一辈子。这些我们无法知道。"

　　"你是指，我们甚至不能接近她吗？你认为我可以怎么办？"

　　直接来讲，我不知道。我不知道，在我们任何人没有发生意外的情况下可以获得什么。

　　我的背疼得让我不能不向枕头做鬼脸。这也让我想起了我的文身。

　　"那条狼怎样了？"

　　"什么怎样了？"

　　"我的文身。"

　　"我甚至不知道你有文身。"妍妮嘀咕着，她往前靠近。她缓缓地掀开被血凝固在皮肤上面的衣服碎片，很能理解一般人不太乐意这么做。

　　妍妮在我身边弯下了腰。"它完好无损，"她终于说道，"一个抓伤就在它旁边，不过没有碰到。"

"总算还好。"

"你什么时候弄的这个？"妍妮无法相信地问道。

"我还和米卡尔在一起的那时候，"我没有直接回答她的问题，"而且我不后悔弄这个。"

妍妮坐在对面的沙发上。"我真的不知道，我们还会发生什么事情。"

"对你来讲，很简单。当这个结束之后你回奥卢然后做你想做的事情。"

"这不是你想的那样简单。"

"是的。你们狼人像被洗脑了那样相信，你们没有自己的向往。然而我看到这是不正确的。"

"你知道在前几个月我在做什么吗？去忘记，我是个狼人。去忘记，整个狼山镇的存在。然后依然，一个短信之后我又在这个镇上了。只有几个字就能让我准备付出我的一切。可悲吧。"

好吧，我正巧挖到了她的烂伤疤。我感到，我有义务尽我所能去弥补我刚才的口误。

"你回来，是因为你知道，这是正确的。"

"此话真的很动听，但是我不相信，你会懂。"

"我知道，你有多么坚强。我一直对此很嫉妒。"

妍妮用怪异的目光看着我。"好奇怪。我对你也有着同样的想法。"她把她的双腿抬到了沙发上，完全忘记她脚上还穿着鞋。我已经发觉了这个小细节，但是我改变注意。这不是去管那些无关紧要的小节的时候。

"很疼吗？"

"很疼。如果你不在这里的话，我会大哭一下。"

"别为了我忍着，"妍妮说道。我笑了笑。

"我的老毛病。"

事实上，她不会觉察到，我有多么感激她能来。不仅仅是因为她把我抱到屋里，还因为和她聊天能驱散我的恐慌。此刻，我想到，当他们撕开了我的衣服时，我有多么的无助。

"你还好吧？"

"还好。"我撒谎道，"我想，你能帮我清洗一下我背上的伤口吗。"

我告诉她哪里能找到急救药品，并且竭力振作自己等妍妮把东西拿来。

当妍妮开始用沾过消毒药水的棉花按在我的背上时，我简直想大叫一场。我的尊严没有让我这么做。我强迫自己面对现实。疼痛让我注意到某个具体接受不了的感觉，并且休克状态渐渐消失了。

"我知道，你一定不想和我说话，但是……如果你想说的话……"

我吞了一下口水。"谢谢，但是我还不行。也许等一切结束之后。"

"这很能理解，"妍妮说道，"我们狼人是从小被培养成这样的，但是你不是。"

"我以为，他们会强奸我。"

沉默。"莱依莎，我……"

"别。"

妍妮不吱声了。她结束了我背上的清洗，然后问我："你的脸怎么办？"

那个当然应该使用同样处理方式，但是我不想。"目前就让它去吧。"

"我可以去把双肩包拿过来。"她建议道。

双肩包还在后院。在我还没说什么的情况下，她离开了，她离开之后我有些后悔。妍妮只是想帮助我。那个，我无法接受她的帮助，对她非常的无礼。

妍妮一手拿着双肩包一手拿着手机回来了。她盯着手机的屏幕一直看。

"我很肯定以后必须得忘记露背装了。"

"我不知道。我一直觉得，疤痕很漂亮。狼人们很少会有疤痕。"

她往手机按了几下，然后把它放在耳边听着。

"你干吗？"

"我在听留言。"

"那里在讲什么？"

236

"米卡尔知道了。他已经在路上了。"

"什么？怎么会？就是说……往这里来了？"

妍妮点了点头。

不管米卡尔脑袋里想什么，目前看到我的状况都不太好。

"别让他进来。"

"我没办法。如果他命令的话，我必须服从。"

"希望情况不会变成那样。"

"我就不明白了，他是怎么知道的。"妍妮嘀咕着。

我们已经没有时间去考虑了，因为从后面传来了敲门声。

"他来了。"

"莱依莎！妍妮！"

"别让他进来。"我重复了一遍。

妍妮朝后门走去。她离开的时候看上去在猛吸空气，而且不只她是这样。就像我也感到，局势会变得更加灾难化的恐惧很快将要来临。

我听到门打开了。

"米卡尔。"妍妮向他打招呼。

"她在哪里？"

"你不应该在这里。"

"她发生了什么事情？"

"我不知道。你在说什么。"

"别想骗我。"米卡尔是更加强烈的警告语气。

妍妮决定换种策略。"你是从哪里知道她发生了什么？我们两个都没告诉过其他人。"

"这你就别管了。"他吼道，"我想见她！"

"她不想见你。"

这是事实，但这句话听上去是那么地刺耳。

米卡尔淡定。"让她自己来对我说。走开！"

"不行。"过了很久，我才惊讶地反应过来，这是否是第一次她对米卡尔说不，"莱依莎累了。我的意思是她当然状况很好，但是她最好能休息一下。"

"一公里以外我已经闻到她的血的味道。我还闻到了四个狼人的味道。不管他们做了什么，她不可能会很好。她也许只是在你面前假装很好。"

米卡尔太了解我了。

"我不能让你进去。求你啦，米卡尔，让我来处理这个事情。"

接下来的是一片安静，而且我不知道发生了什么。我幻想着场景，米卡尔会忍不住笑了起来，说："那就这样吧。"然后离开了。我不确定，这是我希望的还是我害怕的。

"妍妮。你现在马上退到一边去。"他没提高嗓门。他不需要这么做。但是我依然可以在客厅里感觉到那股命令式力量。

我看不到我背后的那边，但是从声音来判断妍妮没有服从。我听到他怒吼了，然后门被砰的一声甩上——我甚至可以发誓，妍妮已经不在房子里面了。

我感觉到的比我看到的更多，米卡尔走进了客厅。就像是乌云降临在热带雨林，所有的动物们躲进了洞穴里面，它们知道一只又大又可怕的狮子正在捕捉它的猎物。根据我的脉搏跳动野兽有可能随时扑向我。

他从我后面缓缓地向我靠近脚步幽灵般无声。我感到他蹲下身，但是我不敢看他。我对自己保证，这绝不是因为害怕而是侮辱我的尊严。

"嗨，还好吧。"他温柔地说道。

这让我吃惊。

"很疼吗？"

我的嗓子感到很干。我吞了一下口水，但是没什么用。"我能挺住。"

他把他冰冷的手指放在了我裸露的皮肤上，我被冷得哆嗦了一下。然而，他没有把手指拿开，而是开始缓缓地往身体的侧面和背部交接点移动。一阵阵凉意蔓延我的全身。

"别担心，我的宝贝。我会把一切事情处理好的。"

"米卡尔。"我说道。我想翻个身看向他，但是他温柔地按住了我的肩膀。

"嘘，你需要休息。一切很快就会结束。"

他捏着我的手同时亲吻着我的头，然后又站了起来。

"米卡尔。"我又想说。但是不知他听没听到，门很快打开然后关上了。我听到外面说话的声音，接着房子里又变得幽灵般的死寂。

"妍妮。"我说道。

我没有喊——我知道我不需要这么做。下一刻，她已经在我身边。

"你应该跟着他。"我说道。

她叹了口气。"我做不到。他要求我留在这里。虽然我也可以……我刚才就像你要求的那样做了，但是他一把把我推到了门外。一旦他体内的狼被挣脱，那时什么都控制不了他。"她把双臂交叉抱在胸前，烦躁地从一只脚换到另一只脚站着，"这正是马尔蒂所希望的。"她低声嘀咕。

我不理解。"什么意思？"

妍妮往上方举起双手。"你认为呢，为什么他们只是抓了你的背？他们的目标对准了你。整件事情的背后是针对米卡尔。"

目标对准我？我不知道，这是什么意思。然而我害怕的是，这不是最大的问题。

"你认为米卡尔会做什么？"

她闭上双眼。

"妍妮。"

"唯一的，现在他能做的，"她回答，"他去挑战马尔蒂。"

"可是……他准备等待，直到收到卢皮尼人们的答复。他不可以一个人去。马尔蒂会在米卡尔还没靠近他之前把他杀掉的。"

"你认为，米卡尔会不清楚这些吗？他还是会去的。况且我几乎能肯定，他挑战马尔蒂根本没什么问题。"

"你的意思是……"

妍妮严肃地点了点头。

"但是为什么马尔蒂想要米卡尔现在挑战他呢？昨天他对米卡尔还害怕得要命，准备借助银弹……"我的声音变小了。在我还没把话讲完之前我已经知道答案了。

马尔蒂不傻。他知道，他必须保持尽可能多一点的狼人围在他身边。他唯一的问题是，他找不出对付米卡尔的理由。米卡尔一直受到狼山镇镇民的喜爱，甚至那些讨厌丹尼尔的也对他认可，与丹尼尔不能相提并论。

没有正当理由干掉米卡尔会导致整个狼族反对马尔蒂。但是如果他从米卡尔自己提出挑战的搏斗中战胜了米卡尔，谁会责怪他不公平呢？

胜利能够最终确定他在狼族中的地位。甚至丹尼尔归来也不能摇动那个地位。

我闭上双眼。我片刻都不能相信，马尔蒂没有策划整个事件的过程。

"米卡尔昨天被银弹击中了？"妍妮问道。她的声音有某种，让我细看她的举动。

"他们把流血的他留在了树林里面。我把子弹拿了出来。"

"他的身体里依然有银弹的残留。"她低语，"这会致命的。"我从她的声音里听到了失败的感觉。我好想扇她一个耳光让她醒醒。

"搏斗什么时候举行？"我问道。

"如果我们没猜错并且这绝对是马尔蒂的计划的话，搏斗将会尽快举行。米卡尔必须先面对面地向马尔蒂挑战。然后大部分的狼族应该在场。如果马尔蒂了解什么，他对这个也会提前安排。等狼族投票通过和民众大会结束，搏斗马上就会开始。"

一旦马尔蒂出现在自己认可的搏斗战场上，他所有的支持者都会为他投票。那么米卡尔的支持者们也会这么做，因为他们相信他会获得胜利。他们只是不知道所有的事情。

就像米卡尔也不知道。

"米卡尔不知道米娅的事情。"我说道。

妍妮踢了踢茶几。"可恶！才刚开始显示我们还能改变这个！"

米卡尔已经踏上死亡的方向，而我对事情无能为力。我能做的只是趴在沙发上总结着所有我失败的事情。

我真的是疯了才会幻想自己能够帮助丹尼尔或者狼族。更加疯的是我会认为，谁都不会有事。取而代之的，我应该关注的是保住米卡尔的性命，但实际上我关注的是保持他和我的距离。在我拒绝的感情上我浪费了太多时间和精力，它可以拯救五个狼山镇了。

甚至也许还能成功地把自己救出。我被乔尼、佩卡和其他两个狼人打倒在地。我反抗不了。他们会对我做出任何事情，并且我抵挡不了他们。

我想起了妈妈。她保护了我，因为她知道生活在狼族中意味着什么。她知道，事情会变成这样。如果看到我现在的状况她会怎么讲？她会有多么失望？

我好傻。而且好没有。又傻又没有的女孩让她所有的亲人死去。

仇恨开始在我内心中燃烧。我想站起来然后去修复一切事情。我想证明我是错的。

燃烧的火焰在我身体里沸腾并且找到了通往背部的路途。接着它点燃了我的伤口。

疼痛模糊了我的视觉。颜色和形状在我眼前跳舞同时我陷入了深渊。我想大喊，但是我的声音消失了。"我"消失了。片刻我的身体没有了感觉，我只感觉到疼痛。我不知道我是活是死。

接着我大脑再次恢复了知觉。很快我让大脑把全身过滤了一遍，我发现我还活着。我依旧感到痛苦，不过我感到缓和了很多，能让我喘口气。只是我的脸开始极度地刺痛，使我必须咬紧牙根。

妍妮睁大着双眸看着我。"莱依莎，你是怎么啦？"

背上火辣辣的感觉开始消退。我吸了口气。"我们去救米卡尔，我保证。去做一切可能的事情，一切你能想到的。对一切有可能的事情押注，那些马尔蒂不让镇民们知道的事情，他掠夺了萨里家的财产，任何他们不知道的事情。只要你能够把局势变得混乱，让米卡尔和马尔蒂之间的战争推迟。"

"你的意思是，你有计划？"

我点头。

"你的背……这不可能。"这话听上去不像是问题而更像是提出反对意见。她的眼神不停地看着我的背部方向，我知道，她看到的：份口已经愈合。

"按照我说的做。"我命令着妍妮。

片刻我感到妍妮在困惑，但是接着熟悉的坚定决心回到了她的眼神中。她点了点头。她脱掉了衣服朝后门走去。

在门口的时候她停了下来。"你可以做到，"她扬高了一点嗓门向我说道，"你只要从这扇门走出去。"

"走吧！"我喊道。

门打开了，接着我听到爪子在地面上行走的声音。

我深呼吸。我很开心，妍妮成功地撤销了米卡尔的命令，但是我强烈地怀疑，她是否有机会。她是一个人，面对马尔蒂和米卡尔。马尔蒂是首领；米卡尔已经领先一步并且在愤怒之中。我寻思了一会儿，我是否真的让妍妮去他们那里。妍妮可能会遇上麻烦。

我缓缓地坐起。直到我站起都没有感到一点问题。我往附近的镜子那边走了几步。我的感到四肢像羽毛那般轻。就像引力改变了我遇见以前的经历。

我看着镜子。我脸上的各处血迹已经变干，我的衣服已经完全支离破碎，但是没有什么可以暗示，我不久前刚刚被四个狼人攻击。

"天哪！"

我的手指曾经被割破过好多次。而且手指多次被锋利的纸划破。烫伤也是家常便饭。另外我的膝盖还留着伤疤，记得是小时候从秋千上跳出来的失败动作造成的结果。

从来，我的伤口从来没有恢复得如此快速。

就像米卡尔说的那样，画面是我的天赋。而不是奇迹疗法。

然而，我没有时间疑惑。我穿上第一眼找到的衣服，穿上跑鞋。从后门往树林的小径一路飞奔。双腿用着破纪录的速度把我带到主干道上。我知道我能在那里找到米娅，那里我可以找到所有其他的狼人：森林中的广场。狼山镇的主干道上有源源不断的汽车和狼人，他们有着和我一样的目的地。一些擦肩而过的镇民转身看着我，但是我继续往前跑。他们的疑惑已经不再有什么意义了。

我的注意力集中在唯一一个没有和其他人同样方向行动的狼人身上。他沿着小路一直走然后转入图书馆的方向。在我认出他之前我大脑的警钟已经开始敲响。

是佩卡。

我继续跑，我心想："别让他看到，他被我发现了。"

他往背后看了看，确保没有被跟踪，然后走进了图书馆。这使我产生了好奇。他要干什么？

"他知道你想要问的全部问题。"一个声音向我说道，"难道你不是也想从他口中撬出些答案吗？该是他还债的时候了。"

我完全被恐惧包围。

"不要被你的恐惧吓退。"那个声音说道。

在我还没回过神来之前，我已经跑到图书馆的大门前，快速地把大门猛地拉开。我期待着在大堂里面马上看到佩卡，但是里面是空的。我立即走过借书服务台往书架群的方向前行。我左右张望，但是没有发现任何人。我爬上了二楼，那里是阅读室，我走了进去。

我在阅览室用屏风分成两边的空间里面来来回回走了两遍，确认室内是空的。我到底在干什么，真的是在犯傻。我在分神，在浪费宝贵的时间。我应该迅速去森林广场并且希望，搏斗还没有开始。

突然，有谁在我的后面推开了门。

我吓得跳了起来。

佩卡站在门前。他的某种表情在告诉我，他看到我很吃惊。接着我反应过来，因为唯一能显示之前我被他攻击过的迹象是我头发上已经变干的血迹。不过他尽量掩盖他的吃惊反应。

而我的样子看上去像一头受惊吓的小鹿。他奸笑了一下。"看来你一点都不想放弃。"

我暗骂了一句。难道他给我设了个陷阱。我干吗要追他？突然间感到这毫无意义。

"我不会放弃。"我说，"我想，你可以告诉我，你在这里干吗？"

"我可以问你同样的问题。我来这里确保没有人还没去森林广场。但是我不相信你也被邀请。"

"我来这里，是让你可以回答一个问题：马尔蒂对丹尼尔做了什么？"

"我还以为你是来和我打架的。"我不确定，但是很有可能，我听到了他在害怕的声音。但是，这没有安慰到我。

"我可没有时间和你磨蹭。给我回答问题。"

"这个你应该问马尔蒂。"他说道。

"看来是得这么做。"我的声音比我感觉到的要勇敢。

我往他的方向走了几步，并且希望他能从门前走开。当然，他没这么做。

我站在离佩卡差不多只有十厘米的前面。我可以闻到他——并且这让我记起我有多么无助地被他乱打，乱踢和侮辱，有多少的气体从我肺部跑出，片刻我以为它们永远不会再回到体内……

我需要发泄。

我使劲地向他冲了过去，这让他大吃一惊，他一个躲闪，我从他身边冲了过去，我的手碰到了门的把手，佩卡攥住了我的手臂。

我先是惊慌失措，恐惧同样的事情将会再发生一遍——这次我的身体或许不会再修复我身上的损伤。这次我不会再被妍妮抱住，阻挡崩溃的内心。这次我不可能再相信自己，我还能救米卡尔。

这一次我也许活不下来。

这个想法让某样东西开始产生变化。就像摄影师拿着相机往后退，把特写照变成了半身照。我不再感到可怕——只是距离。接着我的身体在燃烧。

"放开！"听起来像我的声音高喊。

佩卡没发觉什么。"你干吗急着去哪里呢？我们可以说说话。我正在想，那有多么方便，如果你被不小心关在这里。"

我片刻把眼睛闭上，我感到，电流不断在我全身流动。我感到自己很强大——就像我从来没有过的强大。

我往后退，挣脱了他的手。他不再抓着我的手，而是把手摸向他的眼睛。

他放下手，眨眼。闭上双眼然后又眨眼。

"我看不见了。我什么都看不见。"他恐慌的叫声，让我感到满足。

"你永远不应该低估你在和谁做对，"我说道，"虽然你这种畜生当然不会知道。"

"你对我做了什么？"

我皮笑肉不笑地说："你眼睛睁着，但是你看不到什么。这个对你每天的生活有多少影响？"

佩卡站直了一点。我可以看到，他在用他的鼻子——狼从来不会像人类那样依赖眼睛。他向我的方向转身。

"告诉我，我应该做什么。"

"哈。你真的很快就能出卖你主人的秘密？"

"我才不管马尔蒂。"他说道，"你提问，我就回答。"

他没有我想的那么笨。

"我想知道，丹尼尔在哪里，什么导致他回不了镇子。我还想知道，米娅·海基宁会什么以及什么能够阻止她。"

佩卡安静了一会儿。"你知道的要比马尔蒂猜到你会知道的更多。"

"如果你想恢复你的视觉，你最好别给我浪费时间。"

"丹尼尔在镇子的外面，米娅把他挡在那里。"

我想了想他说的话。"外面？这是什么意思？"

"他和狼族之间有个隔离墙，他穿不过那个隔离墙。他不可以踏进狼族的领域，他也不能和狼族的成员联系。克里斯汀娜也是同样情况。狼族里面根本就没有他们。"

"米娅是怎么做到的？"

"米娅的妈妈是个女巫。"

我哼了一声。"告诉我一些对我真正有用的。"

他摸索了片刻直到摸到了墙面。"我不是太清楚。马尔蒂对此说的少之又少。不过我的理解是，米娅会控制某种能量。她会把它们收集起来并且把它们注入到其他地方。她没有把这些能量注入自己身上，她一直在变弱。"

"她把那些能量给了她爸爸。"

我想起米卡尔提到过的狼族之间的纽带和磁场。这一切与佩卡说的完全符合。米娅能够操控狼族的某种能量。她把丹尼尔关在狼山镇的外面，并且把他控制在那里。

"如果你想看到那个战斗，你得快点了。"

这让我想起现实的状况。我不是去救丹尼尔，而是米卡尔。我已经浪费了太多宝贵时间。我从佩卡身边走过。

"难道你不想知道你的第二个问题的答案吗？"

我停住了。我想了一下决定吞下他的诱饵。"米娅如何可以阻止？"

"这你得付出代价。"

我哼了一声。"你真的以为，在这种情况下你可以讨价还价？"

"当你离开的时候我的眼睛得跟自己恢复视觉。"

我犹豫了。我知道，这只是他的打赌而已，不过赌得不错。而且我的踌躇证明了他的赌注是正确的。可恶。我没有时间玩这种游戏。

我使用我最甜美的声音。"你还想不想活到明天呢？"

"而你怎么保证它？"

"我当然不能保证，"我说道，"碰巧你很快就会有很多敌人。然而我知道，一旦当米卡尔赢了这场搏斗之后得知你做了什么，他肯定，他是第一个也是最后一个在他手中解决掉的。"

我知道他明白我是什么意思。我决定再把话挑明了。"你想米卡尔会说什么，当他下一次看到你？感谢你背叛了他然后打了他女朋友？"这个情况下我不能说我不是米卡尔的女朋友，"正确的答案是：他什么都不会说。他直接把你脑袋敲碎。"

佩卡看似在考虑此事。我内心的一部分惊叹，他严肃对待我说的，证明，他相信米卡尔有能力取胜。米卡尔真的会那么做；另一部分我感到这个问题的本身，整个局势只不过是场乏味的游戏。

"我怎么知道你能保证你的诺言？或者米卡尔会听你的？"

"我向你保证，这就够了。我只要要求，米卡尔就会去做。这是他欠我的。"我说话的同时我知道真的是这样。

"好吧。"他把双手攥成了拳头，然后又把它们松开了，"唯一能够阻止女巫的是把她杀掉。"

我的反应再次变成了奸诈和善良两种。我的奸诈赢得了胜利。"怎样？"

"米娅是狼人。我完全肯定，你知道怎么做。"

我再次往门的方向走去。

"米卡尔应该很满意你不是狼人，"佩卡低语，"你多么有支配性，你甚至能夺走他的首领地位。"

如果他还想说什么，我已经听不到了。我已经往大门走去。

我知道我该做什么。

＊＊＊

约翰已经把大部分枪从狼人们那里收走了，不过我的猜测是正确的话：他不会记得斯维特拉娜。

"小心点。"

当我向她要来了猎枪，这是她唯一和我说的话。仅仅这句话我就对她永远地感谢。

我知道我得谢她，但是喉咙像是被疼痛堵住。我在还没来得及想太多之前离开了，真的是好奇怪，我的老师借给了我猎枪，让我可以去杀某个，也是她的学生的。

不，我不可以这么想。

我跑到了街上。交通拥挤情况已经消退。甚至狼庭旅馆的停车场也差不多空了。有谁从旅馆的边门走出，急匆匆地转进车里，看都不看我一眼的踩了油门就离开了。

小镇充满了时间终点的气氛。

我听到身后的声响。我转过身。有辆车朝我的方向开了过来。

我跑到它的前面，举起猎枪往驾驶者的方向瞄准。

车急速地刹住车。

我跳进副驾驶座位，把车门关上。

"把我带到森林广场。"我说道。因为我拿着枪，我有必要说，"或者我会开枪。别以为，这个装的不是银弹。"

几分钟以后，这个在路上被我撞见的狼人哼了一声，不过还是踩了油门。

"亚斯卡永远就不应该扮演什么爸爸的角色。"他说道，"你变得就像个恶魔。"

我对此无法反驳。

车程只不过十分钟，但是我觉得，在这个时间之内世界已经来得及结束并且重新开始。我的脉搏在加速——我意识到，我不仅仅只是紧张。我根本不能肯定我是否能够完成为对自己布置的作业。我知道，没有谁要求我把事情变得更加困难。我可以撤退。我可以的。我只是不知道，我是否可以和它一起生活。另一方面我不知道，我是否可以用其他方法和它一起生活——我可以成功的。

抓着猎枪的手心开始冒汗，这是一把也许很快会变成杀人武器的枪。

"别这么想。"

正当我需要它的时候，仇恨又涌上心头。他们没有权利。他们已经越过所有对他们设置的界限，并应该得到的他们将要面临的一切。针对宇宙秩序的影响，他们自己写上了自己的命运。

我看到了窗外的山坡。

"把车停下来。"

我从车上走出。在我关上车门之前，我说："你回到你原先的地方。你不可以告诉任何人。如果我在观众中看到你，你知道，你会发生什么事情。"

我转身往树林跑去。我把枪背在身上然后继续前进。我决定绕过广场，就像上次那样站在广场的另外一边——这样我可以在山坡上找到一个让我能够很好地观看搏斗场地，同时我不会被发现的地方。

我依然能够比往常任何时候活动得更快。枪时不时地在敲打着我的肩胛骨让我的大脑想起，几千个战士如何希望身上背着的步枪不要一直敲打他们的背，而我也在经历着这一部分。

不管世界怎样变化——战争一直在发生。

我将要接近山的另一边时，我变慢了速度。我望着天空。云朵形成了黑乎乎的蕾丝图案，它们向我的方向移动。风是朝着我吹的。只要我的身体够低，以及找到某个阻挡物庇护我，下面的人就应该不会发现我。

最后几米路我躲在了一颗大石头的后面。我往石头右边悄悄地移动然后往下看。

我在的地方要比我想象的更近：十米，最多二十米的上方。我可以看到大部分聚集在广场上的狼人。最重要的我可以看到群体中央站的两个人：

马尔蒂和米卡尔。

接着我听到有人在说话。"现在我们有机会决定，这个狼族的未来是什么样子的。就像我之前讲得那样，马尔蒂已经努力地在隐瞒他的计划。完全有必要询问，为什么？他隐瞒了什么？"

片刻之后我才意识到，讲话的人是妍妮。她站在观众群体中，靠近米卡尔，她像个政治家在讲话。

"我的计划一直是非常公开性的：我想把这个镇复原到以前的样子。"马尔蒂面对着观众。他的样子夸张地沉稳，我知道他企图刺激妍妮。"狼山镇应该是狼人们的家园和安全地带，但是丹尼尔·萨里和他的旅游项目导致镇上目前人类存在的状况。为了钱他把我们卖了，但是我要把所有的买回来。"

有几个观众在点头。妍妮想要再说什么，但是米卡尔阻止了她。

"你用欺诈的行为得到了首领的位置。在我们没有机会与你搏斗或者甚至对你发誓我们的忠诚的情况下，你把我的家人赶出了小镇。你掠夺了我的家和我的财产。你勒索和恐吓狼族的成员，并且开始毁掉那些有可能让狼族独立的商业活动。没有了旅馆和滑雪中心的收入我们将放弃许多好事情。

"一切上述提到的事情可能某一天我会原谅。我可以评估你的行为并且去想，一切是由于嫉妒、害怕和懦弱性质，导致你永远不能够遵循任何原则。这一切让我感到难过和生气，但是我能忍受。"

他停顿了一下。"然而，你攻击了我的伴侣并且给她留了你的记号。为了这个原因我要杀了你。"

"你应该看看自己。我从来没有见过任何狼人如此荒唐地宠信人类。"

"是时候开始正式的搏斗了。"站在他们略靠近右边的一个女人说道。她穿着一身黑色，我知道我以前看到过她。片刻寻思之后我的结论是，她应该是马里塔死后狼族最年长的女人。我先感到奇怪，她为何被选为裁判，但是接着我想起，女人不可以追求首领的位置。这个让她至少在理论上要比任何男性更中立。

她的话意味着，选举已经结束。

"是的，尊敬的遗孀，"马尔蒂说道，"我呼叫我的第二选手乔尼·科尔霍宁。"

他们真的在使用"第二选手"这个词吗？

"我同意。"乔尼从人群中挤出，站在马尔蒂的身边，从他的表情可以判断，这是他从来没有碰到过的最刺激的时刻。我摇了摇头。同时我知道为什么马尔蒂会选他：乔尼的体形比一般的狼人要大，并且身体处于良好的状态。我一点都不会怀疑，他是个愚蠢伟大的战士。若是米卡尔和马尔蒂两个都死掉的话，获胜者变得不确定，乔尼就会继续马尔蒂留下的搏斗。

老女人点了头。"米卡尔，你叫谁？"

我跟随着他的目光。他找到了在用小小的点头作为回答的约翰。他开始往中央移动。他经过的狼人们，完全没有让他的前行变得容易——马尔蒂的支持者觉得他是第一号叛徒。他依然看上去非常地坚定，我为他感到骄傲。他站在了米卡尔的这一边。

"让他过去。"老女人命令，接着约翰的路道开始变得明显轻松很多。他到达了中央，然后站在米卡尔的身旁。

"约翰·卡尔沃宁你是否答应这个任务？"老女人问道。

约翰点头，然后说："我同意。"

我发现小路的方向有什么在动。我向那个方向望去。我看到一个瘦弱的金发女孩吃力地朝观众群的方向走着。她穿着牛仔裤和淡绿色的卫衣，若不是我对事情的深度了解，我会猜她顶多十五岁。她站在马尔蒂和米卡尔远处的外圈。

米娅·海基宁已经到达现场。

第十六章

我抓紧猎枪。我很担心，一个不小心，在我大脑还没给我指令之前，手一晃，子弹已经飞向米娅。同时我不确定，我是否应该等待我的大脑给我指令。如果它从来没搞懂过究竟发生了什么事情的话，我是救不了米卡尔的。

我看到了另一个熟悉的身影。亚斯卡。他还安全地活着。我担心在他们攻击我之前，乔尼、佩卡和他们一伙的人对他做了些什么。

离他不远的地方站着的还有尼克。

老女人继续讲应该遵守的规则。

"马尔蒂，作为被挑战者可以选择你想要的形体，狼或者是人。"

马尔蒂讥笑地看着米卡尔。"就像我的挑战者希望的那样把他的恶兽放出来，我选择人形。"

"好。"米卡尔脱口说道，"在你终于意识到你要死去之前，我要看到你人形的眼睛。"

马尔蒂大笑。狂笑，这使我感到我从没有这样愤怒过和鄙视过某人，此时我感到他是那么可恨可耻。我已经恨不得想让米卡尔撕烂他的嘴。

"我给你们一些时间准备。"

虽然老女人没再说其他什么，观众们立刻开始往前拥，把整个搏斗的外圈挤得水泄不通。只有米卡尔、马尔蒂和裁判站在圈子的里面。看来不需要什么拳击擂台——米卡尔和马尔蒂完全被围困住。这并不是说他们希望这么做。所有的迹象表明，他们会搏斗到死。

两人已经把上衣脱掉了。我望了望天空确认，随时都会开始下的雨——

这对这场搏斗不是一件好事。只是我不相信，狼人的规则中会提到由于天气的缘故终止搏斗。

米卡尔从小爱好搏斗运动项目。他年轻、健康并且果断——从逻辑上来讲，他能轻而易举地战胜貌似不太运动的中年狼人马尔蒂。然而，我有着自己的猜疑。

我再次从观众群体中找到米娅。她依然用连衣帽遮着头站在离搏斗场地隔着有几个狼人距离远的地方。我不太肯定，她是否能看到什么——她的眼神是那么呆滞。就像她把自己置于另外一个星球，如同行尸走肉一般。

妍妮开始用武力找出可以往围圈中央走的路。她毫不吝啬地使用她的手肘，并且没有几个狼人敢与她对抗。她成功地挤到了米卡尔的附近。

"妍妮·涅米，我的了解是你应该站在这个围圈的外面。"

妍妮没有理睬她，她只是踮起脚尖用手碰了碰米卡尔的下巴，让米卡尔把他的耳朵往她的嘴巴方向凑过去。她悄悄地对他说了一些其他人完全听不到的话。米卡尔没有吭声，不过点了点头，意思是他听懂了。

"我很抱歉，遗孀。"妍妮提高嗓门朝老女人说道，显然她一点都不觉得抱歉。当她往后退，回到围圈之中，她的目光依然停留在米卡尔的身上。

米卡尔的目光瞬间像闪电般投向米娅。

我感到松了一口气。妍妮成功地告诉了米卡尔。虽然不知道会怎样，但是终究有些用处。也许，这能帮助米卡尔获得胜利。也许，我不再需要开枪。

"搏斗开始。"老女人往后退的同时喊道。

还好，她及时离开，因为百分之一秒之后，她刚才站的位子，是米卡尔踢出第一腿的地方。

我从来没见过搏斗比赛，不过我敢肯定，没什么能替代我眼前见证的场面。一般情况下狼人们把自己的超能力严密地掩盖起来——谁都不会猜到，在大街上悠闲行走的米卡尔或是躲在大胡须后面的马尔蒂会是什么其他种类，而不是人类。现在这个场面是从来没有听说过的。他们的每一个动作都偏离人类可以做到的。此外，两人的双瞳同时闪烁着金黄色。

米卡尔的战术明显是速战速决。这很有必要，因为考虑到妍妮刚才告诉他的什么。时间拖得越久，他能取胜的机会就变得越小。

马尔蒂躲开了米卡尔踢向他的太阳穴的重重一击。如果一般的搏斗之中禁止打头的话，这些规则在这个搏斗之中是无效的。事实上我不敢相信，他们有什么规则。马尔蒂试过一次反击，但是我觉得，他没有使出全力。他在等待正确的时机。我望了一眼米娅。她闭上了眼睛。

米卡尔踢中了马尔蒂的肩膀。踢的力道让我相信这样的攻击打在任何人类的身上会骨折。但是马尔蒂不是人类，他就像什么都没发生过似的继续搏斗。紧跟着米卡尔又击中了他，这时马尔蒂身躯晃动了一下。毫无疑问谁占据了上风。

观众一片肃静。雨开始下了起来。

米卡尔良好的开端之后我的希望开始逐渐下降。就像他控制搏斗那样，马尔蒂巧妙地避开和使用他自己的力量对抗米卡尔。任何阶段他都没有使出大胆的或是特别的动作，但是，他使出的那些让他存活着。马尔蒂明显是想让对方在他还没使出所有最有力的动作之前累垮。但是搏斗越是继续，我越能肯定，马尔蒂赢不了。

雨开始让地面变得极为不忠诚，我发现它妨碍马尔蒂的动作要比一直加倍活动的米卡尔要少得多。米卡尔像是一个战神，裸露着被雨珠打湿的胸膛在乌云底下战斗着，但是马尔蒂正好保持和米卡尔足够的距离。

正当我在想，雨水给了马尔蒂完美的机会遮盖他的巫术时，米卡尔滑了一脚。

当我看到米卡尔挣扎着保持平衡，我的心跳到嗓子眼。他没有真正摔倒，但是摇晃正巧影响了他的重心，导致马尔蒂乘机朝他的下巴重重地击了一拳。

米卡尔滚到了马尔蒂的另一边。在马尔蒂还没来得及预测到他的动作之前，他及时爬了起来，但是我看到米卡尔的脸上已经留下了痕迹。他呸了一声，吐出了口中的血水。

"向我发誓，你对我的忠诚，我就让你活着。"马尔蒂说道。

"我向上天祈求原谅，我可以快点把你杀掉。"米卡尔回答道。

我又一次把注意力转移到米娅。她的下巴往下低，但是她的目光看上去是在米卡尔那里。我几乎能肯定，她看上去比她刚才来到现场的时候要有朝气。

我感到不解。我以为她把她所有的能量给了她老爹使用，那样她老爹能更有能力搏斗。然而，她是在把注意力集中在米卡尔的身上。

接着我恍然大悟。她在吸收米卡尔的能量。马尔蒂应该只是在等待，等到米卡尔足够虚弱，然后攻击。

米娅会吸干米卡尔的能量。

我看了看猎枪。我知道，我应该怎么做，但是我依然在想，是否可以避免这样的做法。接下来的一踢米卡尔也许能够成功把马尔蒂踢在地上，那时搏斗就会结束。当机会在他面前米卡尔不会耽误。不管米娅施了什么样的花招，它看上去不是很快会发生。优势依然在米卡尔那方。

米卡尔再次使出精彩的连环踢，最后的几次一直踢中了目标。马尔蒂痛苦地呻吟了一下。他的肋骨被击中，我希望这能阻碍他的活动性。不过片刻之后他仍然出手还击。

这引起了我的怀疑。米娅的目光看向了她的爸爸，过了一段时间又回到了米卡尔那里。

不过能量交换明显让她身躯变弱。她的身躯比原先站的更弯的一点，并且用一只手按着肚子。

我的大脑第一次显现出一个想法，只要她足够长的时间施在魔法上面，我根本不需要把她杀掉。她会把自己弄掉。

或者更确切地讲：她的爸爸会这么做。这是他可悲地利用他女儿的能力对权利的饥渴，并且还不断继续。现在当我知道时，什么是马尔蒂的秘密武器，我敢于怀疑，米娅参与的比我们猜到的要多很多。幕后唯一需要注意的是，马尔蒂足够强大能够应付一切。也许米娅能够在某种状况下控制某种能量——这能解释，为什么这么多狼人愿意相信马尔蒂说的话。也许米娅能够临时增加他的魅力。

一切，她做的，是她的爸爸要求她做的。就像我多次试过的那样，我无法责怪她什么。她和其他人一样是她爸爸的受害者。

马尔蒂将会为此付出沉重的代价。

我又再次向搏斗集中注意力。我震惊地发现，米卡尔的身躯开始显露出疲劳的迹象。他无疑依然在使出他最大的努力，但是他踢出去的脚和甩出去的拳头不再那么又强又有力，而且好几次他不能足够快速地从攻击转换为防守。他的双腿在已经变成泥潭的地面上打滑，并且他的呼吸也明显变得比刚才急促。唯一没有改变的是他那坚定不移的眼神。如果搏斗是取决于它的话，他早就已经胜利了。

马尔蒂当然看上去没有相同的问题。相反他看上去比搏斗之前要精神得多。

我的目光转向妍妮。她企图给米卡尔像米娅给马尔蒂魔法那样的意志力。

米卡尔摔倒了。马尔蒂立即乘机往他的脸上直接击出一拳。

我别过头往其他方向看去。泪水无法抗拒地往我的脸颊上流淌。

时刻已经来到。

我往大脑里刻画出米卡尔笑容满面的脸孔。我想象着，他的脸上怎样抛弃一切担忧的表情。嘴角的一边明显比另一边高，双眸闪烁着调皮开心的光芒。我把它刻画在我的大脑中——或者更确切地讲是我的心中——同时我站了起来。广场上的任何一个狼人现在都可以看到我，只要他们往这边看。

我永远不想面对，这种我必须在我前男友和老同学性命之间做出选择的状况，但是这正是现在的问题。如果我不做什么，米卡尔会死去。唯一能救他性命的办法是米娅付出生命的代价。

片刻我考虑着想对准马尔蒂开枪。他是整件事情的罪魁祸首，他活该。然而，这只会意味着，接下来轮到乔尼出场，而且毫无疑问的是，米娅不会让米卡尔获胜。当她的爸爸被杀掉之后不可能会这样。

只有一个选择。

我抓起猎枪，笨手笨脚地装上子弹。我哭得太厉害，让我已经看不清楚前方。然而，这已经不重要：我的能力的关系在乌黑一片的夜里也能射中米娅。

"请原谅我。"我说出了口，我也不确定我指的是谁。

"把枪给我。"一个声音在我背后说道。

我惊跳了起来。我的第一个反应是，我在忙乎着自怜之中居然让某个人悄悄地从山下来到了我的身后，这一切将会结束了。我失败了。

所以我的不知所措比我看到的这个更强烈，因为，说话的人是丹尼尔。

他站在离我几米远的坡上，低头看着我。黑色的头发，蓝色的双眸——就像米卡尔那样，而且依然那么的陌生。唯一的阳光在他的太阳穴形成了完美的光点，我不能确定，他是真是假。

"你在这里干什么？"我悄悄地说道。我立刻明白过来，这是个愚蠢的问题；事实上，我应该问："为什么你才来？"但是我的舌头不再愿意纠正它的动作。

"把枪给我，"丹尼尔重复了一遍，"我来处理这个。"

我摇了摇头。"你不懂，"我说道，"米娅是个女巫，她用魔法在帮助她的爸爸。如果我不把她杀了，米卡尔会死的。"

"我知道。"

"你知道？"

"你已经做得很好，"丹尼尔说道，"我为你自豪。现在你的任务已经完成。去其他人那里然后在那里别动。我不想有谁把你和这个联系在一起。"

"可是……"我不知道说什么好。我不知道，丹尼尔如何成功地回来，我也不知道我是否能够相信他。

我已经做了很多。我用尽一切努力为了拯救狼山镇。我与我自己的恐惧做斗争并且扼杀我所有的痛苦。我让我的感情流干。

"莱依莎，这是我的狼族。把枪给我。"

这句话让我的大脑变得稍微清醒了一点。我点了点头，把猎枪递了过去。丹尼尔检查了一遍枪内是否装好子弹。

他亲吻了一下我的头。我完全惊呆了，我甚至不觉得这个很奇怪。

"现在，快跑吧。"

我就这么做了。

山坡的这一半非常陡峭，让我几乎可以直接滑向广场。我得绕到它的另外一边走。我跌跌撞撞地往坡下走，时不时地抓住树杆做支撑。每个脚步会产生小型的泥石流，石子和松果从我面前蹦飞到树根。我大幅度地朝广场的左侧方向转身，所有的人都在那里。我躲闪着右边和左边的树木，最终踏上了平地。我跑了很久，然后我遇见了观众——我之前没有注意到，雨下得有多么大，但是我意识到我浑身湿透了。头发已经紧紧地粘在脖子上和脸上。

谁都没有注意到我，当我开始挤进离搏斗中央更近一点的位置。

一群大地色发色的脑袋中分辨出一个染成金色头发的脑袋。

"尼克！"我叫道。我把挡在面前的人群推开，尼克转过身躯。

"嘘，小声点，莱依莎。你到底去了哪里？"

我没有回答。取而代之的是我直接扑进他的怀里。我用双手盖住耳朵，紧紧闭上双眼。

然而，这也不能阻止我听到了回荡在空中的枪声。

＊＊＊

当我们的四周变得完全混乱一片时，尼克也没有把我松开。不过，这一切很快安静了下来——太快了。有什么不对劲。

"我们应该走得更近一点。"尼克说道。我不会有其他的想法。我的说话能力似乎消失了，所以当尼克抓住我的手，我机械地跟着他走。我看不到周围发生着什么。我就像在自己的世界中——我有可能听到声音，但是感觉它们是从很远的地方来的，从另一个现实中来的。没有人知道应该做什么。

258

我们及时达到地点，看到丹尼尔如何轻松自如地扛着猎枪往人群走去。

我目光在徘徊，直到找到了米娅。她依然站在同样的位置，大部分的脸遮在连衣帽里面。刚刚被射中的她看上去出奇地充满活力。

我再也搞不懂了。

"发生了什么事情？"我悄悄地说道。

"马尔蒂往空中开了一枪。"

"马尔蒂。"丹尼尔说道。他的声音盖过了所有人的声音。同时声音听上去是那么友好，让我知道将会有件非常、非常糟糕的事情发生。因为他从来没有用过如此方式讲话。

他把猎枪扔在了地上。他的脸上露着嘲讽的笑容直接走向围圈的中央，谁都不敢挡住他的去路。

马尔蒂似乎终于意识到，某事正在发生。他开始往丹尼尔的方向走去。

这时我有了胆量去看米卡尔。他一个人站在围圈的中央，身上布满着瘀伤，所有的感情在他眼里流露。我们的目光很快地相遇。我突然间好想走过去安慰他，虽然我可能是更需要被安慰的那个。

丹尼尔在米娅面前停下脚步。马尔蒂的脚步突然停止，第一次，我区分出什么是担忧。

"祝贺你，"丹尼尔说道，"你真的培养了一个好女儿。她为了你甚至准备好把她自己杀掉。"他摘下了米娅头上的连衣帽。

尼克在我身边倒吸一口气。米娅甚至眼睛都不眨一下。我不太确定，她是否还有知觉——唯一活着的迹象是，她依然用自己的双脚站着。她的双眼下面出现了重重的黑眼圈，是我不记得有在今天前见到的。她的皮肤失去了所有的颜色，嘴唇甚至已经完全变紫。然而，对我最大震撼的是她的瞳孔：它们已经变得不自然地巨大。

丹尼尔没有被惊到。他的目光依然在马尔蒂身上。"米娅不可能什么都会。不幸的是我不得不通知你，为了让你赢得这场比赛，她不得不放弃那个把我从狼族隔离开的隔离墙。虽然你也许已经猜到了这点。"

丹尼尔一把抓起了米娅的头发，把她从马尔蒂的身边拖进围圈的里面。他松了手，米娅滚到了地上。

我听到四周恐惧的窃窃私语。马尔蒂往米娅的方向走去，但是有谁从他身后把他攫住——克里斯汀娜。

我不知道，怎样和什么时候她成功地现身，我也不是唯一看上去被震惊的。大家都把集中力专注在丹尼尔身上，甚至他们的狼人感觉功能在这次背叛了他们。

丹尼尔从大腿口袋中拿出一把小刀。我惊呼道，他抓起米娅的手腕，往她的手臂上划了长长的一刀。鲜血立马开始从伤口中涌出。血混入到雨水中，并且滴在了地上。

米娅没有发出任何声音，这让我感到比她流出的鲜血更加害怕。

我的四周开始了骚动。

"怎么啦？"

"米娅的血闻起来怪怪的，"尼克说道，"根本不是狼人的血的味道。"

丹尼尔依然抓着米娅的手腕。他看着马尔蒂的眼睛，并且念念有词："谁污染了血的纯洁……"

片刻，我想起了这个《狼孩》中出现的诗句。我不记得确切的每字每句，但是这关联到书中的萨拉约克斯提到的一切最严重的犯罪。

"米娅·海基宁是个不幸的男人的更不幸的果实。一半狼人，一半女巫。你付了多少钱，让你得到这样的武器？"

"米娅是无辜的，"马尔蒂说道，"不要把她扯进来。"

"但是她绝对有罪。你得负起这个责任。是你要求她向狼族使用了巫术并且隔绝了我和狼族之间的联系。我不再属于狼山镇。我知道，狼山镇在那里，它是什么，但是我不能进入狼族的领土或者与任何成员联系。如果我想要进入，我会发现完全走错了方向或是我会遗忘那些我曾经一辈子都记得的面孔和名字。"

他往边上瞥了一眼。"克里斯汀娜。"

克里斯汀娜立刻走了过来,从丹尼尔那里接过米娅。她拉着米娅强迫她一起离开。我不想知道,她的计划是什么。

丹尼尔转身往马尔蒂的脸上狠狠地打了一拳。

马尔蒂退了一步,片刻我幻想着他会屈服,承认他的失败,平静地离开。他会去找米娅然后向她祈求宽恕。但是没有。很快,他的情绪控制了他,他像只疯狂的公牛冲向丹尼尔。

接下来的几分钟人们明显能看到,米卡尔是从哪里遗传了他的格斗技术。丹尼尔出手的方式绝对是个行家。没有一丝的拖泥带水,只有一切必要的——他可以做到一举一动直到最后都没有丝毫犹豫。大雨让每一个动作都溅起云雾一样的水珠,它们不可思议地漂浮在他们的四周。

同时,马尔蒂的力量开始耗尽。他的动作不再是那么地果断,他的目光在徘徊。正当我在感到奇怪我为何会对他表示同情的时候,丹尼尔用手肘击向了他的脸。

马尔蒂跌跌撞撞地往后退了几步,吐出了几口血水。

"你不会赢的。"他说道。

"我不会。但是你会输。"丹尼尔表明。

接着他往马尔蒂的胸腔飞出一个后旋踢。

右脚踢中了目标。这股斜着踢的力量击中了马尔蒂的胸骨,没有给他一点站稳的机会。这个踢法没有阻止他支撑到最后——他的摔倒看上去像在播放慢动作,地球引力把他拉向地面。

丹尼尔没有耐心等待引力干完它的任务。在马尔蒂摔倒之前,他再一次往他的胸口踢了脚,让他肩膀朝下重重地摔趴在地上。

米卡尔立即来到了他的边上。

"现在当你们化解了不必要的压力,请让我们记得我们是来干什么的。"一位声音沙哑的女人说道。我转头看到,身穿一身黑衣的那个老女人走了过来。

丹尼尔笑了笑。"请原谅,尊敬的遗孀。"但是他没有把踩在马尔蒂身上的脚挪开。

老女人的表情保持着一成不变。"马尔蒂·海基宁。您必须申请搏斗暂停，要不然我就宣布米卡尔获胜。"

"米卡尔不同意暂停。"丹尼尔自动地说道，"他将接任狼族首领的位置，那时马尔蒂才可以保留性命。除此以外没有其他选择。"

一些狼人看上去好像被搞糊涂了——显然他们以前从来不知道有过什么严厉的搏斗规定。我相信很多观众已经忘记他们原先来看这场搏斗的目的，搏斗的结果是马尔蒂还是米卡尔被杀死。

最后，还是有谁提出丹尼尔刚才的问题。"按照规则，不是说，任何一个狼族的成员不可以暂停搏斗的吗？"

"丹尼尔不再属于狼族，这些规则和他没有关系。"老女人说道。

"那他可以在这个现场吗？"

"如果你认认真真地上过我的狼族知识课，你自己应该可以回答这个问题，而不是躲在学校的墙角抽烟。"遗孀回答道，"别幻想，我不知道这个。"

一部分狼人哄然大笑，但是大部分没有。米卡尔属于那些大部分的。他凝视他爸爸的方式，让我心碎。"我不想成为首领。我还不想当。它属于你。"

"米卡尔。已经太晚了。我没有参加我自己的挑战搏斗。根据规则我已经出局了。而且我是最后一个，让规则做出特例的。"

就像是大地在我的下面裂了开来。我们一直保持着一种信念，那就是，只要丹尼尔回到狼山镇，一切都能回到原来的样子。我们从来没有想过，这也许不够。

丹尼尔直视着米卡尔。"是时候我该把一切交给你了。我曾经希望，交给你的时候状况会比现在好，但是我知道你能行。你是我的儿子。"

"马尔蒂·海基宁，你是否放弃你的权位，转交给米卡尔·萨里？"

马尔蒂满脸都是血。他若不是狼人，早就一命呜呼了。片刻我以为，他已经死了——接着他的喉咙里传出可怕的咕噜咕噜声然后他开始咳嗽。

丹尼尔用膝盖紧紧地压着他的喉咙。"仔细考虑一下。你知道我会扭断你的脖子。"

马尔蒂的嘴唇动了动，但是没有发出声音。

"什么？"

"我投降。"他无力地说道。

在广场上唯一的声音是雨的滴嗒声。

我抬起脸望向天空。我们成功了。一切都成功了。

米卡尔看着狼族。他从小就知道，此刻会到来——只是没想到会这么快。我看到他吞了吞口水。

"丹尼尔。我相信，你现在最好离开，当谁都还没想到你不属于狼族领域。"老女人说道。

"我真的很佩服这个老太婆。"尼克喃喃自语道。

米卡尔和丹尼尔的目光相遇。我猜米卡尔会说什么。丹尼尔的嘴角扬起了悲哀的笑容，几乎不知不觉中他摇了摇头。接着他变成了狼。我从来没有见过它发生得这么快速——刚才他还是人的模样，接下来一眨眼的时间他变成了狼往树丛跑去，离开了狼山镇。

我们周边的一些狼人变了身去追丹尼尔。我以为，他们比我了解，他们是追不上丹尼尔的。追捕只是个形式。

我凝视着他们的背影。我知道，这也许是最后一次，我们看到丹尼尔·萨里。我知道，我也许再也听不到丹尼尔讲述关于我家人的事情，但是我并不感到遗憾。丹尼尔刚才救了狼族和他的儿子，我个人要求与它们是不能平等衡量的。

"克里斯汀娜。我认为，你也该离开。"

我没发现克里斯汀娜已经回来了。

米卡尔回过神来。"什么？不！妈妈可以宣誓效忠于我，她不需要去哪里。"

"如果她是普通的狼族成员的伴侣，她可以留下，"遗孀说道，"但是她是前首领的伴侣，所以她必须面临和她丈夫一样的状况。"

"不行。"这是米卡尔说出的唯一话。

克里斯汀娜保持冷静。"别担心,一切都会好的。"

她转身朝狼族的方向:"我知道,你们其中有很多人对马尔蒂的领导方式表示乐观。很多人感到自己在人类面前丢脸。你们为必须为人类服务以从他们身上赚来钱养活自己的家人而感到羞愧。但是你们忘记了你们生活得有多么幸福。"

她让她的话沉淀在每一个听众的脑海里之后继续道:"在丹尼尔·萨里领导这个镇之前,这个狼族让我想起我家乡的狼族。那里没有滑雪中心,没有旅馆,没有出租的小木屋也没有游客。我知道,因为这是我的丈夫和其他狼人他们自己告诉我的。那里的狼人吃不饱肚子,没有工作,没有安全感,而且还要被捕捉。丹尼尔的改革给这个镇带来了生机与幸福。你们有几个是对此感激过的?"

无声的沉默。唯一一位没有让这个干扰的,是克里斯汀娜她自己。

"我没要求我的丈夫是完美的。不管你们怎样想丹尼尔,你们应该知道这些:丹尼尔从来不是神或恶魔。他从没杀过或折磨过任何人。他一直为你们大家着想。"

当我看着克里斯汀娜,我不能不惊讶,她全身散发着力量。她虽然穿着无袖背心和军旅迷彩裤,但是她看上去依然像个领袖的妻子。我第一次注意到了她的手臂:它们被锻炼得和职业拳击手一样的强壮。

"我来自卡累利阿区域。我来这里除了是逃避我极为暴力的父亲以外,我想拯救我们的种族。我们狼人让内斗控制了我们,一边资源太多,而另一边资源太少。一边非常贫乏,另一边非常富饶。我想恢复平衡并且把两边的狼族合在一起。"

这时感觉好像远处的乌云向广场聚集,直到我反应过来,我看到的不是乌云,而是狼群。他们有着不一样的大小,不一样的颜色:大的,小的和高高瘦瘦的;灰色的,咖啡色的和黄色的。它们毕恭毕敬地站在狼山镇镇民不远的地方,除了一条深灰色的大狼,它在朝克里斯汀娜方向走去。

克里斯汀娜跪在地上，抚摸着深灰色狼的头。狼舔着她的脸，她的脸出现了笑容。这时我明白过来这匹狼是谁。他是伊沃，克里斯汀娜的哥哥。

卢皮尼的村民已经来了。

克里斯汀娜站了起来。她看了看米卡尔，然后再次转身对着观众："今天你们得到了我的儿子。他在很多人眼里就像我的丈夫，而且不止这些。他是为你们专门培养的。就像你们看到的，他没有为他得到权利而兴奋，只是谦虚对待。他知道，这关系到荣誉和责任。"她看着狼群的目光，这边的，那边的，我甚至可以发誓，谁都不敢直视她几秒钟。

"我只有祈祷，你们值得他拥有。"克里斯汀娜转身走向米卡尔，她双手捧着米卡尔的脸。这是多么亲密的景象，我知道，我在看着他们。但是我别不开头。

"妈妈……"米卡尔先说出了口。

"你是我的儿子。"克里斯汀娜用足够的力量提高嗓门说道，"一直以来你是我的生命，但是你不再需要我了。你已经是个男人，而且最重要的，你是个首领。是时刻改变事情了。从此刻起，你找到了你自己的路。"

"克里斯汀娜。"黑衣老女人说道。她的忍耐力已经开始变少。

"你不可以走。"米卡尔说道，"现在不是时候，一切都还那么混乱。"

她用双手紧紧地摸着她儿子的脸。"你能行的。现在你是在为你选定的位置上。不必为我和你父亲担心。这里有你一切需要的支柱。"她快速地看了看伊沃。

"我不知道。我还没准备好。"

"你有。在你习惯你的想法之前你需要一些时间，不过这会比你相信的要多得多。"

她松开了摸着米卡尔脸的双手，然后抓起他的双手。"我为你自豪。你超越了我的期待。我想让你拥有一切你爸爸能给你的长处，同时我想教你的是同情、谦逊和善良。我敢说，我没有浪费我的培养。"

克里斯汀娜拥抱米卡尔，米卡尔也拥抱。他紧紧地抱着他的妈妈，这让我的心完全碎裂——他以为可以把她给找回来，他刚来得及想，某一个值得如此艰辛战斗的理由，现在她却要从他身边走开。

完全不知道，我能为他做些什么。

"克里斯汀娜，你得走了。"遗孀没受到情感的影响。

克里斯汀娜松开了双手。米卡尔睁开双眸，泪水已经留在了他的脸颊。克里斯汀娜轻轻地把它擦去。

"你会去哪里？"米卡尔问道。

"卡累利阿。"她回答道，"我来这里已经太久了。"她朝米卡尔悲痛的表情微笑着。"事实不是你想的那样我们再也见不到彼此。我们还能保持联系。"

"是的。"米卡尔承认。我想，他这么做更多是因为礼貌而没有别的原因。

克里斯汀娜转身，离开了米卡尔。当她在我面前停住了脚步，我震惊了。

"丹尼尔和我都非常感谢你。他想让我给你这个。"

她把手伸进裤子的后袋里面，然后拿出了一个信封。她把它递给了我。我疑惑地接过来。我毫无头绪，这里面会是什么。

她拥抱我。

"一路平安。"她悄悄地说道。接着，她用很小的、那种米卡尔不可能听到的声音说道："当你弄碎他的心，请你试着尽量温柔一点。"

"再见。"我傻傻地说道。

她快速地向我微微一笑，然后离开了。我看着她的背影。她抛开了她的狼族、她的权位和唯一的儿子。差不多二十米之后她开始奔跑。雨水将她从我的视线中变暗，之后树林吞噬了她的身影。雨滴从我的鼻梁一直滴到下唇，流到了我的舌头上。雨水的味道清爽而又带着一点点微微甘甜。它让我想起，我们大家都湿透了。米卡尔说得没错：在雨中站了很久之后，你不会再注意到什么。

遗孀把目光往狼族方向扫了一遍。"搏斗结束了。狼山镇的镇民们，欢迎我们的新首领米卡尔·萨里。"

尼克、约翰和妍妮往天空高声嗥叫，剩下的也很快加入了嗥叫的队伍。

片刻之后伊沃发出了自己的问候声，卢皮尼村民唱起了震耳欲聋的合唱。

我没有管这些。狼人们的歌声非常美，但我的注意力只放在一个人的身上。我看着站在竞技场中央变成泥人的米卡尔。广场上这么多的狼人在欢叫，我意识到他完全只是一个人。

***

"克里斯汀娜离家出走已经将近二十年了。我们的父亲，也就是那时候的首领，多年向她使用暴力，我那时太小，对那个情况从没有成功阻止过。"

伊沃讲述着那些留给他噩梦般的记忆，声音很平稳很低沉，听不出任何情感。

我吹了吹手中的茶。刚刚我从一位我从来没见过的女人手上接过这茶。我得承认，一杯茶和伊沃的平静正是我现在所需要的。萨里家的客厅，坐着我、米卡尔和伊沃。狼人们来来回回地在我们面前走动，同时询问着一大堆各类的事情，里面的一部分问题纯粹只是焦虑过头。空气中弥漫着他们目前困惑混乱的气息。

我对狼山镇镇民接受卢皮尼村民的方式表示惊讶。看上去谁都没有力气再表示震惊了。我期待的是他们的反驳、愤怒，甚至是开放式的打架，但是谁都不想再看到流血场面。我不可以指责他们——作为狼人，近几十年间他们生活得非常平静。

"我们从小听到过很多关于边境后面有另外一个狼族的故事。很多故事时常是悲观的甚至警戒性的，但是我妹妹对那些故事出奇地着迷。尤其是当我们长大得知另一个狼族真正存在以后，我妹妹开始对外界有了某种梦想。我曾经试图控制她的想象力，告诉她说不应该幻想有一个可能比我们还要穷苦的狼族。她回答说，这是不可能的。当我仔细细想这个事情，我必须承认她的想法和我一致。"

我不太百分之一百地肯定，我为什么会被加入这个对话中。他们讲的是狼族的事情，而我不属于狼族。妍妮、尼克和约翰正在和卢皮尼的村民交流，我可以加入他们的队伍中去。但是米卡尔看着我的样子，让我不得不留在他身边。另一方面我也很好奇那些还不太清楚的事实。广场上的一切发生得实在太快，我来不及去想，所有的一切是什么意思。

我瞥了一眼米卡尔。他看上去是在听，但是他的某个表情显示，他的注意力不在平常状态上。

我很担心他。直接地讲是我很害怕和他说话，更别提直视他了。

"是我帮助克里斯汀娜从卢皮尼逃脱的。这是仅有的我能帮她做的事情。她说她去找另外的狼族，然后会告诉我那里是什么样子的。坦白讲我不相信她说的会实现。但是在她离开半年以后我收到了她的第一封信。"

我喝了一口茶。茶水依然好烫，但是能喝了。

"我相信，克里斯汀娜成为了丹尼尔的妻子，我不是唯一一个惊讶到的。我很担心她，虽然我知道她比她的外表看上去要坚强得多。多年之后我当上了卢皮尼的首领，我们之间可以比以前交流自由一些。逐渐我们的对话中提出了把狼族合并的想法。克里斯汀娜希望自己抚养丹尼尔的孩子，这样等丹尼尔成为首领之后，他不用再去为家里的孩子担心，可以一心一意为狼族的发展做出一番事业。比起过去的狼族分歧，她更感兴趣的是将来。我们可以一起改正历史的错误，重新连接同族百姓。"

"为什么你们从没告诉过米卡尔这事情呢？"我问道。

我发现在我提到他的时候，仿佛他不在现场似的，虽然他坐在我的身边。

我感到后悔。

米卡尔的魂不守舍没有让伊沃感到困扰。

"克里斯汀娜不想让米卡尔处于一个尴尬的局面。这不是指要让他和他父亲对立，而是等到轮到他掌权。在这之后是他自己的决定。就像是现在这样。"

"然而，丹尼尔把卢皮尼的问题解决了。"

"是的。我们先是感到很困惑。我们一直确信，当狼山镇的首领听到我们的计划时，这个计划会胎死腹中。没想到的是，与此相反，丹尼尔觉得狼族的合并是个完美的想法。"

我想起了，在我将要变成杀人犯之前丹尼尔如何出现在我面前。他救了米娅的性命，更救了我的性命。事实上，我知道，若我犯了如此严重的罪行，狼族是不可能留我活命的。

确实丹尼尔能够成功地让我们所有人惊讶。

"不过，丹尼尔不是唯一一个知道我们的计划的人。就像也许你猜到的那样，他把计划告诉了狼族的第二把手马尔蒂。很明显，这是个错误举动。"

在丹尼尔把《狼孩》寄到我这里保管时，我就猜到了。

伊沃的脸上第一次出现了一些歉疚的表情。

"当你们出现在我的村子里的时候，我没有及时联系上克里斯汀娜，也不知道究竟发生了什么事情。我不知道，谁是哪一边。你们得理解那时我不能完全相信你们。"

我能理解。就像我理解伊沃和克里斯汀娜只是为了想把狼族变得更好。更具体想想，我相信，我们大家，包括马尔蒂在内，也是为了把狼族变得更好。我们大家都觉得自己的想法是正确的。只不过，一个人眼中的正确在另外一个人的眼中是错误的。

很快，伊沃站了起来，留下我和米卡尔两个人。我又害怕又希望。我不知道，米卡尔是否还好。就像我多么地害怕，我也多么地想知道答案。

米卡尔一直沉默不语，不得不让我直接地问他："你还好吗？"

他的眼神回过来一点。"还好。只是这个狼族的领导权……爸爸曾经给我描述过一次。他的责任是领导狼族和狼族的成员，让一切保持平衡。他说，他和每个人有特定的联系，只有他知道，我们每一个能够做什么。现在我知道，他指的是什么。我只是不相信，会在这里。"

我发现他的声音听上去很疲劳，这引起了我的警惕。米卡尔一直很强壮，这个时候不可能让他崩溃。"你指的是什么？"

他叹气。"现在整个狼族需要我来领导。我不能读取每个人的想法或者类似那样的东西，但是我认识每一个狼族的成员。强度的变化是从零到一百，我还不会合理安排狼族事情的轻与重。很难对任何事情集中注意力，当我不知道哪里我应该结束，哪里狼族应该开始。"他揉着太阳穴，"感觉我的头快要炸了。"

我很无语。我从来都没想过，首领米卡尔为狼族付出的不只是灵魂和躯体，还要包括他的想法。然而，后悔已经太晚。最重要的是解决目前的问题。

我把茶杯放回桌上，然后抓起米卡尔的手。我紧紧地握着。"伊沃会帮你的。他是你的舅舅，而且我相信他不会有二心。他不会使用你的短处来对付你。"

"如果我知道，首领领导权会是这样的……"米卡尔的话留在了这里。不管他在想什么，这留给我的是个秘密，这时约翰走过来告诉他有一位卢皮尼村民，这位担忧的家长希望能和他聊聊关于他家孩子的事情。我在旁边看着，他慢慢地吸气接着再慢慢地吐气。然后他站了起来并脸上带着礼貌的表情。

我曾经恨过丹尼尔·萨里。我觉得他做的事情是不可饶恕的。然而这时我明白过来，我错怪了他。克里斯汀娜·萨里对她儿子做的也许是我永远无法原谅的事情。

第十七章

很多天过去了，我连米卡尔的影子都没看到。

反而他的新闻不时地会传播到我的耳朵中。米卡尔首领作出的第一项指示是，关于海基宁家的马尔蒂和米娅。他们最晚在今天午夜之前将被赶出狼族。他们可以把他们的个人财产带走，但是没有参与这整件事的马尔蒂妻子里特娃·海基宁，可以作为镇民留在镇上。谣言讲，里特娃感谢米卡尔给她的恩赐，但是乞求能马上得到类似和她丈夫女儿同样的许可离开小镇。米卡尔恩准了她的乞求。

丹尼尔和克里斯汀娜那方面，米卡尔做出了他被期待的决定，他下了禁止他双亲来狼山镇的禁令，一旦他们违反这个禁令将会被处死。无论他自己对于这个事情是哪种想法，他都不能让违反狼族制度的成员免受惩罚。

我把搏斗那天发生的其他事情完完全全地告诉了妍妮，由她把经过再告诉米卡尔和约翰。其中只有两件事情是脱离了真相。第一件事是，我告诉她，我的神奇恢复能力是由于吸血鬼的血。康斯坦曾经告诉过我他的血有治疗效果，我骗他为了防备随时遇到的不测他给了我他的血。

妍妮不傻。从她脸上的表情我能看到，她不相信我所说的。不过她没有将她的疑惑告诉别人，这让我很感激。

第二件，我没有提到佩卡短时间变成瞎子的事情。我履行了我的承诺：我求米卡尔减轻佩卡和乔尼的罪行。我们两个都知道，他们没有参与编制计划——他们的脑袋里根本就没有足够的智慧。另外我希望，温柔的米卡尔能够达到那些严厉的惩罚不能达到的：某天他们将会感谢米卡尔对他们这样做。

然后，当然是那些新来的狼人们的事情。他们的处境变得困难是因为他们没有实际参与权力交接，所以他们被视为局外人。妍妮努力解释给镇上的所有人听，卢皮尼村民事实上都是原先的狼山镇的镇民，以及他们已经准备好如何来帮助小镇解决困境。我不知道，他们是否能够相信她。

米卡尔按照他的承诺，将提供给所有需要住所的卢皮尼狼人们在狼山镇的住所。伊沃也敦促他们按照他们自己的想法做出决定，虽然他自己已经决定留下。最后他们几乎所有人都决定以他为榜样。当我看到伊沃松了口气的时候，老实讲我开始好奇，他在卢布尼的村民心中是什么样子的。他和米卡尔一样也是阿尔法，但是他没有让人感到他对米卡尔的领导表示异议——没有，虽然米卡尔几乎比他小一半。我不太确定，这是否是策略而非对米卡尔真正的尊重。不过总而言之，他们的谈判在友好地进行。

从一开始，米卡尔就答应让卢皮尼人民住在空闲的出租小屋里和他自己的家里。他说他的家里，这让我很吃惊——米卡尔才拿回自己的房子，我不能相信他会马上让完全陌生的客人住进那里。我把此事和尼克说了之后我才明白，究竟是什么原因。

"想想吧。你以为大家会怎么想，如果米卡尔对新的成员保持一定的距离，等于连他自己都不信任他们。他是狼族的首领——他需要他自己的兵力，如果他会去打仗的话。他给狼族带来了新的狼人，所以把他们变成狼族的一部分也是他的任务。"

这让我几乎有了新的需要思考的事情。某种程度上我是想，一旦马尔蒂被摧毁，我们五个人终于可以松口气。我们过去的两个星期实在是太艰难了。但是，我现在意识到，米卡尔的工作才刚刚只是开始。他没有机会和我们，可以退到其他地方疗伤：整个狼族在等待，他会做什么，而且他们的耐心是有限的。他需要把马尔蒂建造的东西拆除，做全然相反的事情。他的身边没有能给他示范的狼人的时刻。他必须是不知疲倦的、无畏的、完美的——否则一切很可能从头再来。

丹尼尔和克里斯汀娜的离开留下了米卡尔一个人。他的爸爸的离开不只是意味着，房子和车子现在是他的了——所有的公司也转到米卡尔的名下。不用说也明白，米卡尔完全不可能自己去管理全部的事情。经过马尔蒂的一番折腾之后，米卡尔的核心圈子里已经没有太多的狼人是他可以完全信任的。在还没找到合适的人选之前，他必须自己管理所有的事物。

我也有自己的任务需要完成。我觉得首先我必须去告诉斯维特拉娜，我把她的枪给弄丢了。我没有一点线索，枪去了哪里。我受不了的想法是，斯维特拉娜的枪落入了坏人的手里并且给她带来了麻烦。如果这枪甚至没有注册过——狼山镇的镇民习惯避免任何与警察的来往，我有些怀疑，斯维特拉娜经过这些年也有可能跟随这同样的潮流。

我来到她家的门口，我感到我无法解释的紧张。虽然我把斯维特拉娜当作我的朋友，我们的友谊是从学校开始的——老师教了我一年，那段时间我学会了佩服和尊敬她。我感到惭愧，我辜负了她的信任，尽管情况已经化解掉了。

斯维特拉娜打开了门的同时她的表情是那么的阳光，让我必须命令自己改变决定。

"嗨，快快进来！我正在想你呢。"

我吞了一下口水。我本想把我需要说的话说完，然后尽快溜之大吉，但是当我看到客厅里那个可爱的茶杯，我的念头已经不知踪影。没事，我和她聊一会儿然后我再告诉她坏消息。如果我们的友情今天结束，我至少可以和她最后一次交谈。

斯维特拉娜去厨房拿另外一个茶杯。显然她觉得我上一次喝茶给了她答案，这次也会同样奏效，或者她知道我在想什么。

"你好吗？"

"很好。"我自动地说道，直到我把事情真正地想了一下，"嗯，各种各样的事情需要面对。感觉有些古怪，需要再次习惯这个新的状况。"

"我知道你指的是什么。"

她拿着茶壶和茶杯来到客厅，把它们放在桌上。她绕过桌子坐在我的左边。

"对了，谢谢你，把枪还给了我。"

啥？！

"不，不用谢，"我说道。

"我问过图书馆的工作人员关于举办临时的摄影展览的事，他们同意了。"

"真的吗？"

"是的。我个人认为，在这种情况下任何能创建友谊的事情都是件好，当然，决定权在于你。"

我想起了那些此时正被我压在桌上各种东西下的照片。它们其中的一部分很悲观：妍妮坐在沙发上目光痛苦，或是尼克表情阴沉。更别提那些被赶出小镇的那些人的照片了。我不太确定，它们是否就是那些斯维特拉娜所说的，虽然我喜欢现在它们什么样子就什么样子。我憧憬着展览：所有我至今拍的照片，还有新增的照片。一部分的照片里也看到了在微笑的和在大笑的小镇居民们，而且他们都不是独自一个人。新来的狼人们也加入了队伍——哪里有老的居民哪里就有新居民的身影。我暗暗感到欣慰。

"你说的没错。我真的应该举办个展览。"

接下来的一个星期我拍得很努力。我带着相机在镇上到处走，并且去很多家里做客——我不只是拍居民，因为我想展现的是整个狼山镇。我请求当有谁准备去森林的时候也能带上我。我尝试尽可能多地接触居民们，虽然我最后没能成功拍到所有的居民，不过很大部分已经进入了我的胶卷。我不时地把胶卷冲印出来，如果第一次没拍好的话我会再去重新拍。

我没想到很多居民很支持我的小展览。很快大家已经习惯了，莱依莎摄影师在到处拍照——我时常听到这句话，不过我知道这只是人家善意地在和我开玩笑，意思说我没什么其他事情好做。我承认，他们说得没错。我一生中从没经历过比艺术更有用的时间。

星期五的下午图书馆关门之后，我、尼克还有斯维特拉娜留下来布置展览。由于场地太小，我不得不淘汰一些心爱的照片。第一个放弃的是所有的马尔蒂和米娅的照片，但是接着我发现适合展览的照片是能挂在墙上的一倍。斯维特拉娜和尼克都给出了她们的想法，在这之后二十张照片进入了决赛。然后我们把照片粘上了背景纸，我们还得决定它们的摆放顺序。尼克对此事有着惊人的观点，我很乐意站在一旁，让他和斯维特拉娜来处理这个事情。尼克觉得顺序应该按照情感来摆放，斯维特拉娜的话中提到多次对比度和构图。最终尼克取胜。事实上我自己对它们如何"真正的"摆放不太在意，我是觉得好开心，有谁能够对此事有着如此强烈的想法。

最终，等我们对一切都满意后，我朝亚斯卡的家走去。第二天我们会在图书馆里进行小规模的摄影展览开幕式，我对此非常期待。我不在乎有多少人来参观，我只在乎我最重要的人能来——约翰、妍妮和安妮奶奶都会来祝贺我。唯一不确定的是米卡尔。

我真的不知道，如何对待他的无声。我知道，他很忙，他一定不太想在极少的空闲时参加公共场合的活动，任何情况下他都应该扮演首领的角色。在两个星期以前如果有谁问我，谁是我的朋友之中最肯定能来参加的，我的回答毫无疑问是米卡尔。他也许不像尼克那样是个艺术爱好者，但是我一直坚信，我有他的支持。

回到家时看到亚斯卡习惯性地躺在沙发上抱着他的宝贝《技术世界》杂志。我把钥匙挂进钥匙箱，然后把鞋往鞋架那边一踢。

我爬了一半的楼梯时，亚斯卡躺在那里说话了。

"你有邮件哦。"

我一整天都在外面，我没来得及去看邮箱。不过，亚斯卡一般不会这么特别地提到这个事情，这引起了我的怀疑。

"谁寄来的邮件？"

亚斯卡没有把他面前的杂志拿开，这让我感到更加可疑。

"唔，就是那个嘛。"

我咚咚急匆匆爬下楼梯。"什么呀，别卖关子啦。"

他快速地从杂志的一角瞟了我一眼，虽然我看不到他的整张脸，但是我知道，他在忍住不笑。

"亚斯卡！"

我三步并两步地走到厨房往常放邮件的地方，我看到桌上有个很大的信封。我停住了脚步。原先的手写地址被贴上了邮局的贴条，上面是亚斯卡的地址——这是我向邮局购买的临时更改地址服务，邮件是从我家转寄过来的。

我拿起信封。

"好厚的信。"我嘟囔着。我把手指伸进信封没被封上的缝隙，然后把信封撕开。

祝贺你，莱依莎·奥亚：

你被录取成为美术学院候补的学生……

我没有继续往下念。我不需要。

我根本没发觉我在高兴地大叫，直到发现亚斯卡出现在我身后的门口。他的眼角出现了笑纹，他的嘴上露出微笑，这是我好久没看过的表情了。

"恭喜你成功了。"

我拥抱他。做出这个举动之后，我才反应到，这是我第一次这么做。这也许解释了，为什么亚斯卡的身躯先是僵硬——接着他把双手抱住我，我们紧抱着的力度同样可以把对方捏碎。

我松开了手。"真是难以置信。老实说，我已经忘记我在候补的名额之中。"

"你妈妈会为你感到骄傲的。当然我也是。"

我向他呈现一个大大的笑脸。"谢谢。"

"我们得热烈地庆祝一下，"亚斯卡说道，"人生第一次被大学录取。享受一下这个时刻。"

也许这是我从亚斯卡这里收到的最奇怪的建议，但是我决定把这个作为对我无比快乐的祝福。第一次，我看到了他和妈妈的共同点。

***

第二天，我穿上尼克为我做的连衣裙和高跟鞋。我把头发盘起，配上一束天鹅黑羽毛发饰，并涂上亮红色的唇膏。我套上长长的皮手套和小外套。

"不错啊。"当我走下楼梯尼克评论道。他自己穿着一件很有想象力的燕尾服外套，还有短裤。"盘头已经过时了。"

我笑了。"我有时希望你能把你嘴巴闭上，但是有时如果你真的这么做的话，会导致我突发心脏病。"

"那就小心为妙。"

"是啊。"

"准备好了吗？"亚斯卡从厨房走了出来。当他看到尼克穿着他的眉毛扬起了一点。

"准备好了。"

我和尼克一起坐在后院的凳子上。他立即继续我们昨晚电话里的话题："等到你们开始举行所有的那些学生派对……"

我没真正地在听他说什么而是在享受着他的喜悦。简直就像他是被美术学校录取的那位，而不是我。

当我们到达图书馆，我也没说一句话。这可能是件好事，因为虽然我们提前到达，我们没想到现场已经有很多人来了。十五分钟之内我已经至少和十个不同的来宾说过了话。斯维特拉娜自告奋勇地当上了为来宾端饮料送小吃的服务员，我求她和其他人换位，她不让。展览她有着和我同样的功劳，我真的觉得让她当服务员太不合适了。我更想让她作我的贵宾。

我看到的并感到特别高兴的第一个客人是妍妮。

"我喜欢这些照片。"她看完整个展览的照片之后说道，"看到自己的照片在墙上挂着感觉有点不大自在，不过我得说，你照得很成功。"

"谢谢。"我回答，"你是不是很快就要回奥卢了？"

她喝了一口饮料，然后点头。"明天就走。"

"就是说，很快就要走了。"我感到有些伤感。我过去有讨厌妍妮，而现在，在某些事情上我最想和她商量。那样的事情也许不多，但是这特种情况本身是一个小奇迹。

"我在奥卢有些事情需要去处理。而且在一段时间内狼族一起处理事情肯定会更好。他们现在有自己的生活，我也有我自己的的生活。"

"我听说，米卡尔想让你留下。"尼克说道。他一直在我们身边晃悠。

"是的，"妍妮承认，"在他还没来得及正式问我之前我已经谢绝了。现在我的生活在奥卢。"她瞥了我一眼，"我决定跟随莱依莎的模式。看吧，接下来会是什么样子。"

我知道她是在说那个和她见面的男孩。

"这是什么意思？"尼克等她走了之后立刻问道。

"我不能说。"

"什么时候开始你和妍妮·涅米有了闺密之间的秘密啦？"

"谁知道呢。"我说道，"约翰过来啦。"

他的样子也看上去很高兴。这个原因很快就能知道。"嗨！莱依莎！这是给你的，凯伊努报纸。对你的采访刊登在第十四版。"

他递给我一份报纸，我翻开了需要的那版。那里除了有我自己的大头照之外还有一堆文字。

上个星期约翰采访了我，他帮我向省报社写了一份关于我的摄影展览的报道。我读着这篇报道：

一共在狼山镇住了八个月的莱依莎·奥亚，十八岁，她谈了她的经验："原先狼山镇给我的感觉是单调和无色。然而，过了一段时间之后我开始欣赏全新的色调。

"在狼山镇我最感兴趣的是那里的人。我不低估大自然的美景，不过我觉得那里的人们创造了小镇那些独有的特色。我想让我的照片显现出我自己看到的狼山镇的东西：色调、多样化、热情。"

"哇。"我说道,"你写得真好。"

约翰红了脸。"我准备明年申请信息学。"

"你应该申请。"

接下来的两个小时我与好多人聊了各种话题,感谢和被感谢,以及回答了各种各样的问题。我很开心,这么多人会对我的照片感兴趣,即使他们不是艺术爱好者。他们的看法是,照片真实地再现了他们的家园,甚至很多人觉得这不是一场展览。

团队中依然有一位不在。我耐心地等待着,米卡尔没出现。

图书馆在四点钟关门。我和尼克留下来清理开幕式的残留。亚斯卡尴尬地告诉我他想先回去看某个比赛直播,我对他说,没事。安妮奶奶把车留给了尼克,让他送我回家。我们齐心协力把斯维特拉娜也给送走了。她已经为我做得够多的了,清洁事情由我和尼克来负责就够了。

正当我把最后一个一次性纸杯收掉同时尼克把剩下的爆米花吃掉的时候,门打开了。

"我先走啦。"

我站直了。尼克的话足够告诉我,谁来了。

我往米卡尔的方向转身,尼克已经从门口走了出去。我目送他,感谢他,并且准备好了我面对的。

"嗨!"

"嗨。我得马上把图书馆的钥匙还掉,但是展览会在这里星期一展出。"

"对不起,我这么晚才来。今天实在是太忙了。"

"没事,我理解。"这话从我自己的耳朵里听起来都好假。直到这时我才意识到,我有多生气。

"我想和你聊聊,如果合适的话。"

"当然。"我彻底不知道如何对他做出形式上的反应,"我们甚至可以出去走走。"

"你肯定吗，用这双鞋走？"

我知道，他只是想表示礼貌，但是他的要求让我恼火。"是的，用这双鞋走。"

我大步从他身边跨过，往大门的方向走去，他跟在我的身后。把大门打开后我立刻发觉，外面要比我准备的冷多了，但是我不打算后退。

我大步往没有目的的小路前行，很快米卡尔走了我的旁边。

"我想感谢你举办了这个展览。我听到了很多关于它的好评。"

"我不喜欢展览只有好评，"我说道，"我希望大家看照片的过程中能从里面看到自己和他们的邻居。并且他们能去想，狼山镇是个不赖的地方。"

"我就是这个意思。谢谢。"他吸了口气，"我还想问，是否有可能，你别马上急着走。"

"我想我会在这里直到展览结束。这会是一个星期以后。"

"我是想再长一些。比如今年年底。"

我皱了皱眉。"为什么我得留在这里这么久？我有学校和房子在赫尔辛基。而且也许还有工作，如果他们能够同意经过这次恶作剧之后让我回去的话。"

"我想让你留下。我需要你在这里。"

"我明白你的情况不容易。"我说道，"我完全不知道你这段时间一直在干什么，其他人也不知道。然而你必须慢慢地开始把工作分配给其他人，如果你准备活命的话。"

"我不是单单指这个。"米卡尔说道。我能听出来，他在仔细地衡量他说的话。"虽然当然我对我能得到的一切的帮助表示感谢。"

"哪方面的？"我好冷，脚好累，我开始不耐烦了。

"我想你能为我留下。"

我停了下来。我没办法。我得把事情挑明了。

"米卡尔，我……"

"我希望你能听我说一会儿。"

我咬了下嘴唇。最近听米卡尔说什么都没让我有什么好事发生。但是我相信我没有其他选择。

我点了点头。

"我很在乎你。当我学会了解你之后——不，已经发生在这之前——我知道的，还有那些时刻，我曾经希望它不会是真的，但是它是真的。我相信，你也想和我在一起。我看到了你看我的方式。甚至现在，你试着控制你的怒火。最重要的是我觉察到了那些。那些你对我的感觉，是那种，你对其他人没有的感觉。"他听上去他似乎很满意，"你也不能否认，我们曾经有过比什么都精彩的共同时刻。我们的生活可以一直就这样下去，我们只是必须给它机会。你和我属于一起。"

我张开嘴巴，但是米卡尔又继续了。"我知道，你的生活在赫尔辛基。但是你是否想过，你和我在这里一起会是什么样子的？我们可以住在一起。你不需要担心金钱的问题，你可以想画多少就画多少。如果你想做些其他的，我这里正好有两个公司。你可以当酒店老板或者服务经理。"

"我被美术学院录取了。"我说漏了嘴。

米卡尔片刻沉默了。"别走。"

"你不可以这样要求我。"

"我知道。但是能否申请休学半年。咱们可以试试看，在一起是什么样子的。"

我得承认，刹那间我是在考虑。但是，当接下来的这一秒我意识到我在干什么的时候，我对我自己生气。我没有权利对自己这么做。

"学校不是唯一的原因。"我低语。

"是吗？"

"你刚刚说的关于我们的方式，它非常合理，非常有道理。就像是商业顺序。比起赫尔辛基能提供给我的利益，它是不够的。"我往山的方向看去，任何一个方向除了米卡尔，"你的义务已经够多的了。我不想成为那其中的一个。"

“你认为，我是把你当成义务吗？”

“我认为，除了义务其他的你都不知道。”

“什么意思？”

“搏斗结束后你妈妈和你说的话。一部分很美，但是……一部分很伤感。为了狼族和权位你被培养的方式。我知道，他们一切都是为了你好。但是谁都没有问过你，你想要什么。甚至你自己都不知道。”

“我想要这个。我想要照顾这个狼族。别忘了，他们都是我的朋友和家人。”他猛吸着气，我不能不去想，他是想试图解脱他刚才的谎言。

“先把狼族搁一旁放一会儿。然后把你的姓，你的背景、公司、房子和车也搁一旁。这时你是谁，米卡尔？你的梦想是什么？”

米卡尔不说话。如果他能回答，结果会是完全不同的。我好想他能说，他的梦想是和我一起看世界，或者很简单地说，我是他的梦想。任何的，能让我忘记我们是谁和复杂的一切。我想搂住他的脖子狂热地亲吻他，或者让他用手指从我的太阳穴抚摸到我的脸颊一直到我的锁骨为止。我想让他带我回家。然而，这所有的幻想一点意义都没有，因为接下来我的话导致了截然不同的结果。

“这也就是我所担心的。”我再次抬起了脚步。

“你是想说，我从来没有你那样的大梦想，我们不可能在一起吗？”

“如果能有点安慰，我们根本不可能在一起。”我讥笑道，不知为什么，他刚才的那句话，比我永远不会向他承认伤害我的程度更多。“你是狼人，我是人类——或者至少足够接近。大家都这么说，混乱的关系永远不会持久的。”

“相信我，这只是我们目前最小的问题。”他的话好刻薄，让我的心如刀割。我知道，他是什么意思。我是我们最大的问题。我是那个，不合理的、要求太多的。我是那个，需要他比他准备给的更多的。

而最终，那个，解决了一切。我不满足小于我想要的。我不同意我得抱歉，我有自己的梦想。同样，米卡尔的生活中的任务是他觉得是最好的。虽然那不是和我一样的计划，我必须能够尊重它。我走，他留下。没有中间选择。

我努力发出最轻的语气。"是吗？我不认为这值得一试。"（我不认为我的心能承受得住。）

我的心里确认了我的决定。米卡尔是狼人，这超出了我能够接受的范围。世界上任何的感情不能改变这个事实。我当然可以让自己休学一年，或者两年，但是结果会是比现在更加灾难化。

米卡尔停下了脚步。"你想让我说什么？我会为你放弃狼族吗？"

一段时间之前我是想听到这句话。但是现在……"我不想让你再说什么。"

他显然没听到。"你想让我说，我不能没有你吗？或者你是我唯一的。这一切事实上很抱歉都是真的。"

"求你别说了。"

"这整个春天就像是个地狱。你根本不知道，我有多么难过。我的内心跌入了低谷。我的狼部分完全变得混乱。我停止不了想你，和想你为什么会离开。你知道我有多么难以集中精力去应对任何狼族的事情吗？我只想修复我们之间的关系。当我明白过来我是多么自私时我感到内疚。多么没用的狼族首领。我一点都没责怪你。"

"别再说了！"

"不，我还要说！你知道为什么吗？因为我爱你，虽然我是不想。我爱你而且它让我痛得想死！"

我没去想，我只是做了。在我还没反应过来之前，我已经给了他一巴掌。

在我的手掌打上去之前我已经后悔了。我往后退，用手捂住嘴巴。"对不起！我不知道，我是怎么了，我……对不起！"

他没有发火也没有感到受伤，他只是看着恐惧的我，就像看着一个陌生人。就像是有谁把窗帘拉在我们两个人的中间，我们都藏了起来。

"别担心。"他凝望着远方，"我不认为，我们还有什么要说的了。"

我的眼睛始终大睁着。我已经太震惊，说不出什么来了。

片刻之后，我才敢动。我们沉默地往回走。我浑身在颤抖，让我好困难穿着高跟鞋跟着米卡尔，但是因为他没说什么，我也不敢说什么。

"你想让我送你吗？"他突然问道。

"谢谢，我想尼克会来接我的。"

我们回到了图书馆。

我鼓足了所有的勇气企图修复什么可以修复的。"这不意味着，我们不能依然是朋友，"我说道，"我还是想听听，你好吗，等等之类的事情。虽然距离比较远，我们还是能写电邮的啊。"

但是米卡尔摇了摇头。"我们永远不是朋友，我们也不会变成那样。我不想成为你的朋友。如果我们不在一起，我们最好不再联系。"

我的心跌入了低谷。我想大喊，我想大哭。同时我知道，我不能让他改变想法。如果他不再想和我联系，我尊重他的意见。

我点了头。

米卡尔向前走了一步，慢慢地走了一步。他想让我有机会后退一步，就像我突然间已经变得好陌生，没有我的允许他不敢碰我。他快速地亲了一下我的脸颊。

"永别了。"

"永别了。"我回答道。

米卡尔走了。我坐在图书馆的台阶上。我先只是凝视前方。我的大脑无数次回转着刚才我们所有说的话、动作和表情，我不确定，刚才的那两个人是我们吗？我和米卡尔。不再是我和米卡尔了。

几小时之后尼克来找我，我还是呆呆地一直坐在图书馆的台阶上。

***

我们踏入"狼窝"门。第一个迎接我们的是点唱机里放的一首歌，这歌的歌名或者歌手我已经想不起来了。它的歌词是在唱可悲的爱情和如何幸福变成了泪水。我开始怀疑，来"狼窝"是否是个错误的做法。

尼克带我坐到了最后第二个桌边。他去了吧台，回来的时候带来了三杯酒。

"显然你很难数到二。"我注意道。

"我喝得比你快一半。"他悠闲地说道，"而且我懒得去吧台。"

"我相信你是最后一个来这里的人。"我说道。我往四周瞥了一眼，确定这里的装修就像我记得的那样蹩脚。是的，墙上挂的是同样的啤酒公司的海报，几个桌上放着塑料花。我扬起了眉毛。

"干吗？这是镇上唯一的一个没有米卡尔的能喝到啤酒的地方。其他人目前还不记得酒精可以帮助解除危机，这个比较适合我。至少不用去装作和其他人一起享受。"

尼克说的没错。酒吧里面除了我们两个没有其他人。显然"狼窝"的老客人们还没回到原先的轨道。

我清了清嗓子。"我和米卡尔聊过了。"我说道。

"嗯。告诉我一点新闻。你是不是希望他被整惨了？"

"我以为是。"我说道。我不太特别自豪这样说。

"好的。"尼克脱口而出，"我知道，你不想听到这个，但是你最好知道。最终米卡尔会妨碍你和你的艺术。"

我应该是很感激，尼克觉得我和米卡尔的分手是件好事，他在鼓励我往前走。事实上我对往前走还没有准备好。"问题是，我不能太肯定地知道。如果我们想出了某个系统，能对我们两个起作用的？"

"比如是？你推迟你明年的学习，来这个混乱的地方住？"

我知道，他的意思是我的"系统"是绝对不可能的，效果会适得其反。

某种东西在我内心缩小了。它真的是个非常可怕的选择吗？一年内和米卡尔生活在一起，然后弄明白，我们可以造就什么样的生活。一年内弄明白，我们真正想要什么。镇上的事情还比较混乱，米卡尔不可能有狼族以外的空闲时间，但是半年以后呢？

我内心的一部分是想相信，会有某个办法。某个，我只是需要时间去弄清楚，它会是什么。

"说点其他的吧。"我说道。

"选个话题。"尼克说道。

我露出一个比较夸张的在思考的表情。"唔……一个穿得非常得体的赫尔辛基小姐毫无疑问在一直等你电话，你会怎么办？"

尼克突然凝视着酒杯。要不是我对他的了解，我几乎会肯定，他在困惑。

"你指的是塔娅吗？"

"我指的还会有谁？"

"不。"他承认，"但是这或许比那种只有一夜情的好一些。美好的回忆和其他等。"

"我有些不相信，你真的是在你说的意思吗？"我说道，"你喜欢她不是吗？"

他很久都没声音。"我喜欢了。"最终他说到，"而这是个麻烦。我太喜欢她让我注意到，我对她什么都不理解。这让我觉得是个白痴。"

"你了解她的比我那时喜欢上米卡尔了解他的事情要多得多。"我说道。

又来了，我心想。所有的想法道理感觉一直会回到米卡尔那里。

"你见过她。她就像学校里的大明星。我不相信，我应该依靠什么大希望活着，她会等我。我只是她征服的群体之中的一个，就这样。"

"你是在害怕。"

"不是！我很实际。"

我摇了摇头。"尼克·叶斯卡莱宁，在你的一生之中没有看到过实际。"

"我是个可恶的狼人，好了吧？"他一口喝光啤酒然后继续重复他的想法。

他看着我的表情。"干吗？为什么用这种审判的表情？"

"你知道为什么。"我说道。

"我不知道。为什么？"

"你喝得太多了。"

"你喝得太少了。"

"我想出来了，"我说道，"某个你最好知道的办法。"

"那个，酒精危害健康，导致阳痿？这种说教就饶了我吧。"

我试图掩盖我受到的刺激。《狼孩》里面讲过一种狼人，他只要在狼族里面就很难控制自己。此后，当他被驱逐家门，他的狼部分奇怪地平静了。听起来是不是很熟悉？"

尼克瞪了我一眼，又喝起了啤酒。

"书中讲，他是个孤独的狼人，他不能够适应狼族的生活。这不是很常见的，但是它发生过。"

"那我和这个信息有什么关系？"

"至少，狼山镇发生的任何事情，不是你的错。我不了解你爸爸，但是……也许他是个孤独的狼人。也许你们两个都是。也许就是这个原因，他为什么爱喝酒。"我吸了口气，"总而言之。你完全有机会把一切抛诸脑后，不用去看，然后去建造一个自己想要的生活。解脱。"

"告诉我，没有解脱任何事的姑娘。"

"你在说什么呀？"

"不管你如何理智地讲米卡尔，都一样。我极度怀疑，你能够熬得过去把米卡尔忘掉，你一定会随时大哭。"

我们的谈话又重新转回了原点。

"也许她并没有告诉你这么多关于我或者关于情况。"我安静地说道，"事实上，有时两个人不可能在一起，尽管他们对彼此有着如何强烈的感觉。这就是为什么她感到伤得好痛。毕竟，最后他们没有做错任何事情。她是为他们而制造出来的，在他们甚至还没见面之前。"

我们继续了其他话题。然而我很难集中注意力。

我想起了狼族。我从没把它看得很重要。我是很难明白，为什么米卡尔或者其他狼人会不假思索地为它奉献一生。我能想到的唯一解释是他们没有选择。而现在比较着狼族的忠诚我想到，我是如何去思考艺术的，我得问我自己，对他所做的事情表示不赞成是否完全有道理。

此外，最近发生的事情教会了我去欣赏这个小镇和它的居民。摄影帮助我去看沉闷和古板团体以外的东西，在这里没有一个人可以去做他们真正想要做的事情。镇上有好多拥有着美好才华的人。安妮奶奶、斯维特拉娜、约翰……他们都是狼山镇的一部分，绝不是分开的。

米卡尔想要去帮助他们全部。虽然他自己也许不知道，但是我知道，帮助别人是他的爱好。而且世界上没有其他比这个更加崇高的。

我想去思考，艺术帮助人们，但事实是，我梦想成为画家目前至少是帮不了其他人，除了我自己。

我最终承认了这件事，我已经听不进任何尼克最后五分钟和我讲的话，我站了起来。

"我得走啦。"我让我自己说出口。

"你再等几分钟，我把这个喝完，我们可以一起走。"

我摇了摇头。"我得一个人去做一件事情。"在尼克还没来得及做什么之前我已经走了出去。

我往家里走。我的双脚太累了，我把鞋脱了下来，光着脚继续走。石头和松针在戳我没有习惯的脚底，但是我没理睬。地面是冰凉的、平稳的，过了一会儿之后我感到我也可以是这样的。

自行车在亚斯卡的院子里等待着我。车钥匙掉落在地上一次之后我才把锁打开。我跳上自行车。慢慢地骑着并且在想，我是否在做正确的决定。我的人生第一次在想，这有可能是个很好的开端：在做影响到一生的决定，没有任何保证，几年之后它们依然也是正确的。

越是靠近目的地，速度越是明显加速。太阳已经开始下山——褪色的紫色还在地平线上绽放，但在大部分已经躲在树林的后面。空气比以前要冷。我开始看到夏天即将结束的迹象。

我从自行车上跳了下来。

熟悉的建筑物在弯曲的小路后面出现。房子的灯光是那么的亮，让我已经习惯黑暗的眼睛感到刺痛。没事——我发现我反而在微笑。萨里的房子宛如一个灯塔。它散发出的那种安全和舒适，寒冷的空气里也感到温暖。里面有人在，尽管时间已晚，我知道我是受欢迎的。

我把自行车放倒在路的一边，一路跑到楼梯的顶部。

我按了门铃。我加快呼吸。

门打开了，出来开门的男人是一位新来的狼人。

"我来见米卡尔。"我说道。在他还没说什么之前我已经走了进去。我感觉没必要通知他我是谁。

我往客厅里张望。那里坐满了俄罗斯来的狼人们，他们都转身看着我。没有人看上去特别惊讶地。我鼓励地朝他们微笑，然后转身走向楼梯。

我急匆匆地爬上楼梯。我站在米卡尔房间的门前，敲了敲门。

我等了一会儿。"米卡尔。"我说道。

没有人回答。我把门推开。

我期待的是他在桌子旁，或者是躺在床上看电视。什么都不是我期待的，房间里是空的。他不在那里。

米卡尔。

我往后踌躇地退了几步。

"他走了。"从我身后传来声音。

我一惊。转过身看到面前的伊沃。他应该是跟着我上楼了。

"啊。他有没有说他什么时候回来呢？"

伊沃没有回答，这让我感到害怕。他只是凝视着我，然后递给了我手中的纸张。

我强迫自己拿起它们。我读起了第一行字。

我，米卡尔·萨里，把狼山镇狼族、狼庭公司和狼山镇滑雪公司转交给伊沃·萨拉卡管理……

我必须看着其他方向。"他还会回来的，是吗？"

他必须是。他需要一些时间给自己，但是很快他会回来的，再次掌握全部。他不可能离开狼族。

"我很抱歉。"伊沃说道。他犹豫了片刻，"就像纸上写的那样，你不会忘记。我听说了，你在狼族已经有了特殊地位，现在它更进一步加强。狼族欠你的。你需要什么，我们会为你付出的。"

我闭上双眼。形势的整个恐惧性开始逐渐让我看清楚。"谁是狼山镇的首领？"我问道。伊沃没有回答我，我转身看着他。"回答我！"

伊沃的回答证实了我的恐惧。"米卡尔是狼山镇的首领。"

米卡尔依然掌握所有的狼族权力。他是那个控制狼族的魔法和保持狼族的平衡。他是那个，需要的时候使用自己的力量让狼族成员服从的。

更确切地说：他不得不保持狼族的平衡。

现在我不再知道。

"这是什么意思？这个是什么意思？"我摇着手中的纸张。

"我不知道。"伊沃最终说道，"坦白说我也不知道，我们会怎样。"

（当你伤他的心，请你试着尽量温柔一点。）

我手里的纸张掉落在了地上。它们像死去的树叶散落了下来。我走到他的办公桌那里。我抚摸着它的表面。这时我才发现，上面留着一张很小的照片——那个尺寸，应该是学校拍的学生照片，是能放进钱包里的照片。

是我的照片。

我已经向他转了两次身了。他不再给我第三次机会。

而且这个结果是，芬兰唯一的狼族没有了首领。谁能控制他们。

我犯了严重的错误。

结　语

亲爱的莱依莎，

　　我想感谢你为狼族和我们家付出的一切。我知道，我们之间永远不会变温暖，我对此深表后悔。然而，你表现出的勇敢让我感到更加珍贵，因为我知道你全是为了米卡尔。也许也有一部分是为了狼族，只是你不知道罢了——它是你生活的一部分，即使你还不能接受它，某一天，你会明白，我是什么意思的。

　　你可能会纳闷，我怎么能相信，你会把《狼孩》保护好，并且帮我推翻了马尔蒂的政权。真相是，我没有相信——我只是希望。而你满足了我每一个希望。

　　假设你拿了我保险箱里的钱。拿着吧。这是我仅有能回报你的。当你读到这一行字的时候，你知道，为什么我相信你会用它们的。

　　该是时候你得到你想要的了。我现在告诉你一切我知道的关于你弟弟的事情。恐怕我的信息不会给你带来快乐。莱依莎，你的弟弟遇到了麻烦。很多人会说，他死了。很多其他人会说，你最好别见到他。我不会这么说，但是我想让你知道，你期待的将是什么。

　　最近几年我试图帮助他，但是没有成功。当然，我应该可以做到更多。他真正的名字叫季米特里奥斯·科瓦辛，但是他称呼他自己为米蒂亚。我在几年前从少教所里找到了米蒂亚。他在那里已经住了一段时间。我调查了一下事情，然后发现，他从婴儿的时候就被收养，因为其他人用尽一切努力都没有能成功找到他的父母。被收养两年后，他的养母生了重病，这使整个家庭毁灭了。米蒂亚被抱走了。

可以这么说，他一直流落街头。他不愿意上学，最后辍学。他被送进了少教所，那里他一开始就被视为没有希望改好的人。他满十八岁就立刻从里面出去了，之后住在首都区域内的各个朋友家里。我很抱歉，我没有更多地帮到你。

我祝你好运。你的妈妈会为你自豪的。

永远感谢你的

丹尼尔

这样讲吧，写第二本小说是困难的。写《危机四伏》这部小说没有以下这些可爱的人们是无法完成的：

TAMMI 集团出版经理 Saara Tiuraniemi 和我的前出版编辑 Laura Andersson，她们为我的第一本和第二本小说提供了帮助。

我的新出版编辑 Katariina Heilala，她热情地接受了我的《危机四伏》并且和我一起把它变得更加完美

Tuomo Ala-Kojola 和 Hanna Haapanen 帮助我写了书评。

特级研究员 Ilpo Kojola，他友好地回答了我那些奇怪的关于狼的问题。

芬兰文学协会的《芬兰民族老诗歌选集》名副其实是个宝藏。

我的家人：我的妈妈，我的姐姐（也是我的销售经理）和我的爸爸。爸爸教导我要了解各种信息。

Mark Piotrowski 在都柏林和里斯本为我写了这个小说的第一版本——你的支持是无价的。

所有我的朋友，我和他们在高级饭店里见面的时候穿着滑雪裤也觉得没问题。

还有你们，我重要的读者们——因为你们我才有了世界上最好的作品。

谢谢！

版权登记号：01-2014-6382
图书在版编目（CIP）数据

危机四伏 /（芬）路易安侬著；劳燕玲译 . —北京：现代出版社，2016.6
ISBN 978-7-5143-3278-0

I. ①危⋯　II. ①路⋯②劳⋯　III. ①长篇小说－芬兰－现代
IV. ① I531.45

中国版本图书馆 CIP 数据核字（2015）第 322256 号

Copyright © Elina Rouhiainen, 2013
Original edition published by Tammi Publishers

Simplified Chinese edition published by agreement with Tammi Publishers
and Elina Ahlback Literary Agency, Helsinki, Finland,
through Beijing GW Culture Communications Co., Ltd.

危机四伏　UHANALAINEN (#2)
狼之溪 2

作　　者　艾莉娜·路易安侬（Elina Rouhiainen）著
译　　者　劳燕玲 译
责任编辑　崔晓燕
出版发行　现代出版社
通讯地址　北京市安定门外安华里 504 号
邮政编码　100011
电　　话　010-64267325　64245264（传真）
网　　址　www.1980xd.com
电子邮箱　xiandai@vip.sina.com
印　　刷　三河市南阳印刷有限公司
开　　本　890mm × 1240mm　1/32
印　　张　9.5
版　　次　2016 年 6 月第 1 版　2016 年 6 月第 1 次印刷
书　　号　ISBN 978-7-5143-3278-0
定　　价　35.00 元